W0353120

Mängelexemplar

Oetinger

Ruth Olshan, geboren 1970 in Moskau, emigrierte als Kleinkind mit ihren Eltern über Israel nach Deutschland. Nach dem Studium der Theater- und Filmwissenschaft in Berlin schlossen sich zahlreiche Stipendien an, unter anderem in England, Kuba und Italien. Sie ist preisgekrönte Autorin und Filmemacherin.

RUTH OLSHAN

Verlag Friedrich Oetinger · Hamburg

Für meine Freunde und meine Familie
und
für mis Härz

MIX
Papier aus verantwortungsvollen Quellen
FSC® C014496

© Verlag Friedrich Oetinger GmbH, 2016
Alle Rechte vorbehalten
Einband von Cornelia Niere
Satz: Dörlemann Satz GmbH, Lemförde
Druck und Bindung: GGP Media GmbH, Pößneck
Printed 2016
ISBN 978-3-7891-0371-1

www.oetinger.de

»Wenn man nicht drüber hinwegkommt,
muss man drunter durch.«

1

Pistazieneis stirbt aus. Das ist nicht weiter aufregend. Es zeigt nur, dass Dinge verschwinden. Für mich ist Pistazieneis wichtig. Ich esse es, seit ich denken kann.

Wenn ich auf dem Friedhof einen Spruch finde, der mir gefällt, dann gönne ich mir ein Pistazieneis. Wenn ich keinen finde, auch. Aber mit Spruch schmeckt es besser. Das ist ein Ritual für mich geworden.

Meine Eltern sind irritiert darüber, dass ich auf Friedhöfen spazieren gehe, dabei gehe ich nicht spazieren. Ich recherchiere. Das Verschwinden ist mein Thema und das, was bleibt. Und an Gräbern recherchiert es sich am besten. Denn ein Friedhof ist ein friedlicher und ruhiger Ort. Alle schleichen herum, es wird nie laut gelacht, höchstens sanft gelächelt. Keiner rennt, keiner schreit. Man trauert, gießt Blumen, beäugt das Nachbargrab und erinnert sich an die Zeit, die seit dem tragischen Ereignis schon vergangen ist, bei dem er oder sie aus dem Leben gerissen wurde.

Wenn also ein Junge mit zu großen Schuhen, in einem schlabbernden schlammgrünen Arbeitsoverall und mit gelbem Bauarbeiterhelm auf dem Kopf plötzlich über den Friedhof joggt, fällt er auf. Er ist ein rennender Farbtupfer in dieser farblosen Idylle, der mich von meiner Recherche ablenkt.

»Fynn, komm mal, ich habe einen!« Die Stimme scheint aus dem Nichts zu kommen und passt genauso wenig hierher wie Jogger mit Helmen auf dem Kopf. Als ich mich umschaue, sehe ich weit und breit nur Grabsteine, die akkurat durch niedrige Buchsbaumhecken voneinander getrennt sind. Von der Richtung her könnte sich der Besitzer der Stimme in der Reihe hinter mir herumtreiben, verborgen von einem der Grabsteine.

Gelbhelm, der, wenn ich das richtig interpretiere, auf den Namen Fynn hört, dreht sich in Richtung der Stimme und rennt los. Offenbar jagt er mit seinem Kumpel etwas auf dem Friedhof.

Auch ich bin hier, weil ich jage, aber ich gehe davon aus, dass ich einen besseren Grund habe, den Frieden der Toten zu stören. Außerdem mache ich es leise und bin passabel angezogen.

Ich bin hier, weil ich Sprüche jage. Grabsprüche. Wie lange ich das noch mache, weiß ich nicht, schließlich könnte ich jeden Moment tot umfallen, hier und jetzt. Andererseits – wer könnte das nicht? Zumindest rein theoretisch?

Der jagende Fynn schert sich nicht um die Friedhofsordnung und wetzt einfach zwischen den Gräbern hindurch, wo nun ein zweiter Bauarbeiterhelm auftaucht.

Der Mann zum Helm ist aufgeregt. Er ist um einiges älter als Fynn und trägt die gleiche Kluft, wenn auch in der richtigen Größe. Arbeitskollegen vielleicht. Obwohl Fynn zu jung aussieht für einen Job auf dem Friedhof.

Ihre Aufregung macht mich neugierig. Ich möchte gerne wissen, wem oder was sie hinterherjagen. Um nicht indiskret zu sein, schlendere ich in einem Bogen um Fynn und seinen Kumpel herum.

Sie rütteln an einem Grabstein. Einer von rechts, der andere von links.

»Merkst du das? Merkst du das?« Der Ältere ist ganz hibbelig. Er ist kleiner und stämmiger als Fynn, tippelt nervös hin und her. »Er bewegt sich. Wir haben einen! Hab die Nummer schon notiert. Das heißt, hier gibt es noch mehr. Das ist wie mit den Pilzen. Die wachsen auch immer in Gangs.«
Fynn rüttelt weiter an dem Stein. In meinen Augen tut sich nichts, aber ich bin auch keine Grabsteinrüttelexpertin.
»Pilze wachsen nicht in Gangs, sondern in Ringen«, erklärt er und lächelt seinen Kumpel an.
»Meine ich doch, in Ringen.«
Der Kumpel geht zum nächsten Stein und rüttelt, dann weiter zum übernächsten und dann zu Nummer vier, fünf und immer weiter. Die Reihen vor und hinter ihnen erstrecken sich, so weit mein Blick reicht. Es ist ein großer Friedhof mit vielen Grabsteinen. Und es warten noch jede Menge ungerüttelte Steine. Sie scheinen in ihren Reihen dafür anzustehen. Für den Kumpel und Fynn eine schier endlose Aufgabe.
Bevor Fynn ihm folgt, schielt er zu mir rüber und zuckt die Schultern, so als ob er mir sagen will: »Hey, ich kann nichts dafür, dass ich mit Idioten arbeiten muss.«
Dann schiebt er seinen Helm mit seinem Zeigefinger nach oben und lächelt mich an. Das habe ich bisher nur in Filmen bei Cowboys gesehen, bei Männern mit Übergewicht und gelben Zähnen, die gerade noch ein paar Menschen gekillt haben und jetzt weitere Morde planen.
Fynns Zähne sind blendend weiß. Der rechte Eckzahn tanzt aus der Reihe und lehnt sich an den Schneidezahn. Dafür schauen mich seine Augen ziemlich gerade an. Und dann dreht er sich um und geht. Bei jedem Schritt machen seine Schuhe ein komisches Geräusch. Es erinnert mich an das

Putzen der Wanne mit Scheuerpulver. Seine Ferse schubbert sich wahrscheinlich gerade wund an dem groben Leder der Schuhe. Fynn geht im Zickzack durch die Gräberreihen, springt über einige Hecken. Sein Gang, seine Sprünge – alles elegant trotz der groben Kluft.
Ich versuche mich wieder auf meine Aufgabe zu konzentrieren. Langsam schreite ich meine Reihe ab. Bei genauerer Betrachtung ähneln sich die Steine nicht, sie haben unterschiedliche Größen und Formen, sind mit Blumen, Ornamenten und einige sogar mit Skulpturen verziert. Eine Steinlilie reckt sich seitlich aus einem grau melierten Stein empor. *»In Liebe«*, lese ich. Und auf einem Stein daneben, den zwei sich haltende Hände zieren, steht: *»Du bist zu früh von uns gegangen. Deine dich liebende …«*
Die Sprüche sprühen nicht gerade vor Kreativität. Wüsste ich es nicht besser, würde ich glauben, sie hätten alle voneinander abgeschrieben. Die Angehörigen natürlich. Der Tote hat sich wahrscheinlich nicht darum gekümmert oder es war ihm egal, und nun muss er mit diesem Ergebnis bis in alle Ewigkeit leben. Mir soll das nicht passieren. Ich kümmere mich vorher um meinen Grabspruch.
In Gedanken gehe ich meine heutige Ausbeute durch, die ziemlich mickrig ist. Das könnte daran liegen, dass ich mich nicht immer daran erinnere, wo ich schon gesucht habe und wo nicht. Mein Navi im Kopf ist eine Niete, und ich leide darunter. Oft laufe ich dieselben Gänge ab und merke es erst, wenn ich die Blumenarrangements wiedererkenne. Die Bezifferung der Friedhofsparzellen ist mir auch ein Rätsel.
Einer meiner Orientierungspunkte ist Frau Blumentopf. Ihr Grab steht mittendrin, irgendwo zwischen Gang sieben und

Gang zwölf. Es ist ein schmuckloses Grab, bis auf die gelben Blumen, die dort stehen. Neben den vielen roten Nelken, roten Rosen und Geranien wirken diese kleinen gelben Feld- und Wiesenblumen sehr schlicht. Frau Blumentopf hat bisher den witzigsten Namen, den ich ausmachen konnte. Ihr Stein ist farbig. Roter Marmor mit weißen Tupfen und goldener Schrift. Er sieht aus wie das Muster eines Katzenfells. Ich stelle mich neben den Stein und berühre ihn. Er fühlt sich kalt an, wie jeder Stein. Sie hat sich sicher viele Witze über ihren Namen anhören müssen. Hoffentlich war sie nicht Lehrerin. Schüler können gnadenlos mit Lehrern sein, mit ihrem Aussehen, Namen, Verhalten. Sie hat wahrscheinlich allein wegen ihres Namens viele Schlachten führen müssen. Und sie hat sie sicher alle gewonnen, denn abgelegt hat sie ihn ja nicht. Also war Frau Blumentopf ein aufrechter Mensch, so aufrecht, wie ihr Grabstein in der Erde steht.
Es ist zu verlockend. Ich rüttele an dem Stein. Er bewegt sich zum Glück nicht. Was hätte ich getan, wenn Frau Blumentopf unter einem wackeligen Stein liegen würde? Auch als ich den Stein umarme und ihn mit meinem ganzen Körpergewicht zu bewegen versuche, passiert nichts. Dafür ist mein Verhalten ziemlich peinlich.
»Ein paar bunte Steine mehr wären schön.«
Fynns Stimme ist tief, kratzt aber ein bisschen in seinem Hals und auch an mir. Ich lasse den Stein los. Ich sehe Fynn nicht, aber dass er hinter mir steht, spüre ich. Das wäre jetzt der richtige Augenblick für eine lässige Antwort. Stattdessen bleibe ich an Frau Blumentopfs Grabstein kleben und denke darüber nach, was jetzt am besten zu tun ist.
Ich denke immer zuerst, dann agiere ich. Und dabei hilft mir

meine persönliche Pufferzone, die, im Gegensatz zu meinem Orientierungssinn, noch funktioniert. Das bedeutet: Man muss Abstand zu mir halten.

Meine Eltern zum Beispiel rücken leider immer nah an mich ran, wenn sie etwas Wichtiges zu verkünden haben. Sie schauen mir direkt ins Gesicht. »Tammie, das ist jetzt wichtig«, sagen sie. Und dann rücken sie noch weiter an mich ran. Sie dringen mit ihren hysterischen Bewegungen direkt in meine Pufferzone, und das tut weh. Nicht körperlich. Es sind die Gedanken, die in der Luft hin und her wirbeln, die mich schmerzen. Deshalb wird von mir behauptet, ich sei sensibel. Dabei mag ich es einfach nicht, wenn man vor meinem Gesicht rumfuchtelt. In diesem Moment steht Fynn ziemlich nah an mir dran. Ein bisschen zu nah.

Ich drehe mich um. Er sieht anders aus, so ohne Helm und Übergrößen-Overall. Er trägt eine passable Jeans und einen Pullover.

»Warum müssen Grabsteine grau oder weiß sein?« Seine Augen strahlen. »Steine gibt es doch in allen Farben.«

»Keine Ahnung.« Interessante Frage, auf die ich keine Antwort habe, und zu mehr als Gemurmel bin ich gerade auch nicht fähig. Und ich bin knallrot im Gesicht. So unauffällig wie möglich wische ich mir die Moosreste von meiner Jacke. Frau Blumentopfs Grabstein ist schon lange nicht mehr gesäubert worden.

»Die Blumentopf mochte es bunt«, sagt Fynn.

»Ist eine schöne Idee mit den bunten Grabsteinen.« Ich versuche, gelassen zu klingen. Das Bild von einem bunten Friedhof taucht vor mir auf. Zwischen farbigen Grabsteinen würde ich mich besser zurechtfinden.

»Hat sich der Stein bewegt?« Fynn kommt noch näher und rüttelt an Frau Blumentopf.
»Nein, ich habe nichts gemerkt.«
»Du würdest es auch nicht merken. Man muss in der Diagonale rütteln, um das festzustellen.«
Fynn versucht, den Stein diagonal zum Schaukeln zu bringen, aber Frau Blumentopf bleibt stur.
»Ohne Sicherheitsbekleidung darf ich das eigentlich nicht.« Fynn lässt die Blumentopf los. »Außerdem habe ich Feierabend.«
Er lächelt mich an. Sein Eckzahn fällt mir wieder auf. Weil er grundlos lächelt, lächele ich grundlos zurück.
»Schön, dann genieße deinen Feierabend.«
»Danke, und du deinen Spaziergang.«
Während ich weiterschlendere, grübele ich darüber nach, warum Fynn davon ausgeht, dass ich auf einem Friedhof spazieren gehe. Ich könnte doch auch die trauernde Angehörige von Opa, Oma, Tante oder sonst wem sein.
Ich biege am großen Weg nach rechts ab, in dieser Richtung müsste der Ausgang liegen. An der nächsten Weggabelung muss ich mich entscheiden und nehme den linken Gang. Vor mir erstrecken sich wieder unendlich viele Grabsteine in fein säuberlichen Reihen, und bald bin ich verloren. Es ist albern, aber ich verlaufe mich immer und überall. Jetzt sehe ich nicht einmal mehr den Ausgang vom Friedhof. Ich gehe im Zickzack durch die Gräber und komme bald wieder an Fynn vorbei, der sich mit einer älteren Dame unterhält. Ich nicke ihm freundlich zu und beschleunige meinen Schritt. Ein schneller Schritt gaukelt Zielgerichtetheit vor. Und genauso zielgerichtet endet mein Weg an der Friedhofsmauer,

aber wenn ich an ihr entlanggehe, komme ich sicher irgendwann zum Ausgang. Fynn schielt zu mir rüber.
Jetzt sollte ich irgendwas tun. Ich rupfe ein paar Geranienblüten von einem Grab und entschuldige mich bei den Blumen für diese sinnlose Zerstörung. Ausgerechnet bei einem Mann mit dem Namen »Markus Lebenich« bin ich gelandet. Sein Grabspruch ist allerdings interessant: *»So wie ich auch du«*.
Das klingt geheimnisvoll.
Es spricht mich direkt an. Ich mache ein Foto von der Inschrift. Aus dem Augenwinkel sehe ich Fynn auf mich zukommen.
»Der Ausgang liegt in der anderen Richtung.« Er zeigt mit dem Finger dorthin, wo ich niemals hingegangen wäre.
»Ich begleite dich. Will auch nach Hause.«
Ich will das eigentlich nicht, ich meine, nach Hause, ich will nur wissen, wo ich bin. Aber trotzdem laufe ich brav neben ihm her.
»Wieso musst du an Grabsteinen rütteln?«, frage ich irgendwann die Frage, die mich wirklich beschäftigt.
»Vorschrift, eine neue, und eine ziemlich dumme. Wir müssen einmal im Jahr prüfen, ob die Steine fest genug stehen. Durch das Rütteln lockern sie sich aber erst recht.«
»Und wenn sie wackeln, was dann?«
»Dann gibt es einen neuen. Der Steinmetz freut sich, und die Angehörigen fluchen. Grabsteine sind verdammt teuer.«
»Und alle haben die gleiche Farbe.« Ich versuche, irgendetwas Schlaues zur Konversation beizusteuern.
Wir sind am Ausgang angekommen. Ich schaue mich nochmals zu den Grabsteinen um. So viele Tote unter der Erde

von einem schweren Stein beschützt oder gestört? Einige der Steine ragen machtvoll wie riesige Throne über den anderen empor, glänzen in poliertem Schwarz. Nur wenige schimmern in leuchtendem Weiß zwischen ihren großen Nachbarn durch. Sie sind schlicht, zurückhaltend und sind gerade deswegen so interessant. Tatsächlich haben die meisten Menschen entschieden, auch als Tote lieber unauffällig in der Masse unterzugehen. Die meisten tragen Grau.

»Vielen Dank.«

»Gerne. Bis zum nächsten Mal.«

Fynn hat grüne Augen mit blauen Tupfen und unverschämt langen Wimpern für einen Jungen. Ich werde über einen roten Stein nachdenken.

2

Meine Mutter setzt sich seufzend auf das Bett und fixiert meine Schulter mit ihrem Blick. Es ist Abend geworden, ich sitze am Computer und drucke Lebenichs Foto aus. Sie seufzt noch mal. Ich kenne dieses Seufzen.

»Hast du etwas gefunden?«, fragt sie schließlich.

Ich antworte nicht, aber sie erwartet auch keine Antwort. Nicht wirklich. Stattdessen steht sie abrupt auf und geht an den Bildern entlang, die, mit Pinnnadeln befestigt, an meiner Wand hängen. Dann hat sie das neue Bild gefunden.

»So wie ich auch du«, murmelt sie. »Der arme Kerl. So jung gestorben.«

»Mama, ich muss Hausaufgaben machen.«

»Ach Liebes, das ist jetzt wichtig.« Statt zu gehen, setzt sie sich wieder aufs Bett. Sie schaut mich mit ihren großen Augen an und sagt nichts. Es ist immer das gleiche Spiel. Sie wartet, bis ich ihr erzähle, wie es mir geht.

Also spiele ich mit.

»Es geht mir gut, Mama. Ich mag den Friedhof, und ich lerne da auch was.«

»Was denn, Liebes?« Sie hat die Wir-müssen-uns-aussprechen-Sitzposition eingenommen. Ich weiß, dass sie es gut meint. Ich und mein Kinderpsychologe haben oft besprochen, wie ich mich ihr gegenüber verhalten soll. Aber heute ertrage ich diesen Mutterblick schlecht.

»Ich lerne, dass Grabsteine nie bunt sind.«

»Und?«
»Was, und?«
»Und was lernst du daraus?«
»Das ist eine … ich lerne eben.«
»Fürs Leben?« Ihre Stimme klingt plötzlich erstickt, der Moment, wenn sie ihre Traurigkeit nicht mehr für sich behalten kann.
»Mama, bitte. Hausaufgaben.«
Sie nickt und streichelt mir lächelnd den Kopf. Früher habe ich diese Vertrautheit zwischen uns geliebt. Auch heute noch, aber das merke ich immer erst, wenn sie schon wieder vorbei ist. Irgendwie und irgendwann sind uns die liebevollen Gesten in den Ärztezimmern und zwischen den Untersuchungen verloren gegangen.
Ihr Blick schweift über die Bilder. »Das sind schöne Bilder. Du hast ein gutes Auge.« Sie betrachtet konzentriert die Fotografien, und das gibt mir Zeit, sie anzuschauen. Die Querfalten auf ihrer Stirn sind tiefer geworden. Sie macht sich Sorgen.
Das ist eine Dauerbeschäftigung meiner Eltern. Der Grund für das Sich-Sorgen-Machen bin ich. Als die Ärzte den Blutklumpen in meinem Gehirn gefunden haben, sind meine Eltern erst in sich zusammengefallen, um dann Rettungsmaßnahmen einzuleiten. Der Fachbegriff für das, was bei mir entdeckt wurde, ist Aneurysma. Das ist ein Blutsack, der eine Arterie irgendwo im Körper vergrößert. In meinem Fall im Gehirn. Wenn er platzt und das Blut mein Gehirn überschwemmt, ist das wie bei einem Tsunami, der sich über eng bebaute Straßen ergießt und alles mit sich reißt. Und ich sterbe dann oder ende als Fallobst im Rollstuhl.

Im Gehirn ist einfach kein Platz für eine Extraportion Blut. Und wenn es nicht platzt, lebe ich fröhlich weiter.
Genau das ist das Problem. Ich habe eine Zeitbombe im Hirn, von der man nicht sagen kann, wann sie hochgehen wird. Man kann noch nicht mal sagen, ob sie überhaupt hochgehen wird. Und Rettungsmaßnahmen wie gesundes Essen, Befragung von Spezialisten und harmonisches Beisammensein in der Familie sind nicht wirklich effektiv. Der Tod beachtet sie herzlich wenig, und die Bombe tickt weiter. Aber schlimmer als den Tod als ständigen Begleiter zu haben, ist vermutlich, wenn das eigene Kind den Tod als ständigen Begleiter hat.
Meine Mutter wird trauern, wenn ich weg bin. Sie wird ein Kind verlieren. Ich werde die Generationenabfolge einfach über den Haufen werfen und sie mit ihrem Unglück alleine lassen.
Es tut weh, meine Mutter so zu sehen. Gleichzeitig macht es mich wahnsinnig.
»Mama? Ist noch was?«
Meine Mutter erwacht aus ihrer Versunkenheit und steht endlich auf.
»Kannst du bitte nachher noch die Kartoffeln schälen?«
»Ben ist heute dran.«
»Ben ist erwachsen und lässt sich nichts mehr von uns sagen.«
»Er isst doch mit.«
»So erwachsen ist er auch wieder nicht.«
Meine Mutter geht. Ich drucke mir ein Foto von Frau Blumentopfs rot gescheckten Grabstein aus und hänge es in die Bilderreihe. Es ist der einzige Farbtupfer in dieser Sammlung. Und es gefällt mir.

3

»Der Typ ist nur achtzehn geworden.« Pat, die nach dem Abendessen noch vorbeigekommen ist, fläzt sich auf meinem Bett herum und feilt ihre Nägel. »Tragisch. Das heißt, wir haben noch zwei Jahre. Du vielleicht weniger.« Ihr Grinsen zeigt, dass sie mich sehr liebt. Sie hält das Foto von Lebenichs Grab in ihren Händen. »Aber bei dem Namen! Was soll man da erwarten?«

Lebenich ist tatsächlich jung gestorben, und ich frage mich, woran. Auf keinem der Grabsteine steht, woran der Mensch gestorben ist.

Als ob Pat meine Gedanken hören kann, murmelt sie vor sich hin: »Warum der wohl so früh gestorben ist? Das könnte Stoff für eine schöne Gruselgeschichte sein.«

»Oder für eine Liebesgeschichte.«

Ich sitze neben ihr und drehe ihre Locken mit meinen Fingern auf. Sie hat wilde, braune Locken. Eine Herausforderung für jeden Friseur oder für beste Freundinnen. Wenn ich eine von ihren Haarsträhnen fest um meinen Finger drehe und mit Spucke an die Haut klebe, muss ich ihn schnell aus dem Haarsträhnenkonstrukt rausziehen. Dann wird daraus eine Korkenzieherlocke, die mit Pats Bewegungen mitwippt. Fast so, als ob die Locke mitdenken oder mitsprechen würde. Pat macht es nichts aus, dass ich ihre Haare mit meiner Spucke festklebe. Sie hebt den Blick von ihrem eingerissenen Fingernagel.

»Liebesgeschichte?« Pats graugrüner Blick fixiert mich. »Was ist passiert?«
»Nichts.«
»Und wie heißt dieses Nichts?« Sie ändert die Befragungstaktik.
»Wie kommst du darauf, dass Nichts einen Namen hat?«
»Weil Liebesgeschichten nicht dein Ding sind. Zu schnulzig.«
Pat kennt mich gut. »Fynn«, erwidere ich. »Fynn heißt es.«
»Und was macht Fynn?«
»Er rüttelt an Grabsteinen.«
Pat ist oft laut, auch ihr Lachen, das sie meistens mit irgendeiner großen Bewegung kombiniert. Sie springt auf, stampft mit den Füßen oder schlägt sich auf die Oberschenkel. Dieses Mal rollt sie mit den Beinen nach hinten. Im Yoga heißt diese Übung »Pflug« und hilft, die weiblichen Geschlechtsorgane besser zu durchbluten. Ich darf solche Übungen nicht machen. Alles, was den Blutfluss in die falsche Richtung lenkt, ist tabu. Der Druck im Kopf darf sich nicht erhöhen. Dass mein Blutgerinnsel mein Gehirn noch nicht überschwemmt und mein Nervensystem ausgeschaltet hat, gleicht einem Wunder, sagen die Ärzte.
Pat ist wenig elegant, wenn sie lacht. Sie ist herzlich und ehrlich, und ich liebe sie dafür. Eine kleine Speckrolle stülpt sich über den Bauchnabel. Es sieht so aus, als ob sie kaum Luft bekommt, aber sie lacht immer noch, bis ich mit ihr mitlache.
»Er arbeitet auf dem Friedhof. Mehr weiß ich nicht über ihn.«
»Vielleicht weiß er was über Lebenich.« Pat beruhigt sich, liegt ausgestreckt auf meiner ruinierten Bettdeko. Ich sortiere

sie neu. Kissen und Stofftiere, für die ich zu alt bin, von denen ich mich eigentlich trennen müsste. Pat macht mit. Sie weiß, dass ich Unordnung nicht mag.
»Warum sollte es mich interessieren, wie Lebenich gestorben ist?«
»Weil es so viele Möglichkeiten zu sterben gibt. Du hast dir eine ziemlich gute ausgesucht. Du wirst einfach umfallen, und weg bist du. Ich finde, das ist eine optimale Art, ins Gras zu beißen. Ich bin mir sicher, dass Lebenich einen grässlichen Tod hatte. Im Gegensatz zu ihm wirst du einfach von jetzt auf gleich tot sein. Kurz und hoffentlich schmerzlos.« Und dann, nach einer kurzen Pause, fügt sie noch hinzu: »Aber genau weiß man es ja nicht, und wie es Lebenich erging auch nicht.«
»Pat, hör jetzt auf.«
Wir werden beide still. Bei Pat kann ich mich fallen lassen. Ich schluchze ihr das T-Shirt voll, und sie streichelt mir den Kopf, hält mich eine Weile fest und sagt nichts. Mein Weinen ist leise. Ich will nicht, dass meine Familie etwas mitbekommt. Jetzt versucht Pat, auf meinem Kopf Korkenzieherlocken zu basteln.
»Wir müssen unbedingt was mit deinen Haaren machen, wenn du das nächste Mal auf den Friedhof gehst«, flüstert sie.
Wenn man durch verheulte Augen schaut, sieht man die Welt verschwommen, aber ich bemerke, dass auch Pat geweint hat. Dieses Mal war sie nicht laut. Dieses Mal hat sie mit mir getrauert, so wie ich mit ihr gelacht habe.
»Dieser Fynn – er gefällt dir, oder?«
Pat hat recht. Fynn gefällt mir, und er rüttelt an Gräbern,

hat einen entzückenden Eckzahn und blau getupfte Augen. Ich habe dackelblonde Haare und ein kurzes Leben vor mir. Ich darf kein Chaos hinterlassen. Der Schmerz, den ich den anderen zufügen werde, ist Bürde genug.

4

Meine Mutter hat sich nach meiner Diagnose in Haushaltsaktivitäten gestürzt. Dazu gehört eine regelmäßige Entmistung von Dingen, die angeschafft wurden, oft vor nicht einmal allzu langer Zeit. Sie will daraus immer eine Familienaktion machen, aber irgendwie schaffen es mein Bruder und mein Vater jedes Mal, sich vor dieser Aufgabe zu drücken. Und eigentlich mistet sie auch nicht aus, eigentlich sortiert sie den Mist nur um.

Zwei Tage später ist es wieder so weit. Meine Mutter und ich sind nach der Schule im Keller verabredet. Wir müssen dafür einen Zeitpunkt festlegen, weil kein Mensch freiwillig allein in unseren Keller geht. Ich eigentlich auch nicht. Da unten ist es dunkel, schimmelig, Ratten huschen vorbei, doch wirklich fürchterlich ist: Man weiß nie, was man da unten findet. Es ist eine gruselige Schatzsuche. Ich bringe es aber nie über mich, meine Mutter bei diesem Abenteuer alleine zu lassen.

Die Unordnung im Keller ist grässlich. Überall liegt Müll rum, den meine Eltern zu Antiquitäten deklarieren. Eine Ecke ist vollkommen mit schiefen Zeitungsstapeln zugestellt. Es gibt kein System, keine Ordnung hier unten. »Kreatives Chaos« nennt es meine Mutter. »Rücklagen« mein Vater. Die Frage ist nur, Rücklagen wofür?

Jedenfalls werden sie zu jedem Frühlingsbeginn angegriffen, wenn ein Sonntag auf dem Flohmarkt eingeplant wird.

Also kaufen wir Sachen, die wir im muffigen, schimmeligen Keller einlagern, um sie dann auf dem Flohmarkt zu verkaufen, meistens für so wenig Geld, dass wir gerade noch so zusammen essen gehen können – manchmal sogar zu unserem Lieblingsitaliener.
Der Rest der Sachen, den wir nicht verkauft haben, wandert zurück in den Keller und mieft bis zum nächsten Flohmarkt weiter vor sich hin.
Nun stehe ich also wieder hier unten, atme die Schimmelsporen ein und verstehe wie jedes Mal den Aufwand nicht. Aber vielleicht ist es für meine Mutter eine Art Ritual, das sie nicht loslassen kann? So oder so, sie gibt alles, wie immer. Gerade wuchtet sie stöhnend schmierige Möbel von einer Ecke zur anderen, auf der Suche nach irgendeinem Kästchen einer verstorbenen Tante, das sie gewinnbringend verkaufen will.
Ich helfe ihr, bin aber nicht richtig bei der Sache. Hinter einem zerfledderten Korbsessel stoße ich auf meine alten Spielsachen. Meine Eltern haben sie alle aufgehoben, auch die kaputten. Mein Vater will sie seit Jahren reparieren und sie armen Kindern spenden. Wäre ich ein armes Kind, würde ich diese verkrumpelten Dinge gar nicht haben wollen. Sie stinken, haben sich durch die Feuchtigkeit verbogen und verstecken sich unter einer Staubschicht.
Während meine Mutter Kartons aufklappt und Stapel verschiebt, greife ich nach einer Mülltüte und fange an, mein altes Zeug wegzuwerfen. Ich schaffe es bis zu einem einäugigen Plastikclown mit giftgrünem Kostüm und dreieckiger Nase, als meine Mutter merkt, was ich mache.
»Nein, den kannst du doch nicht einfach wegschmeißen.«

»Es ist mein Clown. Er kommt weg.« Den Clown mochte ich nie, ich habe ihn sogar vor meinen Freunden versteckt.
»Ich habe ihn gekauft. Er bleibt da.«
Um des Friedens willen schmeiße ich den Clown wieder auf einen Haufen mit Stofftieren. Einige haben die Mäuse angenagt. Ihnen fehlen Pfoten, Nasen, oder ihr Innenleben quillt aus ihnen raus. Sie liegen kreuz und quer und übereinander.
»Wie sieht denn das Ding aus, das du suchst?«, frage ich und wende mich ihr zu. Wir sind mittlerweile beide ein wenig müde von der Aufräumaktion. Meiner Mutter hängen filigrane Spinnweben vom Haar seitlich über ihre Ohren. Ein etwas dickerer Faden hat sich an ihrer Nase festgekrallt. Sie kratzt sich im Gesicht, um ihn loszuwerden. »Ein Kasten eben, mit Sachen drin.«
Sie versucht systematisch vorzugehen. Nachdem sie in jeden Karton reingeschaut hat, schiebt sie einen nach dem anderen in eine frei stehende Ecke und stapelt sie übereinander. Wenn sie die Pappe über den Boden schiebt, wirbelt sie eine Menge Staub auf. Atmen ist unmöglich. Bald sind die aufgetürmten Stapel so hoch, dass man nur noch mit Mühe weitere Dinge auf die oberen legen kann. Außerdem steht der Turm schief und wackelt. Meine Mutter ignoriert den Dreck und den Staub, hat sich jetzt in Rage gearbeitet. Schließlich erreichen wir die Zeitungsstapel. Mit einem Griff nimmt sie einen Packen und – greift durch ihn hindurch. Die Bewegung wirbelt kleinste Partikel auf. Wolken aus bunten Schnipseln und Staub tanzen in einer hauchfeinen, dunstigen Formation in alle Richtungen. Die Zeitungen haben sich von innen komplett aufgelöst und nur noch eine Hülle stehen lassen. Meine

Mutter ist drauf reingefallen. Sie hat gedacht, dass Papier ewig weiterlebt, dabei hat es in all den Jahren nur so getan, als ob es noch in unserer Welt bestehen würde.
Die Dunstkreationen schweben langsam zu Boden. Es ist magisch. Beim Landen sucht sich jedes einzelne Staubkörnchen und Teilchen einen neuen Platz.
»Gut, dann müssen wir da nicht ran.«
Meine Mutter macht weiter. Das ist eine ihrer guten Eigenschaften. Sie akzeptiert den Status quo und kümmert sich nicht um Verluste von gestern. Die Zeitungen sind unwiederbringlich verloren, aber vor uns liegt noch ein ganzer Berg an Sachen, und genau hier setzt sie neu an. Sie verschiebt weiter Zeug und bahnt sich einen Weg durch das Chaos. Wir haben eindeutig zu viele Dinge gehortet.
Ein riesiges Plastikgebilde deckt einen Berg zu: unser altes Schlauchboot. Es ist an einigen Stellen gerissen, hängt schlaff über einer zerkratzten Stehlampe und weiteren Kisten. Meine Mutter hat alle Mühe, den unhandlichen Kram zu bewegen, heißt, sie ist abgelenkt, und ich kann mich wieder meinem Clown zuwenden.
Meine Spielsachen schaffen es selten mit auf den Flohmarkt. Meine Mutter hängt an ihnen. Ich nicht. Wenn sich doch mal eins dorthin verirrt und sich erstaunlicherweise jemand dafür interessiert, dann feilscht sie so lange um den Preis, setzt ihn so astronomisch hoch an und blufft mit »antik« hier und »Sammlerstück« da, bis die Interessenten amüsiert oder beleidigt unseren Stand verlassen. Auch der Clown ist so ein Sammlerstück, der aufgrund seines ramponierten Zustands für wertvoll erklärt wurde. Patina, angeblich. Dabei fristet er sein Dasein mit Schimmelpilzen und Mikroben in einem

feuchten, dunklen Keller. Er wird von seinen Artgenossen, die auf einem Haufen über ihm liegen, erdrückt und von Bakterien aufgefressen. Das arme Ding leidet.
Der Clown muss weg. Als meine Mutter nicht in meine Richtung schaut, stopfe ich ihn in eine Tüte und bringe sie sofort raus in den Müll. Ich lerne dazu. Alles mit meiner Mutter zu besprechen, ist nicht immer hilfreich.
Die nächsten Stunden verbringen wir damit, muffige Bücher und feuchte Klamotten auszulüften. Sie bemerkt gar nicht, dass ich den Clown gekillt habe. Sie vermisst ihn nicht – und das ist gut so, denn das heißt, ich kann noch weitere Dinge an ihr vorbeischmuggeln. Ich beginne mit den angefressenen rosa Stoffmäusen. Dann ziehe ich ein paar meiner alten CDs unter einem Stapel hervor. Jedes Ding kommt in eine kleine Tüte und wird sorgsam zwischen dem Müll versteckt. Und mit jedem Spielzeug, das ich wegwerfe, werde ich leichter. Gianni, unser Lieblingsitaliener, wird mir das Tiramisu wahrscheinlich spendieren müssen, weil ich Kapitalmasse vernichte, dennoch: Es fühlt sich großartig an. Es fühlt sich großartig an, Lücken entstehen zu lassen.
Ich wünschte, ich könnte mein Gehirn auch so leicht entrümpeln.

5

Nach der Wir-planen-einen-Flohmarkt-Aktion muss ich mir dringend den Dreck von der Haut duschen. Das warme Wasser tut gut. Ich traue mich nie, zu heiß zu duschen, aus Sorge, es würde mein Blut erhitzen, verdicken und mich zum Platzen bringen. Medizinisch gesehen ist das reiner Unfug, aber medizinisch gesehen ist ein Aneurysma im Kopf einer gesunden Sechzehnjährigen auch Unfug. Ich habe mir bisher überhaupt keine Exzesse geleistet. Keine Drogen, selten Partys, keine hormonellen Verwirrungen und deswegen auch kein Sex, von gesundheitsgefährdendem Sex mit Orgasmus ganz zu schweigen. Orgasmen sind Explosionen im Nervensystem. In meinem könnte das zum Tod führen. So hat mir das der Neurologe erklärt und damit gleichzeitig eine Warnung ausgesprochen. Er hätte sich keine Sorgen machen müssen. Es besteht überhaupt keine Gefahr, dass ich als nymphomanische Selbstmörderin draufgehe. Ich lebe derart nonnengleich. Ich finde mich selbst todlangweilig.

Kaum hatte der Arzt damals in der Spezialsprechstunde seine kurze Rede beendet, wollte meine Mutter mit ihm eine Diskussion anfangen. Sie ist eine echte Feministin und feiert die Natur der Frau. Ob er damit meinen würde, ihre Tochter solle enthaltsam leben?

»Das habe ich nicht gesagt.« Der Arzt bewahrte die Contenance, obwohl er meiner Löwenmutter gegenübersaß.

»Sie ist fünfzehn Jahre alt und soll ihren Körper kennenlernen dürfen«, sagte meine Mutter, während ich mir wünschte, woanders zu sein. »Natürlich soll sie Orgasmen haben, am besten multiple, und ein langes, zärtliches Vorspiel dazu. Den passenden Jungen wird sie schon noch treffen. Oder wollen Sie ihr verbieten, sich zu verlieben?«

Meine Mutter legte ihre Hand auf meine. Sie wollte mich schützen und war in ihrem Kampf um meine Rechte sehr beeindruckend, aber mir war das alles trotzdem sehr peinlich, denn über Orgasmen hatte ich mir bis dahin noch keine Gedanken gemacht.

»Das würde ich einer so hübschen, jungen Dame niemals verbieten. Kann ich auch nicht. Wo die Liebe hinfällt, sagt man doch so, oder?«

Der Arzt zwinkerte mir zu. Er meinte es bestimmt gut mit mir. »Petting ist ja erlaubt, bis zu einem gewissen Grad«, fügte er noch beschwichtigend hinzu.

»Bis zu welchem Grad?«, fragte ich nach.

»Bis zum Orgasmus, den du nicht haben sollst.« Meine Mutter wurde immer diskussionsfreudiger, und der Arzt fing an, mir leidzutun. »Der Doktor weiß anscheinend genau, wie man junge Frauen darauf vorbereitet, ein erfülltes Sexleben zu führen. Sex ist wohl sein Fachgebiet.« Sie blitzte den Arzt an. Er schaute lieber mich an.

Dass meine Mutter so schlagfertig sein konnte, hätte ich wirklich nicht gedacht. Ich mochte ihre gar nicht subtile Ironie. Mein Vater saß still daneben und schielte zu mir rüber. Auch er wollte jetzt hier nicht sitzen. Mein Vater hat es nicht so mit Ironie und Debatten und schon gar nicht mit ironischen Debatten. Der Arzt klappte seine Mappe zu, überreichte mir die Krankenunterlagen und verabschiedete sich mit einem

festen Handschlag von mir. Seine trockenen, rauen Hände passen nicht zu seiner leisen, hohen Stimme, dachte ich. Meine Mutter ignorierte er auffallend, was unhöflich und unprofessionell war. Wortlos verließen wir den Raum.
»Wir gehen zum nächsten Experten.« Sie nahm mir die Mappe ab.
»Das wäre dann der fünfte«, sagte ich.
»Und wenn wir zu einhundertsechsunddreißig Experten gehen müssen, wir finden den richtigen, der dir helfen kann.«
Meine Mutter stürmte voran. Mein Vater legte seinen Arm um meine Schulter. Wir stolperten ihr hinterher, raus aus einem der vielen Krankenhäuser, in denen wir Rat gesucht hatten.

An diese Szene erinnerte ich mich unter der Dusche. Die Orgasmusdebatte war total absurd. Mich hat ja noch nicht einmal ein Junge nackt gesehen, jedenfalls nicht, seit mir Brüste gewachsen sind. Im Spiegel finde ich mich immer ganz okay. Im Schwimmbad, wenn ich zum Beispiel neben Beate sitze, nicht mehr. Sie wird in meiner Klasse auch »die Gräfin« genannt. Sie ist irgendwie schön, trotz ihrer feinen Aknenarben, aber vor allem benimmt sie sich wie eine Gräfin. Sie kommandiert, kritisiert, sagt, wie es sein soll oder wie man sich zu benehmen hat. Woher sie das hat, weiß keiner so genau, ihre Eltern sind jedenfalls ganz normal. Neben ihr fühle ich mich dick wie eine Knetmasse. Je nachdem, wie das Licht fällt, werden Kurven und Dellen auf meinen Oberschenkeln besser oder schlechter sichtbar.
Hier im Badezimmer ist das Licht weich und meine Haut dellenfrei. So würde ich mich gern einem Jungen nackt zei-

gen. Ein überflüssiger Gedanke und eine schöne Theorie. Jungs stehen bei mir nicht gerade Schlange, und die, bei denen ich mich anstellen würde, übersehen mich.

Ben hämmert an die Tür. Er scheint mal wieder schlecht gelaunt zu sein. »Ich kacke dir hier hin, wenn du nicht in dreißig Sekunden draußen bist.«

»Dann kackst du dir doch vor die eigene Tür. Schließlich ist es auch dein Flur.«

Die Logik setzt bei grimmigen Menschen aus, Hauptsache nörgeln. Ich ziehe mir meinen Bademantel an, nehme den Föhn und meine Klamotten, vergesse meine Bürste und drücke mich an meinem Bruder vorbei.

Ben versteht meinen Humor heute besonders schlecht. Das kommt von seiner besonders schlechten Laune. Ich glaube, ihm ist mal wieder eine von seinen Freundinnen weggelaufen. Zur Konkurrenz. Oder vielleicht ist sie auch nur so davongerannt, wie die meisten. Irgendwann kapieren sie, dass man einen ewigen Nörgler nicht an seiner Seite haben will, auch wenn er aussieht wie ein Fotomodell und anscheinend eine Granate im Bett ist. Das hat Pat von der Freundin ihrer großen Schwester gehört. Mir waren das zu viele Informationen.

Mein Bruder braucht lange für sein Styling, für die Entleerung auch. Beides nimmt er sehr ernst. Es ist besser, wenn man ihn weder beim einen noch beim anderen stört. Also gehe ich ungekämmt aus dem Haus. Es ist spät geworden, bald wird es dämmern, und wenn ich auf dem Friedhof bin, ist gestyltes Haar nicht wirklich wichtig.

6

Auf dem Weg zu Frau Blumentopf fällt mir ein, dass es doch wichtig ist und ich mir eigentlich von Pat die Haare machen lassen wollte. Fynn könnte mir schließlich total zufällig und unerwartet über den Weg laufen. Allerdings regnet es leicht, der Friedhof ist kaum besucht, und nirgends sind Gelbhelme zu sehen. Keine Gefahr einer Flirtbegegnung, wenn es überhaupt zu einem Flirt kommen würde. Ich halte ab und zu Ausschau nach gelben Helmen. Die kann man ja auch von Weitem gut sehen, aber eigentlich sollte ich mich besser auf meine Mission konzentrieren. Also laufe ich die Reihen ab, lese Namen, Grabsprüche, Geburts- und Sterbedaten auf den Steinen. Grau, schwarz, anthrazit, weiß, grau, schwarz. Ich glaube, ich hätte gerne einen gelben Stein, wenn es den gibt.

Herr Sorrent hat einen besonders großen Grabstein, wahrscheinlich, damit sein Spruch draufpasst: *»Von Erde bist du genommen, zu Erde sollst du werden. Unser Herr Jesus Christus möge dich auferwecken am Jüngsten Tag.«*

Schwachsinn! Wir kommen aus dem Wasser, denke ich.

Frau Siebel wiederum ruht *»in Frieden trotz ihres gebrochenen Herzens«*. Entweder hat sie ihren Mann verlassen oder er hat sie verlassen, oder sie hat einen Menschen verloren. Aber das muss man ja nicht gleich in Stein eingravieren lassen. Ob sie sich den wohl selbst ausgesucht hat?

Grabsprüche müssen gut ausgewählt werden. Man kann alle

möglichen Schlüsse aus ihnen ziehen, selbst wenn man den Menschen nie gekannt hat. Auch heute ist meine Ausbeute dürftig, der Regen nervt.

Herr Sundermann hat nichts auf sein Grab schreiben lassen, dafür sitzt ein großer schwarzer Hund neben dem Stein und hechelt. Er hat dunkles, zotteliges Fell, eine grau melierte Schnauze und den typischen Hundeblick, der einem immer das Gefühl gibt, etwas falsch gemacht zu haben.

Als ich mich dem Grab nähere, reckt er sich hoch und schaut mich an. Seine Muskeln am Schulterblatt zucken, er hebt eine Pfote hoch, zum Gruß oder zum Angriff, ich weiß es nicht. Jedenfalls erscheint es mir klüger, mich nicht weiter Herrn Sundermanns Grab zu nähern. Ich wende mich um und gehe. Der Hund erhebt sich und trottet mir hinterher. Auch meine aus Hundeperspektive wahrscheinlich ängstlichen Blicke scheinen ihn nicht zu irritieren. Er verfolgt mich stoisch und mit hängender Zunge.

Als wir am Wasserhahn vorbeikommen, überholt er mich. Eine silberne Metallschale steht neben der Wasserstelle. Er nimmt sie in die Schnauze und trabt auf mich zu. Die Schale aus seiner Schnauze zu nehmen, kostet mich ein wenig Überwindung, aber Schale in Hundeschnauze neben Wasserstelle kann nur bedeuten, dass das Tier Durst hat. Also fülle ich ihm Wasser in die Schale, das er gierig trinkt. Oder trinken Hunde einfach immer so schnell? Ich beobachte ihn, und er beobachtet mich, schielt zu mir rüber.

Ein guter Moment, um meine heutige Mission zu beenden. Doch der Friedhofsausgang ist aus meinem Blickfeld verschwunden. Ich drehe mich um meine eigene Achse. Die Grabreihen sehen alle gleich aus. Das Ding in meinem Kopf hat es wieder einmal geschafft. Ich stelle mir immer vor, wie der Blutklumpen dick und schwer auf meiner Schaltzentrale für Orientierung sitzt und mir das Leben schwer macht. Theoretisch könnten die Ärzte das ändern. Sie könnten das Ding wegoperieren, allerdings gibt es dabei keine Alles-wird-gut-Garantie. Niemand weiß, wie sich so ein Aneurysma verhält. Manchmal hält es ein Leben lang still, manchmal platzt es, und manchmal macht es Zicken und explodiert, wenn man ihm zu nah kommt. Ich kann also tatsächlich zu Fallobst werden, wenn ich operiert werde. Und deshalb lasse ich mir nicht den Kopf aufschneiden.

»Okay, hier bist du!« Auch heute kratzt seine Stimme. »Hast du jemanden gefunden?«
Fynn kniet neben dem Hund und krault ihn. »Er sucht sich immer die richtigen Leute aus, die ihm Wasser geben«, sagt er. »Danke!« Er lächelt mich an, während er seine Nase in das nasse Hundefell vergräbt. Soweit ich mich erinnere, riechen Hunde nicht sehr angenehm, wenn sie nass sind. Abgesehen von diesen sehr unnötigen Gedanken versuche ich, meine Nervosität zu verbergen. Jetzt stehe ich Fynn doch noch total zufällig und ungekämmt gegenüber.
»Gern geschehen. Ich dachte, Hunde sind auf dem Friedhof nicht erlaubt.«
»Okay schon.«
»Okay?«
»Ist sein Name. Er hat ihn von meinem Großvater, der da drüben liegt.«
Fynn zeigt auf Herrn Sundermanns Grab. »Er bekam ihn nach einem Schlaganfall, und ›okay‹ war eines der wenigen

Worte, die er noch sagen konnte. Außerdem hat der Hund auf das Wort reagiert, und seitdem heißt er so.«

Fynn krault den Hundebauch. Okay reckt die Schnauze genüsslich nach oben und scheint zu grinsen.

»Passt zwar nicht zu einem adligen Hund mit Stammbaum, aber egal.« Er steht auf und schaut mich interessiert an. Jetzt werde ich mich mit ihm unterhalten müssen. »Na, gefunden, was du suchst?«

»Nein«, sage ich, um mich dann gleich zu korrigieren. »Vielleicht. Ich suche nichts Bestimmtes.«

»Dafür kommst du aber oft hierher. Liegt jemand aus deiner Familie hier?«

»Noch nicht.«

Fynn versteht, auch wenn es nicht das ist, was ich meine.

»Mein Beileid.«

»Danke. Ich, wir … eigentlich sammle ich Grabsprüche.«

»Das nenne ich mal ein spezielles Hobby.«

Fynn amüsiert sich über mich. Ich finde das sympathisch.

»Nicht spezieller als Grabsteine rütteln.«

»Touché.« Fynn hält seine Hand an sein Herz und tut so, als ob ich ihn mit einer unsichtbaren Waffe verletzt hätte, langsam sinkt er zu Boden. Okay wird unruhig, rückt näher an Fynn heran und stemmt sich mit seinem gesamten Hundegewicht gegen ihn, um ihn vor dem Fallen zu bewahren.

»Du hast Glück.«

»Womit?«

»Dass du auf mich gestoßen bist. Ich kenne hier nämlich die meisten Sprüche. Es gibt ein paar sehr witzige, einige dumme und ganz, ganz viele langweilige.«

»Danke, aber ich muss ihn selbst finden.«

»Wie wäre es mit selber schreiben?«
»Vielleicht.« Mir selbst einen Grabspruch schreiben, ist eine gute Idee. Aus irgendeinem Grund ist mir dieser Gedanke bisher noch gar nicht gekommen.
Fynn zeigt seinen schiefen Zahn und seine Lachfalten. Optimistisch. Irgendwie strahlt er so etwas aus. Als wäre er von Natur aus ein optimistischer Mensch.
»Wie heißt du?«
»Tammie. Und du? Arbeitest du schon immer hier?«
»Noch nicht.«
Touché auch bei mir, und zwar mitten ins Herz. Humor ist sexy.
»Ich heiße Fynn. Also, Tammie, wenn du Hilfe brauchst bei deiner Suche nach einem Grabspruch, ich arbeite jeden zweiten Nachmittag hier. Okay ist auch immer dabei. Vielleicht nieselt es noch mal, wenn wir uns wiedersehen. Hoffentlich. Deine Haare bekommen davon schöne Locken.«
»Ich muss jetzt gehen.« Ich wende mich ab und will losgehen. Aber in welche Richtung? Das Kompliment hat mich aus dem Konzept gebracht. So viel zum Thema lässiger Abgang.
»Der Ausgang liegt in der anderen Richtung.« Fynn zeigt mit dem Finger in meine entgegengesetzte Richtung, und ich folge seinem Wink. Dann eben dort entlang.

7

»Du hättest dir wenigstens seine Nummer geben lassen können.«

Ich sortiere meine Grabsteinfotosammlung, während Pat Gummibärchen rettet, wie sie es nennt. Erst wirft sie die Süßigkeiten in die Luft, um sie dann mit ihrem Mund vor einem tragischen Tod durch Aufprall aus schwindelerregender Gummibärchen-Höhe zu retten. Unser Bio-Leistungskurs ist heute ausgefallen, und Pat ist noch mit zu mir gekommen.

»Er hat mit dir geflirtet, und du Dummerchen hast es nicht bemerkt.«

»Habe ich wohl. Ich bin nur nicht drauf eingegangen.«

»Warum?«

»Warum was?«

»Warum lehnst du ihn ab?«

»Ich lehne ihn nicht ab, ich schmeiße mich nur nicht gleich in seine Arme.«

Pat grinst mich an und knautscht Gummibärchen mit ihren Zähnen tot – nachdem sie sie gerettet hat. Logisch ist das nicht.

»Das nächste Mal komme ich mit und bin dein zweites Ich. Dann schmeiße ich mich in seine Arme.«

»Das wirst du nicht tun. Ich werde ihn vor dir verstecken.«

»Aha! Du hast Angst. Angst, dich zu verlieben.«

»Ist ja ganz was Neues.« Pat ist oberschlau, und das ist mir jetzt zu viel.

»Ja, aber dieses Mal hast du einen Grund. Immer, wenn wir vorher darüber geredet haben, war das reine Theorie. Es war ja kein Typ in der Nähe. Jetzt aber steht ein besonders schönes Exemplar der Gattung ›erste Liebe‹ vor deiner Tür, und du knallst sie ihm vor der Nase zu.«
Ich zeige stumm auf Frau Siebels Grabfoto.
In Frieden trotz ihres gebrochenen Herzens.
»Gebrochene Herzen heilen nie«, sage ich.
»Na und?«, erwidert Pat. »Bei dir ist es doch komplett egal. Hau drauf, Tammie, hau auf dein und sein Herz drauf. Ich möchte einmal sehen, dass du es machst! Einmal möchte ich dich sehen, bevor ich eine schrecklich langweilige Grabrede für dich schreibe, oder eine schrecklich böse. ›Meine beste Freundin Tammie war die langweiligste Person, die ich kannte. Es hätte anders kommen können, es hätte wilder sein können, Rock 'n' Roll und all der Mist, von dem unsere Eltern uns immer erzählen, aber sie hatte keinen Mut. Sie war total feige. Und langweilig! So langweilig wie ihr Grab.‹«
Während sie redet, wird ihre Stimme immer lauter. Ihre Worte brauchen mehr Platz, und die Stofftiere haben sie eingekesselt. Deshalb haut sie ihnen, während sie redet, die weichen Köpfe ein. Sie drischt auf Bärchen, Giraffen, Mäuse und Löwenbabys. Pat ist so leidenschaftlich dabei, dass sie die Tiere durcheinanderwirft.
Sie schmeißt mir das Löwenbaby zu. »Ich will keine langweilige Grabrede für dich schreiben. Ich will schreiben, dass du wie eine Löwin um dein Leben gekämpft hast, und dass ich dir dabei helfen durfte.«
Das Löwenbaby schaut traurig und das schon, seitdem es in meinem Bett schläft. Löwenbabys sind langweilig.

Nachdem Pat gegangen ist, mache ich lange Zeit gar nichts. Ich sitze einfach nur da und starre auf meine Stofftiere. Dann kriege ich einen Rappel. Ich stehe von meinem Bett auf, greife nach dem Löwenbaby und lege es vorsichtig in eine Kiste. Ich betrachte es für einen Moment und mache einfach weiter, entsorge meine Stofftiere, eins nach dem anderen. Wie bei einem Schulabschlussball sitzen sie sich auf dem Pappboden gegenüber und schauen sich an. Ich brauche sie nicht mehr. Aber einen würdigen Abschied sollte ich ihnen zum Dank für ihre Treue schenken. Ich tätschele jedem Tier den Kopf, flüstere ihre Namen und schließe dann feierlich den Deckel.
Gaffi, die Giraffe, lugt aus dem Kistenloch. Ich scheue davor zurück, ihren langen Hals zusammenzufalten. Sobald ich es mir bei einer echten Giraffe vorstelle, bringe ich es bei Gaffi nicht übers Herz.
Als ich die Kiste die Treppe hinuntertrage, sitzt meine Mutter mit einer nigerianischen Freundin in der Wohnküche und diskutiert über Frauenrechte und Genitalbeschneidung. An ihr komme ich ungesehen vorbei. Mein Vater hängt auf dem Sofa rum und liest. Leider nicht ganz so vertieft, wie ich es gebraucht hätte. Er sieht mich mit der Kiste im Flur vorbeischleichen und fängt mich ab.
»Wohin mit Gaffi?«
»Zur Arbeiterwohlfahrt. Ich brauche die Sachen nicht mehr.
»Auch Gaffi?«
»Ja, Papa.«
Mein Vater zieht die Giraffe aus dem Karton und betrachtet sie melancholisch. Wir haben sie zusammen beim Hau-den-Lukas gewonnen. Ich kann mich erinnern, dass ich den

Hammer kaum halten konnte, aber mein Vater hat mir geholfen. Wir haben den Lukas ziemlich kräftig gehauen und »Gaffi« gewonnen. Ich war drei Jahre alt und konnte nur zweisilbrige Wörter ohne den Buchstaben »R« sprechen. Aus Giraffe wurde Gaffi.

»Behalte du sie doch.«

Er schaut jetzt noch trauriger, als ich ihm das vorschlage, aber er nimmt das Geschenk trotzdem an. Bevor er für Gaffi einen Platz auf der Kommode im Flur frei räumt und sie dort hinstellt, tätschelt er noch ihren langen Hals. Ich gehe mit meinem Zoo aus der Tür und bin von mir selbst überrascht. Jahrelang habe ich ohne Gaffi keinen Schritt gemacht. Nun ist mir meine stumme Spielkameradin plötzlich doch nicht mehr so wichtig. In meinem Alter sollte man seine Stofftiere längst nicht mehr brauchen. Und trotzdem fühle ich mich wie eine Verräterin.

8

Bei der Arbeiterwohlfahrt nimmt mir eine dickliche Frau den vollen Karton ab und ist begeistert, als sie die Schätze sieht. Einen kurzen Moment lang frage ich mich, ob die Tiere vielleicht antiquarischen Wert haben und ich sie besser im Internet angeboten hätte, um mein Taschengeld aufzubessern.
»Wie schön! Das ist ja ein ganzer Zoo.«
»Meine Eltern wollten mir kein Meerschweinchen kaufen, deshalb habe ich Stofftiere gesammelt.«
Die Frau packt eins nach dem anderen auf den Tisch und sortiert sie in Gruppen. Hier die großen Tiere, dort die kleinen. Dann verstehe ich auch, warum sie das macht. Sie öffnet einen großen Schrank, der voll ist mit Kuscheltieren. Auch hier herrscht Ordnung wie auf der Arche Noah. Meine Spielkameraden werden zu ihren Artgenossen sortiert. Nur den Pratibo, das Faultier, kann sie nicht unterbringen. Es hat ungelenk lange Arme und passt nirgends rein. Sie setzt es auf den Schrank und zwinkert mir zu.
Ich fühle mich sehr erleichtert, meine alten Freunde in guten Händen zu wissen, und sage ihnen Lebewohl. Jetzt ist Platz für Neues.

9

Ich könnte auf meinem Weg nach Hause eine kleine Kurve laufen und auf dem Friedhof nach Okay schauen, der hoffentlich Fynn im Schlepptau hat. Ich könnte es aber auch bleiben lassen. Stofftiertrauer als Small-Talk-Thema eignet sich nur bedingt. Und zu mehr als Small Talk fühle ich mich kaum in der Lage, wenn ich in seiner Nähe bin. Außerdem hängen meine Haare in ungewaschenen Strähnen herunter, Hose und T-Shirt haben den Dreck des Kartons aufgenommen, und so melancholisch, wie ich plötzlich drauf bin, wirke ich sicher nicht besonders sexy.

Es weht ein leichter Wind. Um mich herum bewegen sich die Autos ruckelnd vorwärts. Menschen eilen, schlendern, wirken beschäftigt oder auch nachdenklich – und alle am Leben. In einem dieser Kindersterbebücher hat ein Arzt die Theorie aufgestellt, dass Sterben für Kinder und Jugendliche einfacher sei als für Erwachsene. Wir, die wir die Schönheit und Brutalität des Erdendaseins noch nicht in vollen Zügen erfahren hätten, wüssten nicht, was uns entgeht. Wir lassen besser los, sind die besseren Sterbenden, sind lebensklug und weise, ohne Lebenserfahrung, einfach, weil unsere Seelen jünger und unbefleckter sind. Ob wir die besseren Toten sein werden, kann keiner sagen.

Was für ein arrogantes Arschloch.

Ich weiß sehr genau, was ich verpassen werde. Wenn ich zum Beispiel eine Folge meiner Lieblingsserie nicht schauen kann, merke ich auch, dass ich einen Teil der Geschichte verpasst habe. Die Helden haben sich weiterentwickelt, hatten Krach mit ihrem Mann oder Sex mit ihrem Ex oder sind durch die feindliche Linie gebrochen, um ihren Kameraden aus der Folterkammer zu retten. Sie sprechen über ihre Erfahrung, die sie in der letzten Episode gemacht haben und die ich nicht nachvollziehen kann, weil ich bei irgendeinem Spezialisten saß – und Fernseher in Wartezimmern nicht zum guten Ton gehören.

Es ist, als ob ich mich an etwas erinnern würde, was noch kommt.

Wut steigt in mir hoch. Ich lasse es zu, so wie es Pat von mir verlangt hat. Meine Ohren fangen an zu brennen, und meine Fingerspitzen kribbeln vor Aufregung.

Ja, ich möchte eine wütende Sterbende sein. Ich fordere mein Recht auf jugendlichen Leichtsinn und pubertäre Hormonverwirrung ein. Ich will noch ganz viel Schwachsinn erleben, den ich später bereue und für den ich mich ein Leben lang schämen werde. Ich will Fehler machen dürfen und sie nicht irgendeinem beschissenen Blutsack opfern. So stehe ich mitten auf dem Bürgersteig fest auf meinen Füßen, schließe meine Augen und höre dem wirbelnden Leben um mich zu. Ein langweiliges, monotones Grundrauschen, das ich genieße.

»Tammie, alles klar?«

Jemand tippt mir von hinten auf die Schulter. Erst sehe ich einen sorgenvollen Blick, dann, als ich meine Augen weiter nach unten gleiten lasse, ein enges T-Shirt über gut gebauten Brustmuskeln und einem modellierten Sixpack. Es ist Jens, der Schwarm jedes Mädchens meines Jahrgangs. Die-

ser Hype hält genau drei Wochen an, munkelt man. Danach wird es langweilig mit ihm, wenn man seine Vorliebe für Trainingspläne und Eiweißshakes nicht teilt. Trotzdem, ein netter Typ.
»Alles in Ordnung. Ich bin nur nachdenklich.«
»Ich wohne hier.« Seine Stimme hat etwas Beruhigendes. Er zückt seinen Hausschlüssel. »Am besten kommst du mit nach oben. Du siehst aus wie ein Gespenst.«
Eigentlich fühle ich mich gut, aber ich lasse mich gerne ein wenig verhätscheln.
Er serviert Tee und Kuchen, fragt, ob ich lieber Nudeln will, wartet meine Antwort nicht ab und holt sofort einen Topf aus dem Küchenschrank.
Ich sitze in der hintersten Ecke der Eichenholzsitzkombination und kämme die Fransen der rot-goldenen Tischdeko. Jens erklärt mir, dass man bei starkem Blutzuckerabfall, der offensichtlich bei mir stattgefunden hat, Kohlehydrate zu sich nehmen muss, also Zucker oder Nudeln. Er klingt, als ob er Ahnung hat. Viel haben wir in der Schule nicht miteinander zu tun, aber wir gehen uns auch nicht aus dem Weg.
»Wo ist dein Fotoapparat?«
»Nicht dabei. Wieso?«
»Ich hab dich noch nie ohne gesehen. Du fotografierst doch Friedhöfe, oder?«
»Ich fotografiere die Steine auf den Friedhöfen.« Außer Pat und den Lehrern weiß keiner in meiner Schule, was mit mir los ist.
»Cool«, sagt er.
Ein unpassenderes Wort gibt es dafür nicht, aber er ist ein guter Gastgeber.

»Und warum fotografierst du sie?«, fragt er weiter.
»Weil ich Sprüche sammele, Grabsprüche.«
»Super.«
Jens siebt die Nudeln ab und serviert sie mit viel Pesto und Parmesan, dabei schaut er mir über die Schulter und strahlt. Eine Annäherung oder ist er stolz auf seine Kochkünste?
Der Essensduft schwebt in meine Nase, und jetzt erst merke ich, wie hungrig ich bin. Jens setzt sich neben mich, nicht gegenüber, nein, Oberschenkel an Oberschenkel. Während wir schweigend essen, beobachtet er mich. Er versucht gar nicht erst, mit mir zu reden, sondern freut sich über irgendetwas.
»Toll, dass du hier bist. Das habe ich mir schon lange gewünscht.«
Verschlucken will ich mich jetzt nicht, also kaue ich meine zu große Nudelportion ganz langsam, um nicht reden zu müssen. Ihn anstarren ist auch keine Option. Mein Hirn rattert Fragen runter und ist auf der Suche nach Antworten. Jens, der Schwarm aller Mädchen, hat sich schon lange gewünscht, dass ich ihn besuchen komme? Was habe ich denn hier verschlafen?
»Du kaust wunderbar. Deine Grübchen, die hüpfen hin und her, wenn du kaust. Ist mir schon vor einigen Jahren aufgefallen.«
Und dann küsst er mich auf den vollen Mund. Ich kann noch rechtzeitig eine Nudel hochschlürfen. Er schmeckt nach Pesto. Ich wahrscheinlich auch. Mit vollem Mund zu küssen, ist anstrengend.
Nach dem Kuss isst er weiter und schaut mich fröhlich an. Er ist immer noch glücklich. Nein, er ist jetzt noch glücklicher als vorher.

»Wir können auch in mein Zimmer gehen.«
Jens nimmt unsere Teller und geht vor. Die Gabel noch in der Hand, gehe ich hinterher, setze mich auf seinen Schreibtischstuhl und esse weiter. Ich sollte mal was sagen, aber mir fällt einfach nichts Passendes ein. Ich denke. Wir essen. Wir schauen uns freundlich, aber schief an.
»Schmeckt gut. Danke für die Nudeln«, ist das klägliche Endergebnis eines turboschnellen Gehirnscans nach Redewendungen, die dieser Situation angemessen sind. Der Teller ist leer, und was jetzt?
Jens hat einen Plan. Er rückt an mich ran und liebkost meinen Hals, nicht ohne vorher »Darf ich?« zu fragen.
Während er mich streichelt, wäge ich ab: Das ist offensichtlich mehr als eine Anmache. Seine Hände bewegen sich über meinen Hals und kommen meinem Busen näher. Ergo will er mehr. Ich verstehe überhaupt nicht, was los ist, weder mit ihm noch mit mir. Ich fühle nichts, außer Schockstarre, und lasse es mit mir geschehen. Er hingegen ist hin und weg von irgendwas oder mir vielleicht. Hier ist sie also, die Situation. Das hier werde ich bestimmt als Erwachsene mal bereuen, wenn ich denn so lange lebe.
Irgendwann landen wir auf seinem Bett. Er über mir, wie man das so macht, glaube ich. Er rutscht mit seiner Nase immer tiefer, vergräbt sich zwischen meinen Brüsten und dann auch in meinen Bauchnabel. Und ich stehe weiterhin neben mir und beobachte ihn, mich und dieses merkwürdige Ereignis. Wahrscheinlich sollte ich irgendwie mitmachen. Nur steif wie ein Brett daliegen ist, glaube ich, heute nicht mehr so angesagt. Andererseits frage ich mich, warum ich nicht einfach gehe? Das Hirn denkt, der Körper macht was ande-

res. Vielleicht wird es ja noch schön. Vielleicht gewöhne ich mich noch an Jens. Irgendwann erwidere ich zaghaft seine Küsse. Jens kommt jeder meiner Bewegungen mit einer noch größeren entgegen. Außer meinen Grübchen gefallen ihm offensichtlich auch meine Kurven und der ganze untere Rest. Er atmet schwer, hat eine rötliche Gesichtsfarbe und seine Augen geschlossen, sieht aus, als ob er sich selbst sehr genießt. Ja, sein Gesichtsausdruck bestätigt mir, nicht mich genießt er, sondern sich.

Und so entzückt, wie er von sich selbst ist, gelingt es mir nicht, ihn zu stoppen.

»Du riechst gut«, haucht er mir ins Ohr. »Du riechst verdammt gut. Ich könnte …«

Und dann beißt er mich ins Ohrläppchen, was wehtut. Meine Ohrläppchen sind wohl empfindlich. Ich rieche seinen Schweiß, ein dünner Film auf seiner glatt rasierten Haut. Ab und zu schenkt er mir einen romantischen Blick, schaut entrückt, flüstert »so schön, so schön«, um sich wieder über meinen Busen herzumachen, den er in alle möglichen Formen knetet. Auch das tut manchmal weh. Aber ich lasse es mir nicht anmerken, denn ich wollte ja Sex. Nun habe ich ihn. Ich bleibe weiterhin fast regungslos liegen und wundere mich über mich selbst. In mir tut sich nichts. Ich friere. Jens hingegen geht auch ohne meine Hilfe auf einen Gipfel zu. Es reicht, dass ich halb nackt unter ihm liege und er an mir rumspielt und mich von oben bis unten ableckt.

Als er meine Hand zwischen seine Beine steuert, ist es genug. Ich mache eine Vollbremsung und winde mich unter Jens weg. Damit er mir meine Verwirrung nicht ansieht, drehe ich ihm den Rücken zu.

»Soll ich Musik anmachen?«, fragt er mich verunsichert. »Meine Eltern sind verreist, keine Sorge, und die Nachbarn sind nicht da.«
Da ich nichts sage, muss er weiterplappern.
»Habe ich was falsch gemacht? Geht es dir wieder schlechter? Aber du hast rote Wangen bekommen.«
Über diese Beobachtung freut er sich besonders. Es ist ein Zeichen, dass auch mein Blut in Wallung geraten ist, und aus seiner Perspektive heißt das: Er hat seinen Job gut gemacht und mich irgendwie befriedigt.
Ich ziehe mich an, versuche cool und langsam Schicht um Schicht anzulegen, dabei kann es mir eigentlich nicht schnell genug gehen.
»Danke für die Nudeln.« Meine Stimme bricht. »Und auch, dass du so nett bist. Das wusste ich gar nicht«, stottere ich herum.
»Was?«
»Ich wusste nicht … hätte nicht gedacht, dass du mich magst.«
»Jetzt weißt du es.«
»Was?«
»Dass ich dich mag.«
Meine Sachen liegen überall im Zimmer verteilt. Jetzt sammele ich sie zu hektisch auf.
»Ich mag dich sehr und das schon immer.«
Das ist eine Liebeserklärung. Meine erste. Wie soll ich damit umgehen? Erwidern will und kann ich sie nicht. Man soll nicht lügen, aber ein netter Spruch ist eben einfach – nett. Das ist auch verletzend. Jens ist ja nicht doof, nur ein wenig unsensibel vielleicht. »Wir sehen uns, ja?«

»Klar, morgen.« Ich drehe mich zu ihm um. Es gelingt mir einigermaßen, ihn direkt anzuschauen. »In der Schule, okay?«

Obwohl ich versucht habe, lieb zu antworten, versteht Jens meine Worte genau richtig – und fällt in sich zusammen. Er bringt mich nicht zur Tür.

10

Die Straßen sind in Zwischenlicht getaucht. Die Ruhe, die sich mit der Dämmerung auf das Stadtgewirr gelegt hat, steht im Gegensatz zu meinem Gemütszustand. Aber eins haben wir gemeinsam, ich und die Welt: Wir ziehen uns zurück.
Bildfetzen springen mich an. Ein lächelnder Jens, ein leidenschaftlicher Jens. Jens und mein Busen, Schweiß, sein schöner Rücken, Jens' Auge vor meinem, ganz nah, zu nah, alles zu viel und zu nah. Und weil diese Erinnerungssplitter mich verwirren, verlaufe ich mich, obwohl ich mich in meinem Viertel befinde. Ich erkenne die Läden wieder, die Straßennamen, kann sie aber nicht in ein Raster einordnen und weiß deshalb auch nicht, in welche Richtung ich gehen muss. Der Karton in meiner Hand ist immer noch unhandlich. Ich hab nicht mal gemerkt, dass ich ihn wieder mitgenommen habe.
Ich stelle ihn auf einer Bank ab und setze mich dazu. Während dieser vernebelten Geisteszustände ist es das Beste, abzuwarten. Die Pappkiste schweigt mich an, und ich schweige zurück und verharre, bis sich mein Gehirn neu sortiert. Zwischen der Faltkante des Kartons lugt ein Filzwurm hervor. Als Kind hatte ich eine ganze Sammlung von selbst gemachten Filztieren. Die Würmer waren am zahlreichsten, weil ich sie selbst basteln konnte. Ich ziehe ihn raus und lasse ihn zwischen meinen Fingern kriechen.
Meine Brustwarzen brennen immer noch, und meine Ge-

danken wandern ständig in Jens' Zimmer zurück. Die Erinnerungen kleben an mir. Ich rieche an meinen Händen. Sie riechen nach ihm. Jens war wirklich traurig, als ich gegangen bin, geknickt und verletzt. Es wäre besser gewesen, ihm zu erklären, dass ich eine tickende Zeitbombe bin und ich niemanden mit mir in den Tod reißen möchte. Es wäre besser gewesen, ihm die Wahrheit über seinen Status als Versuchskaninchen zu verraten. Und vielleicht hätte ich ihm sagen müssen, dass er einen schönen Körper hat. Denn das hat er tatsächlich.

11

Ein surrendes Geräusch ist zu hören, als ich die Haustür öffne. Mein Vater sitzt an einer Retro-Rudermaschine. Wir sind während der Kelleraktion auf sie gestoßen, aber statt sie für den Flohmarkt freizugeben, hat er das Gerät mitten im Wohnzimmer platziert. Zwanzig Jahre Feuchte und Einsamkeit haben es grantig gemacht. Das Fitnessgerät knurrt und räuspert sich wie ein altes Kamel bei jeder Bewegung, zu der es mein hoch motivierter Vater zwingt. Er ist schneller als die Maschine oder will es gerne sein, aber das alte Ding hält noch mit und meinen Vater auf Trab. Er stöhnt mit dem Rudergerät um die Wette und versprenkelt seine Schweißtropfen auf dem Boden.

»Alte Zeiten«, grinst er mich an. »Alte Zeiten.«

»Alte Zeiten?«

»Ich arbeite dran.«

Mein Vater rudert weiter. Meine Mutter kommt mit dem Essen herein und deckt den Tisch. Essen wird mir jetzt guttun.

»Erst tätschelt er eine halbe Stunde deine Stoffgiraffe, und dann setzt er sich auf dieses Ding.«

Meine Eltern zwinkern sich zu. Gaffi hockt als Gallionsfigur auf dem Bug der Rudermaschine und scheint meinen Vater anzufeuern, jedenfalls vibriert sie mit den Bewegungen mit.

Es gibt Gemüse mit Gemüse. Seit ich die Diagnose habe, ist meine Familie minus meinem Bruder auf einem permanenten Ernährungsumstellungstrip. Momentan ist No Carb dran, zumindest abends. Kohlehydrate sind vor dem Schlafengehen verpönt, weil sie angeblich schwer verdaulich sind, aber die Experten sind sich darüber auch nicht einig. So genau hat mir das meine Mutter nicht erklärt, oder ich habe es mir nicht gemerkt. Jedenfalls erwähne ich besser nicht, dass ich gerade eine Portion Nudeln bei Jens gegessen habe. Sonst muss ich noch erklären, wer Jens ist, und warum er mich bekocht hat.

Mein Vater will sich verschwitzt an den Tisch setzen und wird von meiner Mutter verjagt. Er quittiert ihren Protest mit einer Umarmung, weigert sich zu gehen. Meine Eltern haben schon sehr lange nicht mehr miteinander geflirtet. Sie quietscht, er brummt, und beide tänzeln in der Umarmung auf der Stelle herum, während meine Mutter die Teller balanciert und mein Vater sich mit ihrem Küchenhandtuch die Stirn abwischt. Es ist schön, sie turteln zu sehen.

»Sind wir hier beim Seniorentanzen?« Ben setzt sich an den Tisch und greift sofort zur Auflaufform.

»Hoffentlich.« Meine Mutter knufft ihn in die Seite. »Tanzen macht gute Laune.«

»Darauf hat er aber keine Lust.« Mein Vater, immer noch verschwitzt, zieht meinem Bruder die Auflaufform vor der Nase weg und nimmt sich eine große Portion. »Ben braucht seine schlechte Laune.«

»Hey, kannst du mal warten, bis ich fertig bin?« Ben reißt die Form wieder an sich.

»Und kannst du endlich mal aufhören, deine Wut an uns auszulassen? Heute haben wir mal keine Lust auf ewig nörgelnde Ich-bin-gegen-alles-Typen wie dich.«

»Nur weil ihr es euch in eurem Leben bequem gemacht habt, und ich eine Meinung dazu habe, zu dieser kapitalistischen Scheiße, in der ihr immer rumrührt.«
Ben schaufelt sich Fenchel rein. Meine Mutter ist eingefroren und rührt das Essen nicht an. Das ist die Ruhe vor dem Sturm. Früher haben wir diese Situation etliche Male erlebt. In letzter Zeit selten. Meine Eltern haben Angst, dass es mich zu sehr aufregt.
Jetzt müssen alle die Klappe halten.
»Geh in dein Zimmer und zieh dir imperialistische Musik mit deinem kapitalistischen iPod rein, den dir dein verfickter Vater von seinem Arbeitergehalt gekauft hat.« Mein Vater poltert wie ein Orkan, der unvermittelt loswirbelt und über meine Ohren hinwegfegt.
»Wenn ich könnte, wäre ich schon längst weg hier.« Ben steht mit einer ruckartigen Bewegung auf, stößt den Stuhl um.
Sie haben die Klappe nicht gehalten.
»Du kannst. Du willst bloß nicht. Ist doch bequem hier.« Meine Mutter hat die Augen starr auf Ben gerichtet. Meine Mutter hält sich oft aus dem Vater-Sohn-Konflikt raus. Nun stellt sie sich auf die Seite meines Vaters.
»Scheiße. Ist das eine gequirlte Scheiße hier.« Ben macht einen Abgang und vergisst nicht, seinen gut gefüllten Teller mitzunehmen.
Stille. Wir schaufeln alle das Essen nervös in uns rein. Keiner sagt mehr etwas. Die Szene hallt noch in mir nach. Während mein Vater den Tisch abräumt, überlege ich, auf wen oder was genau mein Bruder eigentlich wütend ist. Irgendwie könnte ich ihm für seine schlechte Laune auch dankbar sein,

denn heute ist etwas passiert, das schon lange nicht vorgekommen ist.
Sie waren so wie früher. Keiner von ihnen hat sich mir zuliebe zusammengenommen. Keiner hat die Alles-soll-schön-sein-Maske aufgesetzt, um Tammies Blutbombe nicht aufzuregen.
Und das erleichtert mich sehr.
Sie werden leben, wenn ich nicht mehr da bin. Sie werden sich streiten und lieben, werden eine normale Familie sein, auch wenn sie einmal den Tisch für vier Personen gedeckt haben.

12

Die Nacht bringt eine kühle Brise. Die Fotografien der Grabsteine bewegen sich leicht im Wind. An diesem Abend kann ich lange nicht einschlafen. Ich liege auf meinem Bett und versuche, mich mit Atemübungen in einen Schlaf zu hauchen. Seit einiger Zeit habe ich Einschlafschwierigkeiten, und man braucht keine Tiefenpsychologie, um zu verstehen, warum. Ich möchte bewusst sterben, möchte das Leuchten in meinem Gehirn und das Brodeln des Blutes spüren. Knochen sollen knacken, wenn ich platt auf den Boden falle. Ich möchte den kompletten Systemzusammenbruch erleben. Einschlafen und am nächsten Morgen gestorben sein, ist der Traum der meisten Menschen, den ich total langweilig finde. Wenn ich schon die Chance für einen dramatischen Tod habe, dann möchte ich ihn bitte schön auch auskosten dürfen.

Ich denke an den Nachmittag mit Jens und bereue es, Fynn nicht nach seiner Nummer gefragt zu haben. Ziemliches Kontrastprogramm, das mein Gehirn mir da anbietet. Ich erinnere mich an das letzte Treffen mit ihm und lächle dabei vor mich hin, was sicher albern aussieht, aber anders geht es nicht. Fynn gleich Lächeln – Tendenz leicht steigend.

In schlaflosen Nächten wie diesen klappe ich meinen Rechner auf und höre Radio, oder besser noch: Hörbücher. Die Erzählstimmen lullen mich ein. Und auch heute kann ich den Abenteuern eines kleinen Jungen, der seinen Freund

sucht, um ihn vom bösen Zauberbann eines noch böseren Zauberers zu erlösen, kaum folgen. Diese Geschichte konnte ich schon in der Grundschule auswendig. Ich muss ihr nicht folgen. Und außerdem hat der Sprecher eine besonders einlullende Stimme.
Als mitten in der Nacht ein E-Mail-Signal ertönt, bin ich sofort hellwach. Ich fische mein Handy vom Nachttisch und klicke die E-Mail an. Im Anhang finde ich ein Foto von einem Hund, der auf einer Wiese sitzt.
Absender: Fynn, Betreff: ;-).
Auf dem Foto erkenne ich Okay.
Wie er meine E-Mail-Adresse rausbekommen hat, ist jetzt nebensächlich. Ich sitze auf meinem Bett, während der Sprecher die Spannungskurve steil nach oben biegt, indem er in flüsternder Stimme vom kleinen Jungen und seinem Flug mit den Gänsen in Richtung Sonne berichtet. Die Gänse schützen ihn mit seinen Flügeln vor der Hitze, und ich betrachte das Foto. Schlaf wäre jetzt eine komplette Themaverfehlung.
Okay sitzt auf einer Blumenwiese und schaut zur Seite. Dafür ist sein Halsband gut zu sehen, denn das Fell ist ordentlich in Richtung Ohren gekämmt. Jemand hat Okay ein für Hunde untypisches Styling verpasst, nur damit man die Handynummer auf dem Hundehalsband gut lesen kann.
Mit zittrigen Händen den Touchscreen zu bedienen, ist eine ziemliche Herausforderung. Ich atme tief durch, wische mir wieder dieses alberne Grinsen vom Gesicht – nicht aus dem Herzen – und drehe an meinen Synapsen. Was soll ich schreiben?
Es dauert viele lange Minuten und etliche digital gestotterte Satzanfänge, bis ich endlich etwas abschicke.

»MUSSTE OKAY LEIDEN?«
Die Antwort kommt prompt. Fynn scheint am anderen Ende auf meine Nachricht gewartet zu haben.
»OKAY LIEBT ES, NACHRICHTEN ZU ÜBERBRINGEN. HABE ICH DICH GEWECKT?«
»NEIN, WO BIST DU?«
»LIEGE IN EINEM HUNDEKORB ... UND OKAY AUF MEINEM BETT«
»WIE HAST DU MICH GEFUNDEN?«
»VIELE FRAGEN FÜR WENIG INFORMATION VON DIR«
»WUSSTE NICHT, DASS DU INFOS WOLLTEST«
»JETZT WEISST DU ES ... SPUREN IM NETZ. HABEN WIR ALLE«
Als ich noch jung und dumm war, habe ich mich in fast allen verfügbaren Netzwerken angemeldet. Vermutlich habe ich in einem davon auch meine Nummer und mein Bild hinterlassen. Jetzt freue ich mich über meine Blödheit.
Noch bevor ich antworten kann, kommen die nächsten Nachrichten von Fynn.
»HABE DEN PERFEKTEN SPRUCH FÜR DICH GEFUNDEN« UND »OKAY VERMISST DICH«
»VERLOCKEND«
»SOLL ES AUCH SEIN«
»WANN UND WO?«
»GESTERN«
»SEHR WITZIG«
»NEIN, TOTAL ERNST GEMEINT«
»ALSO?«
»WIEDER EINE FRAGE OHNE INFO VON DIR«
»WELCHE ANTWORT WILLST DU DENN?«

»WARUM LOCKEN SICH DEINE HAARE IM REGEN?«
»KANNST DU DANN MEINE HAARE FRAGEN«
»WOW! DEINE HAARE KÖNNEN REDEN?«
»MORGEN UM DREI?«
»BEI FRAU BLUMENTOPF«
»ICH WERDE IHR SAGEN, SIE SOLL SICH KÄMMEN«

Die Verlockung, weitere Nachrichten zu schicken, ist groß. Ich bin total flatterig, lasse mich wieder platt auf mein Bett fallen, schließe die Augen und stelle mir Fynn vor. Ob er wohl auch so zittrige Finger hatte, als er mir die E-Mail geschickt hat? Ich fliege mit einem albernen Herzschlag im Dreivierteltakt in meinem Zimmer herum. An Schlaf ist nicht zu denken, aber der arme Junge aus dem Märchen hat es auch nicht leicht. Die Gänse haben ihn auf einem Berggipfel abgesetzt, und da sitzt er nun und friert.

13

»Das ist alles komplett für die Tonne.« Pat inspiziert meinen Kleiderschrank, und bei dem Gedanken daran, dass ich irgendetwas daraus zu einem Date anziehen könnte, sieht sie aus, als hätte sie in eine Zitrone gebissen. Mein Schrank quillt über, und ich habe nichts, was ein Hingucker wäre, Pats Meinung nach.

In der Schule hat sie mir angesehen, was los ist, und mich mit ihren Fragen gelöchert, bis sie es endlich aus mir herausgequetscht hat. Sie freut sich noch mehr auf mein Treffen mit Fynn als ich und hat darauf bestanden, vorbeizukommen, um mich in Modefragen zu beraten. Sie weiß, ich habe es nötig.

Um mich nicht völlig zu blamieren, habe ich meinen Schrank vorher nach Brauchbarem gescannt. Ergebnis: Ich schwimme in einem Altkleiderozean, oder besser, einem trüben, schlammigen Altkleidertümpel. T-Shirts, Hosen, Pullis in Braun, Schwarz, Schlammgrau, Beige.

Pat hält ein weites Shirt hoch. »In dem sieht man niente von dir. Nicht mal ich.« Sie rümpft die Nase, zieht ihre Augenbrauen zusammen. Nichts von dem, was hier liegt, gefällt ihr. Wie auch? Die Kleider sind alt und formlos.

»Es gibt auch nichts zu sehen.«

»Alles eine Frage der Verpackung«, kontert Pat. Sie zückt aus ihrem Rucksack ein grasgrünes Oberteil, auf dem vorne der Namen einer irischen Band aufgedruckt ist, den ich nicht aussprechen kann.

»Und wenn er die Band kennt?«
»Umso besser. Dann fragst du ihn, ob ihr gemeinsam auf das Konzert geht. Nächste Woche im *Atom*.«
Ich zögere, das T-Shirt anzuziehen, aber Pat duldet keinen Widerspruch. Sie hilft mir in das für mein Gefühl viel zu enge Teil und stopft meinen Kopf durch das hoffentlich richtige Loch. Das T-Shirt liegt an mir wie die Haut an der Wurst.
»Passt perfekt!«, freut sich Pat. Sie rupft und zuppelt euphorisch am Stoff, der meine Hüftröllchen erst recht zur Geltung bringt. Ich komme mir vor wie eine Schaufensterpuppe.
»Ich kann mich nicht bewegen.« Die irische Band engt mich ein. »Ich kann nicht atmen.«
Denn wenn ich Luft hole, wölbt sich eine nie vorher da gewesene Fettansammlung empor. Ich schaue an mir herab. »Mit zehn war ich untergewichtig.«
»Als wir zehn Jahre alt waren, hatten wir noch keine Hormone, glaube ich.«
Pat sucht weiter. Sie sortiert meine Kleider in drei Haufen. Erster Haufen »geht gar nicht«, zweiter Haufen »geht genauso wenig« und dritter Haufen »besser als nichts«. Der dritte Haufen ist mickrig. Die anderen beiden wachsen stetig an.
»Wir brauchen noch ein Unterteil. Oder willst du ohne Hose gehen?«
Ich grinse. »Dann falle ich wenigstens auf.«
Pat findet das gar nicht komisch. Sie hat die Arme vor der Brust verschränkt, und in ihrem Gesicht blitzt Kampfeslust auf. »Du bist doch schon aufgefallen. Dein Selbstbewusstsein ist mikroskopisch klein. Auch für die Tonne.«
Ich schaue mir die Haufen an. Tatsächlich liegen auch Klei-

der aus den Anfängen meiner Teeniezeit herum. Comictiere auf abgewetzten Stoffen buhlen mit Hasen, Hunden und Punktvariationen um die Aufmerksamkeit des Betrachters. Irgendwann war ich glücklich mit diesen Kleidern. Das war, bevor ich mich mit medizinischen Begriffen und Ärzten auseinandersetzen musste, als ich MRT für eine Musikband hielt und ich Scanner nur aus der Schule kannte. Das war vor meinen Untersuchungen in Röhren und mit anderen Apparaturen.

Ich springe auf, renne nach unten in die Küche, hole zwei große Mülltüten und stopfe Haufen eins und Haufen zwei hinein.

Pat schaut mich an, versteht und macht mit.

»Weg damit!«, johlt sie.

Schließlich stehen wir vor Haufen Nummer drei. Die Ausbeute ist kläglich, und letztendlich ist hier auch nichts dabei. Kurz entschlossen zieht Pat ihre Hose aus, greift sich eine von meinen Jogginghosen und streckt mir ihre entgegen.

»Ist frisch gewaschen.«

Ich ziehe sie an, und es schält sich ein Knackpopo raus.

»Na, geht doch«, witzelt Pat und schaut an sich herab. »Jetzt muss ich in dem Aufzug nur irgendwie nach Hause kommen.«

Sie umarmt mich, wuschelt mir durch das Haar. »Genieße es! Wimperntusche ist wohl zu viel verlangt, oder?«, fragt sie dann.

Ich nicke und greife nach den Müllsäcken. Knackpopo und Fettwulste, die aus dem Nichts auftauchen, sind abenteuerlich genug. Mit Make-up würde ich mich wie ein Clown fühlen. Und wer will schon einen Clown küssen?

14

Die Kleidersäcke sind schwer. Ich ziehe je einen rechts und links hinter mir her zum Altkleidercontainer. Und natürlich sind die Säcke zu groß für das Einwurfloch. Sosehr ich drücke und stopfe, die Tüten sind zu sperrig. Hinter mir taucht eine Frau auf, junges Gesicht, eingefallene Schultern und hängende Augenlider. Ihre grauen Haarsträhnen hat sie dürftig mit zwei Haarspangen zügeln können. Sie beobachtet mich und schielt auf den Inhalt meiner Kleidersäcke, den ich in kleine Einheiten auf dem Boden sortiere.
»Kann ich dir helfen?«, fragt sie.
»Ist nicht nötig, die Tüten sind einfach zu voll. Ich muss die Sachen wohl einzeln ins Loch stopfen.«
»Ja, das Problem haben hier alle.« Ein wissendes Nicken.
Sie greift einfach zu, nimmt hier und da ein Stück raus und betrachtet es, bevor sie es auf die Haufen wirft.
»Sind aber auch verdammt klein, diese Container-Löcher. Zu klein für die vielen Klamotten.«
Dann hat sie einen von meinen Kinderschals in der Hand. Blaue Punkte auf grünen Karos.
»Kann ich den haben?«
»Klar.«
Stück für Stück werfe ich in den Container. Jede meiner Bewegungen verfolgt die Frau mit ihrem Blick. Sie wird hektischer beim Sortieren, sucht nach Brauchbarem für sich selbst und nestelt nervös in meinen Kinderkleidern herum.

»Wollen Sie vielleicht alles in Ruhe durchschauen?«
»Oh ja! Wäre das möglich?« Sie strahlt mich an. »Ich kann das alles entsorgen. Du kannst ruhig gehen. Ist doch viel Zeugs, nicht wahr?«
»Ja, sehr viel. Alte Kindersachen.«
»Schön. Kindersachen sind immer so farbenfroh«, murmelt sie, während sie mit meinen gelben Gummistiefeln liebäugelt. »Und an mir ist ja nicht viel dran, meistens passt doch irgendwas.«
Sie zieht ihre Schuhe aus, grobe Männerschuhe. Sie sind ihr sicher viel zu groß, denn es kommen kleine, nackte Füße zum Vorschein.
Jetzt sehe ich auch, dass sie einen dunkelblauen Pullover trägt, auf dem sich ein intergalaktischer Sternenkämpfer auf einem Surfbrett durch die Milchstraße bewegt. Er starrt mich mit weit aufgerissenen Augen an und schreit mir »Wuaahhhh« entgegen. Das sagt jedenfalls die Sprechblase neben seinem Kopf. Und tatsächlich, die Gummistiefel passen. Sie geht ein paar Schritte, sieht zufrieden aus und behält die Schuhe an, während sie weiter in meinen alten Sachen wühlt.
»Dann viel Erfolg und vielen Dank für Ihre Hilfe.«
Die Frau hat sich tief in den Kleidersack gebeugt, hört und sieht mich nicht mehr, aber sie murmelt vor sich hin: »Ein bisschen Farbe würde mir guttun. Wäre schön, was Buntes, meine ich. In der letzten Zeit wurde immer so viel Mann weggeworfen. Alles grau in grau … ah, schön!« Ein weißer Snoopy vor rotem Hintergrund taucht auf. Das war mal mein Lieblingsshirt. Sie hält Snoopy hoch, um ihn sich gut anzuschauen, dann legt sie sich das Oberteil an. Der Ster-

nenkämpfer verschwindet hinter einem leuchtenden Rot. Ich schleiche mich weg.
Eigentlich wollte ich schon längst auf dem Weg sein. Jetzt muss ich einen Schritt zulegen, um Fynn nicht warten zu lassen. Ich renne los, mögliche Schweißflecke auf meinem zu engen Shirt sind mir egal.

15

Fynn und Okay stehen bei Frau Blumentopf und winken mir aus der Ferne zu, als ich endlich auf dem Friedhof ankomme. Zum Glück, denn alleine hätte ich Frau Blumentopfs Grab nicht so schnell gefunden, trotz der gelben Blümchen, die ihren schlichten Stein schmücken und gegen die arrogant hochgereckten Nelken der Nachbarn anleuchten.

»Sorry für die Verspätung.«

»Ich nehme es nicht persönlich, aber bei Okay musst du dich entschuldigen.«

Fynn ist wie immer gut gelaunt, doch der Hund scheint tatsächlich eingeschnappt zu sein. Ich hole ihm vom Wasserhahn seinen Napf und fülle ihn mit frischem Wasser.

»Frieden?«

Als ich ihn ihm vor die Schnauze stelle, schnüffelt er kurz und dreht mir dann demonstrativ seinen Hintern zu.

»Oje! Wie kann ich das denn wiedergutmachen?«

Okay hat seine Schnauze auf die übereinandergekreuzten Pfoten gelegt. Er sitzt neben einem Grab und mimt die feine, entrüstete Dame. Dieses eingeschnappte Verhalten passt gar nicht zu ihm, denke ich. Und als ob er meine Gedanken lesen könnte, schielt er mich von unten an, brummt und trinkt dann doch gnädig aus dem Napf.

»Das wird schon wieder. Okay wartet nicht gerne. Mein Großvater hatte einen militärischen Lebensstil, und der Tag war durchgetaktet, auch für den Hund.«

Fynn kommt mir entgegen. Ich strecke ihm meine Hand hin, aber er umarmt mich.
»Hallo, schön, dich endlich wiederzusehen.«
»Hallo«, murmele ich in seinen Hals und weiß nicht, wohin mit meinen Händen. Sie ihm auf den Rücken zu legen, erscheint mir zu viel. Sie seitlich hängen zu lassen, sieht dämlich aus. Meine Nase passt in seine Halskuhle. Vielleicht ein gutes Omen. Aber ich versteife mich. In diesen langen Sekunden, die er mich umarmt, bin ich unentspannt und aufgeregt.
»Wieso werdet ihr zu Locken, wenn es regnet?«, murmelt Fynn in mein Haar.
Schweigen. Meine Haare antworten nicht, und ich bin mir nicht sicher, ob ich ihnen soufflieren darf, um die peinliche Stille zu durchbrechen.
Fynn löst die Umarmung auf und lächelt mich an. »Das macht Okay auch immer. Der redet nur, wenn er Lust hat, und immer nur, wenn ich gerade nicht da bin, der Hund.«
Fynn steht immer noch ein wenig zu nah an mir dran.
»Hast du heute schon gerüttelt?«
»Nein, aber gekämmt.« Er zeigt mit einer ausladenden Geste auf Frau Blumentopfs Grab. Tatsächlich ist ihr Grab neu hergerichtet, die Erde zeigt frische Rechenspuren.
»Interesse an dem ultimativen Grabspruch?«
»Nur deshalb bin ich hier.«
»Stimmt nicht.« Fynn macht eine Pause und schaut mich einen Moment zu lang an. »Umdrehen, bitte.« Er macht eine 180-Grad-Drehung und deutet auf einen Grabstein vor uns.
»Siehst du ihn?«
»Wen soll ich sehen?«

»Den Zombie, der gerade aus der Erde steigt … nein, den Spruch natürlich.«
Wie soll ich den denn von hier aus sehen? Grabsprüche stehen doch vorne. »Ich sehe nur kahle Rückseiten von Rechtecken«, sage ich.
»Dieser steht hinten auf dem Stein.«
Ich schaue die Steinrückseiten in der Reihe vor mir genau an, kann aber nichts Außergewöhnliches erkennen. Fynn nimmt meine Hand, einfach so, ohne Vorwarnung, und führt mich zu einem kleinen Grab schräg vor uns. Dann beugt er sich nach unten und starrt den Stein an. Meine Hand hat er immer noch nicht losgelassen, gibt mir aber mit einem zarten Ziehen zu verstehen, dass ich es ihm nachmachen soll. Ihm jetzt zu erklären, dass auch ein halber Kopfstand im Stehen den Druck in meinem Kopf erhöht und Lebensgefahr für mich bedeutet, ist nicht möglich, also lege ich mich hin und lese, was in winzigen Buchstaben kopfüber auf die Rückseite eines Grabsteins eingemeißelt wurde:

»Ich wäre gerne woanders.«

In mir tobt es. Fynn hat sich neben mich auf den Boden gelegt. Ich spüre seine wärmende Hand, in der meine schon nervös schwitzt. Meine Nase klebt an kaltem Marmor, und ich habe gerade den merkwürdigsten Grabspruch überhaupt entdeckt.
»Woher weiß sie das?«
»Er. Herr Friedmann.«
»Woher weiß Herr Friedmann, dass es woanders besser ist als im Grab?«

»Tammie, wieso stellst du Fragen, die ich nicht beantworten kann? Du machst mich nervös. Herr Friedmann weiß es nicht. Es ist reine Theorie …«
»Herr Friedmann hatte entweder sehr viel Angst vor dem Sterben oder sehr viel Angst vor dem Leben.«
Ich löse meine Hand aus Fynns, langsam und hoffentlich irgendwie unauffällig. Ich will nichts Falsches machen. Aber ihn anschwitzen macht mich unruhig, noch unruhiger.
»Ich dachte, du bist die Expertin für Grabsprüche.«
»Nein, ich suche sie nur. Ich bin eher Expertin für Überlebensfragen.«
Das war jetzt eine ziemlich auffällige Andeutung, ein Häppchen aus meinem Leben. Ich stehe auf, um seinem schönen Blick auszuweichen, denn Fynn betrachtet mich irritiert. Außerdem habe ich beobachtet, dass seine Nasenspitze leicht wackelt, wenn er spricht. Auch das bringt mich durcheinander.
»Warum?« Fynn dreht sich auf den Rücken und legt seinen Kopf auf Okays Bauch, der sich in der Zwischenzeit neben sein Herrchen gelegt hat. »Warum bist du Expertin für Überlebensfragen?«
»Weil ich sterben werde.«
Komische Situation. Fynn liegt neben einem Grab auf einem Hundebauch, und ich stehe, schaue auf ihn herab und bin kurz davor, zum ersten Mal in meinem Leben einem Fremden, den ich zugegeben sehr aufregend finde, von meiner Diagnose zu erzählen. Und das alles auf einem Friedhof.
»Das haben alle anderen hier auch gesagt. Und? Sie sind tatsächlich gestorben.«
»Aber ich sterbe jeden Tag ein bisschen.«

Fynns Gesichtsausdruck ändert sich. Er steht auf und schaut mich gleichzeitig verunsichert und neugierig an. Er mag mich, denke ich, er mag mich wirklich.
»Lass uns ein Eis essen gehen, Tammie? Ich lade dich ein.«
Fynns Liebenswürdigkeit kommt mir als gewaltiger Schwall entgegen. Gleichzeitig habe ich Angst, dieses Glück zu verlieren.
»Ja, aber nicht jetzt. Ich muss gehen.«
Der Wind kühlt mich und bewegt die Blätter der Bäume, die mich mit ihrem Rauschen beruhigen wollen. Phantasievolle Schattenspiele tanzen auf den Steinen, von der Sonne auf die Erde gemalt. So bezaubernd es ist, irgendetwas anderes in mir ist stärker. Ich muss hier weg.
Dieses Mal habe ich den Ausgang ungefähr im Blick. Ich renne in diese Richtung, schaue nicht zurück, weil ich Fynns Gesicht nicht sehen will. Er ist sicher genauso erschrocken wie ich.
Ich habe zu viel verraten, geplappert, ihn aufgefordert, mit mir Mitleid zu haben.
Und genau das will ich nicht.

16

Meine Mutter spielt laute afrikanische Musik. Ich kann sie schon von der Straße aus hören. Als junge Frau hat sie viel getanzt. Auf der Tanzfläche muss sie sehr sexy gewesen sein und hat bestimmt jede Menge Männer mit ihrem Hüftschwung und Augenaufschlag in Aufregung versetzt, sich dann aber für meinen eher ruhigen Vater entschieden. Schade, dass ich dieses aufreizende Tanz-Gen nicht aus der Molekülsuppe rausfischen konnte, als es an die Verteilung ging und ich gezeugt wurde. Ich bin eine miserable Tänzerin. Die Hüften sind nicht das Problem, aber bewegen kann ich sie nicht. Taktgefühl haben die anderen. Auf der Tanzfläche fühle ich mich eher wie ein Flamingo mit zu kurzen Beinen – fehlkonstruiert.

Auf dem Tisch steht noch mein Teller vom Abendbrot, das ich verpasst habe. Meine Mutter legt eigentlich sehr viel Wert auf gemeinsame Mahlzeiten, aber inzwischen lässt sie mir einiges durchgehen. Ich soll auf meine Ernährung achten, weshalb der Kühlschrank immer mit gesunden Nahrungsmitteln gefüllt ist. Wenn es mich packt, und ich mir zerstörerisches Zuckerzeug, geschmacksverstärkte Chips oder krebserregende Turbopizzen kaufe und sie nicht an ihr vorbeischmuggeln kann, werden diese zwar von ihr konfisziert. Aber ansonsten lässt sie mich in Ruhe mit Gesundheitstipps, auch, weil sie anderes zu tun hat. Der Kinderpsychologe im vierten Krankenhaus hat mir erklärt, dass Eltern oft in ein

Fluchtverhalten verfallen, wenn eine schockierende Nachricht über ihre eigenen Kinder ihr Leben aus den Angeln hebt. Die einen verstecken sich hinter Aktionismus, die anderen verkriechen sich in eine sie langsam zersetzende Trauer. Meine Mutter hat die erste Variante gewählt. Sie ist Mitglied in gefühlt fünfunddreißig Menschenrechtsorganisationen. Wäre sie ein Kind, würde man bei ihr sofort ADHS diagnostizieren. Aber sie ist erwachsen, und deshalb wird das als Engagement für die Menschheit definiert.

Ich greife mir meinen Teller mit biologisch-dynamischem Gemüse in Tahin und schleiche mich damit nach oben. Der Schock über meine Flucht hat irgendwas in mir versteinern lassen. Es würde mir nicht gelingen, das gegenüber meiner Mutter zu verheimlichen, nicht heute. Es war ein voller, verwirrender Tag – und noch ist er nicht zu Ende. Ich muss mich also vor diesem Noch-Tag in Sicherheit bringen, und das gelingt mir nur in meinem Zimmer, allein.

Doch sie hat mich gehört. Sie klopft an und kommt, ohne meine Antwort abzuwarten, rein. Die Spuren meiner radikalen Ausmistaktion sind sichtbar. Mein Schrank sieht aus wie ein schlecht gerupftes Huhn. Er ist ein großes Missverständnis.

Sie sieht sich verwirrt um. »Wo sind deine Sachen?«

»Im Kleidercontainer und bei einer Frau, die welche brauchen konnte.«

»Aber es ist ja kaum noch etwas da.« Meine Mutter tritt näher. »Wir müssen dir neue Sachen kaufen.«

»Ich will keine neuen Sachen.«

»Du kannst doch nicht immer in den zwei selben Hosen rumlaufen.«

»Warum nicht? Habe ich doch sowieso die ganze Zeit gemacht, ist dir nur nicht aufgefallen.«
»Natürlich ist mir das aufgefallen. Ich dachte, das ist eine Phase.«
Meine Mutter schaut sich einige der verbliebenen Blusen und Hosen an. »Hast du wirklich all die schönen Sachen weggegeben?«, seufzt sie. »Snoopy und das gepunktete Kleid auch?«
»Mama, Snoopy ist ausgestorben, und das Pünktchenkleid passte einer Riesenpuppe.«
»Aber man muss nicht gleich alles wegschmeißen. Erinnerungen sind dazu da, aufgehoben zu werden.«
»Meine oder deine?«
Das lässt sie verstummen. Meine Mutter ist nicht dumm, und ich bereue es, das gesagt zu haben. Es ist auch für sie nicht einfach.
»Okay, okay«, sagt sie. »Aber hol dir ein paar neue Sachen. Ich gebe dir Geld. Oder soll ich mitkommen?« Sie lächelt verschmitzt, kennt meine Antwort.
Ich lächele zurück. »Auf keinen Fall.«
Während sie weiter in meinem Kleiderschrank wühlt, mümmele ich mein Vitalfood und beobachte sie.
Wie nennt man Eltern, die ein Kind verloren haben?
Es gibt Witwen und Waisen. Es gibt Halbwaisen und Doppel- und Mehrfachwitwen. Aber welche Bezeichnung wählt man für Eltern, deren Kind gestorben ist? Wie wird man meine Mutter nennen, wenn ich gestorben bin? Die Frau, die ein Kind verloren hat? Vielleicht sollte ich sie doch mit zum Einkaufen nehmen.
Und wie nennt man einen Freund, der seine Freundin ver-

loren hat? Angenommen, Fynn und ich kommen zusammen, angenommen, unsere Beziehung hält länger als vier Wochen – das ist Pats Schallgrenze, ich habe noch keine vorzuweisen –, und nur rein theoretisch: angenommen, wir werden glücklich. Und dann platze ich. Was ist dann Fynn? Ein Junge mit einer toten Freundin. Und das wird er ein Leben lang bleiben, während ich ein Leben lang tot sein und nicht wissen werde, wie es ihm geht.

Mein Handy macht einen unpassenden Vibrationstanz auf meinem Tisch.

»ICH MAG EIS AUCH NICHT.«

Ich grinse und schiebe das Handy weg, damit meine Mutter nichts merkt. Um sie abzulenken, suche ich mir eine Beschäftigung und beginne, alte Comics und Hefte aus meinem Regal zu räumen. Stand eh auf meiner Entrümpelungsliste.

Ich bemerke gar nicht, wie meine Mutter von meinem Kleiderschrank ablässt und mich beobachtet.

»Tammie, warum tust du das? Warum ziehst du dich so von uns zurück?«

»Tue ich doch gar nicht.«

Sie kommt zu mir und streckt mir ihre Hand entgegen, mit der Handfläche nach oben gedreht. Für einen Moment hängt ihre Hand in der Luft, dann greife ich danach.

Ich versuche mich zu wappnen, denn ich weiß, was jetzt kommt: Gefühls-Monopoly. Es geht darum, wer am meisten davon hat. Gefühle meine ich. Meine Mutter gewinnt fast immer, während ich oft festgeklebt auf dem Startplatz stehen bleibe, so zumindest kommt es mir vor.

Ein leichtes Zittern arbeitet sich durch ihren Körper. Es ist

verflixt, aber immer, wenn sie in diesem Zustand ist, knackst etwas in mir.
Ich rücke an sie ran, umarme sie, und wir halten uns fest.
»Es ist nicht so schlimm, Mama. Mir geht es doch gut, und der Arzt hat gesagt, ich kann hundert Jahre alt werden.«
Ich streichele über ihren Kopf und atme bewusst tief und langsam. Irgendwo habe ich mal gelesen, dass zwei Menschen ihren Atemrhythmus aneinander angleichen, wenn sie eng umschlugen sind.
Das Schluchzen meiner Mutter wird leiser, und irgendwann löst sie die Umarmung. Dann schaut sie sich mit verheulten Augen um. Ich weiß, es wird ihr bald wieder besser gehen.
»Wirfst du die auch weg?«, fragt sie.
Sie schaut auf den Stapel Comichefte auf dem Boden.
»Ja, wollte ich.«
»Kann ich die haben?«
»Klar. Du hast sie mir ja auch geschenkt.«
Sie lächelt mich verheult an, nimmt ein Heft und drückt es an ihre Brust.
Später, als sie gegangen ist, sitze ich noch lange auf meinem Bett und starre die dunklen Flecken auf meinem Pullover an, die Tränen meiner Mutter. Ein Heft ist im Regal liegen geblieben, das sie vergessen hat, mitzunehmen. Und ich will es auch nicht mehr haben. »Tim im Kongo« war mir als Kind schon zu rassistisch und gewalttätig.
Das Monopoly-Spiel ist beendet. Und ich habe verloren. Wieder einmal.

17

Als ich elf Jahre alt war, hat mir meine Mutter jeden Monat ein Comic gekauft. Aber zuerst hat sie die Hefte selbst gelesen. Das habe ich dann später entdeckt. Verraten haben sie die unteren Seitenecken, die von der getrockneten Spucke leicht gewellt waren. Sie leckt sich immer den Zeigefinger ab, bevor sie eine Buchseite umblättert. Das macht sie mit jeder einzelnen. Als ich es einmal probiert habe, wurde meine Zunge nach Seite 23 trocken wie ein staubiges Knäckebrot, dafür die Buchecken sehr nass. Mir hat es nichts ausgemacht, meine Hefte mit ihr zu teilen. Genauso wenig wie es mir jetzt etwas ausmacht, dass mein Bücherregal kahle Stellen hat. Eigentlich ist es mir noch nicht kahl genug.

Ich denke an Fynn, an seine Nachricht. Sie ist schlau und witzig, und ich weiß gerade nicht, was ich darauf antworten soll. Aber sein Vorschlag, selbst einen Grabspruch zu schreiben, gefällt mir. Als große Schreiberin habe ich mich zwar noch nie gesehen. Allerdings, einen einzigen Satz sollte auch ich noch zustande bekommen.

»*Demnächst*«. Hört sich so herrlich verheerend an, eine Drohung, die nur ich kenne und die alle treffen wird. Doch letztendlich zu pessimistisch. Der letzte Eindruck von mir soll fröhlich sein. Oder wenigstens optimistisch.

»*Gerne war ich bei euch. Ob ich gerne hier bin, weiß keiner und wird es auch nie erfahren.*«

Sarkasmus kommt auch nicht gut auf einem Grabstein.

»Ich habe euch geliebt.«

Ach wirklich? Ich verstehe schon, warum sich die meisten Sprüche auf den Grabsteinen ähneln. Die Standardsprüche offenbaren nicht so viel und sind auch nicht so peinlich. Keiner muss sich hinterher angesprochen fühlen. *»Von hier aus betrachtet, war es gut«*. Das ist irgendwie komisch und rätselhaft. Aber will ich als ewiges Fragezeichen ins Jenseits eingehen?

Ich gebe es auf. Einen Grabspruch selbst zu schreiben, ist vielleicht doch keine gute Idee. Besser ist, ich finde einen, den ich abgeändert für eigene Zwecke benutzen kann und der mich dennoch weltberühmt machen wird. Kinder, Erwachsene, Großeltern werden sich wünschen, diesen Spruch selbst gefunden zu haben. Tammie? Die kennt jeder. Das ist doch das Mädchen, das mit Esprit gestorben ist. Und dass ich ein bisschen abgeschrieben habe, wird kein Mensch merken. Mit den Aufsätzen in der Schule läuft es genauso. Die checkt auch keiner nach. Tot ist tot. Und Fynns Nachricht blinkt immer noch auf meinem Handy. Aber der bietet mir momentan zu viel Leben an.

Drei Tage lang starre ich auf Fynns Nachricht und weiß auch nach gefühlten eine Million Mal lesen nicht, was ich antworten soll. Er mag Eis auch nicht. Ich mag Eis. Eis essen mit Date-Faktor macht mich allerdings nervös. Eis essen mit Fynn, das könnte sich anfühlen wie ein Verhör, zumindest nach meinem Geständnis. Oder dramatisiere ich? Vielleicht will er nur meine Locken weiter befragen oder sich mit mir über Steinrütteltechniken und die Top Ten der Grabsprüche unterhalten. Vielleicht interessiert er sich gar nicht für mich,

was allerdings auch schrecklich wäre. Dann müsste ich mein Herz einquetschen und seine gute Freundin werden.
Mein Vater hat seine Trainingsintensität erhöht. Wenn er von der Arbeit kommt, steigt er erst in die Joggingschuhe, dreht eine Runde und setzt sich dann zu Gaffi ins Pseudoboot. Meine Mutter verkriecht sich in jeder freien Minute in den Wintergarten, liest meine Comics und scheint sich einer Lachkur zu unterziehen, was wiederum Ben noch mehr verstimmt. Er bekommt kein Essen mehr serviert, maximal Comics, nach denen er aber nicht fragt. Meine Mutter liest eines aus und rennt dann durch die Wohnung, das Heft wedelnd in der Hand. Jeder müsse diese phantastische Literatur lesen. Jeder! Und damit meint sie meinen Bruder.
Ben muss sich heute den dritten Tag hintereinander Fertiglasagne reinschaufeln. Mir reichen Gemüse und mein Handy. Ständig starre ich es an, aber Fynn meldet sich nicht. Würde ich auch nicht an seiner Stelle. So viele Körbe, wie ich ihm gegeben habe, kann keiner tragen. Und drei Tage Funkstille von meiner Seite sind mindestens ein Lastwagen voller Körbe.
Mein Bruder und ich essen gemeinsam am Tisch. Er hat sein Bio-Buch vor sich liegen und liest darin.
»Soll ich dich abfragen?«, versuche ich mich in Konversation.
»Kümmere dich um deinen eigenen Scheiß.«
»War ja nur ein Vorschlag. Ich habe gerade Zeit.«
»Hast du nicht.«
»Habe ich wohl.«
»Hast du nicht.«
»Warum hast du eigentlich immer schlechte Laune?«
»Und warum hast du immer gute, wenn du gar keinen Grund dazu hast?«

Danach schweigen wir wieder. Handycheck. Wieder nichts.

»Ruf ihn an. Die Zeiten, in denen die Jungs sich bei euch melden müssen, sind vorbei«, grient mein Bruder mich an.

Ein breites Grinsen aus dem Nichts, dann nimmt er seinen Teller mit der Matschlasagne und geht. Meine Familienmitglieder verstehen sich auf Abgänge. Ich auch. Die Erinnerung an meine Flucht vom Friedhof treibt mir immer noch den Schweiß unter die Achseln.

»ICH MAG PISTAZIENEIS.«

Eigentlich wollte ich mich entschuldigen, aber egal, wie ich es formuliere, es klingt immer holperig. Diese Nachricht an Fynn ist mein Versöhnungsangebot. Mein schlechtes Gewissen fliegt hoffentlich unter seinem Radar hindurch.

Kaum ist sie abgeschickt, lenke ich mich ab und räume die verwaiste Küche auf. Geschirrspüler leeren, Kühlschrank umsortieren, schimmligen Salat entfernen und Nudeln nach Form und Farbe im Regal sortieren. Außerdem haben wir sehr viele abgelaufene Konserven im Schrank rumstehen, aber das ist Mamas Ressort. Hier muss ich mich in meinem aktuellen Entmistungswahn zurückhalten. Wer weiß, was sie mit diesem Zeug noch vorhat.

Eine zittrige Stunde lang passiert nichts. Keine Nachricht, kein Anruf von Fynn, dafür jede Menge Ordnung in den Küchenschränken.

»OKAY HAT HEUTE EINEN AUFTRITT. 17 UHR HUNDEPARCOURS IM STADTPARK. KOMMST DU?«

»BRAUCHE ICH EIN GROUPIEOUTFIT?«

»NEIN, NUR 'NE STÖCKCHENSAMMLUNG. WIR FREUEN UNS AUF DICH.«

18

Auf dem Weg zum Treffpunkt sammele ich tatsächlich Stöckchen. Ich versuche, kreativ zu sein, und suche Äste, Zweige, Stöcke in verschiedensten Größen und Variationen. Je mehr ich finde, umso mehr Selbstbewusstsein sammele ich mir zusammen. Außerdem lege ich mir zurecht, was ich ihm erzählen werde, über was wir uns unterhalten können. Nichts ist kälter als eine Sprechpause zwischen zwei Menschen, die sich eigentlich sehr mögen. Meine Themensammlung: Wetter, Schule, Beruf der Eltern. Sport ist zu vermeiden, da kann ich nicht mitreden. Aber Grabsprüche und Friedhöfe – auf diesen Gebieten sind Fynn und ich schon recht erprobt.
Meine Gedanken schlagen Haken und galoppieren voraus. Fynn und ich zusammen flirtend, Fynn und ich umarmen uns, Fynns und mein erster Kuss. Und dann frage ich mich, ob ich nicht größer denken muss. Ich weiß ja nicht, wie viel Zeit mir noch bleibt. Also, Fynn und ich beim Sex. Fakt ist: Ich bin verliebt in einen Unbekannten mit auffälligem Eckzahn und sympathischem Hund. Und Fakt ist auch: Ich glaube, ich hätte gerne Sex mit Fynn, aber ohne tödliche Folgen. Wie ich das anstellen werde und ob Fynn das auch möchte, ist mir noch ein Rätsel.

Der Hundeparcours ist bevölkert mit Menschen und ihren Hunden. Frauen und Männer mit unterschiedlichen Körperformen und unterschiedlichem Fitnessgrad. Auffällig ist, die meisten Hunde müssen über die Hindernisse getriezt, gezogen oder angefeuert werden. Die Hundebesitzer freuen sich an den Leistungen ihrer Hunde wie die Hunde über die Leckerlis, die sie als Belohnung nach ihrer Anstrengung bekommen. Hunde auf einem Parcours habe ich mir eigentlich agiler vorgestellt. Das kleine Infoblatt an der Eingangspforte erklärt die krude Mischung der vielen grauen Schnauzen: »Heute Training für Senioren«. Es sind klar die Hunde gemeint, denn die Tiere wirken tatsächlich nicht mehr jung, etwas schwerfällig und unglaublich ausgeglichen im Gegensatz zu ihren ehrgeizigen Besitzern. Die Menschen schnalzen, pfeifen und sprechen in Babysprache mit ihren Tieren, damit sie über Wippen gehen, Hürden überspringen oder im Slalom um Stäbe laufen. Ein gräulicher Mops hechelt müde vor sich hin und will dem Zerren der Leine in Richtung Slalombahn partout nicht folgen. Schließlich setzt er sich in Bewegung, geht in die entgegengesetzte Richtung und legt sich in den Schatten einer breiten Riesenwippe. So ein Seniorenhund kann eben auch altersstur sein, wenn er zu müde ist. Die Hundebesitzerin verzweifelt und setzt sich zu ihm. Sie nimmt einen Schluck aus ihrer Wasserflasche, kippt dann etwas in ihre Hand, das der Hund genüsslich ausschlabbert. Jetzt herrscht wieder Harmonie zwischen den beiden. Es ist heiß geworden, schlagartig, von Frühling keine Spur mehr.

Okay ist nicht zu sehen, aber Fynn steht an einem Ende eines großen runden Schlauchs und pfeift und redet in die Öffnung hinein. Ich tippe ihn von hinten auf die Schulter an und bekomme ein Lächeln geschenkt.

»Okay streikt.« Statt eines Grußes bekomme ich diese wich-

tige Information des Tages. Fynn scheint das sehr zu amüsieren.
Okay sitzt im Plastiktunnel und schaut uns aus verschlafenen Augen an. Er hat es sich gemütlich gemacht und reagiert nicht auf Fynns Schnalzen.
»Hat er sich vielleicht vom Mops da abgeschaut.«
Fynn schaut zur Wippe. Mops und sein Frauchen sitzen immer noch im Schatten und unterhalten sich.
»Das ist Charles. Der ist überzüchtet und dazu noch uralt. Ein Wunder, dass er es heute bis zur Wippe geschafft hat.«
Fynn will fast in das Tunnelgebilde reinkriechen, aber Okay bewegt sich keinen Zentimeter. Überhaupt zeigt sein buddhistischer Gesichtsausdruck, dass ihm Fynns Bemühungen eher wenig interessieren.
»Komm raus da, Okay. Komm schon, alter Junge.«
Schließlich kriecht Fynn doch zu Okay in den Schlauch. Erst versucht er es mit Streicheleinheiten, die Okay regungslos über sich ergehen lässt, dann wird Fynn rabiater und will seinen großen Hund aus dem Plastikschlauch schieben. Okay stemmt sich einfach mit seinem gesamten Gewicht gegen sein Herrchen.
Fynn prustet, hechelt und flucht vor sich hin. Nichts. Hund gewinnt diesen ungleichen Sumokampf und bleibt im gelben Plastikschlauch liegen. Und Fynn robbt wieder raus. Auch als sich am anderen Ende des Schlauchs ein Zwergpudel weigert, hineinzukrauchen, weil er sich nicht an seinem größeren Artgenossen vorbeitraut, bleibt Okay stoisch. Der Pudel wuselt hin und zurück, wird dann doch von seinem beleibten Herrchen in den Schlund getrieben und quetscht sich schließlich an Okay vorbei. Er verabschiedet sich mit

einem hohen Bellen. Kleine Hunde klingen meistens angestrengt, wenn sie bellen. Von Okay ist immer noch nichts zu sehen. Während Fynn und ich nebeneinander auf dem Bauch liegen und in die gelbe Röhre schauen, wedele ich mit meiner Stöckchensammlung herum. Unsere Oberarme berühren sich. Seine sind muskulös, meine im Vergleich dazu Pudding. Fynn spürt es und ich auch. Wärme breitet sich in meiner Brust und weiter in den Unterleib aus. Wann genau hab ich mich eigentlich in ihn verliebt? Wir reden dem Hund gut zu, liebkosen ihn mit Worten, er soll doch endlich rauskommen. Das Stöckchensortiment scheint Okay dann doch zu überzeugen. Er kriecht raus, schnappt sich einige Hölzer aus dem Angebot und setzt sich zu Charles in den Schatten der breiten Wippe. Mit Elan zerbeißt Okay die Hölzer und fordert uns mit seinem Blick auf, ihm Gesellschaft zu leisten.

»Komm!« Ohne Vorwarnung greift Fynn meine Hand und zieht mich sanft mit. Während er auf Okay zugeht, verlangsamt er den Schritt und verschränkt seine Finger mit meinen. Meine Hand hat plötzlich fünf Finger mehr. Warme, freundliche Finger.

»Genug gefaulenzt.« Charles und sein Frauchen machen höflich für uns Platz. Sie scheucht ihren Hund auf. Sich selbst wohl auch. Wir setzen uns, Fynn lässt mich nicht los. Mit der anderen Hand streichelt er Okay, der konzentriert Hölzchen zerstört.

»Wieso bist du neulich weggerannt?«

»Weiß ich nicht.« Das ist die Wahrheit. »Übersprungshandlung.«

»Springst du jedes Mal über, wenn dir jemand zeigt, dass er dich mag?«

»Nein, war das erste Mal.«
»Das erste Mal was?«
»Das erste Mal, dass mich jemand richtig mag.«
Die Stille, die folgt, ist überhaupt nicht kalt, eher benommen. Jetzt bin ich es, die seine Hand fester greift. Davor habe ich mich gefürchtet, aber Fynn streichelt Okay, legt unsere ineinanderverschränkten Hände auf seinen eigenen Bauch und schaut mich an. Ich lege meinen Kopf auf seine Schulter. Sein Herzschlag ist ruhig, und das beruhigt mich.
»Du kannst mit mir üben. Bei Okay hat es ja schon gut geklappt. Der geht nicht mit jedem Stöckchenbesitzer mit.«
»Nein?«
»Nein, Okay ist wählerisch. Den guten Geschmack hat er von mir.«
»Und was genau soll ich üben?«
Ich drehe meinen Kopf zu ihm, schaue ihn direkt an.
»Komplimente aushalten.«
»Ich kann Komplimente aushalten«, sage ich, und prompt wird mir heiß. »Aber ich bin sie nicht gewohnt. Pat, die macht mir Komplimente, aber Pat ist auch ein Sonnenschein. Die ist geboren worden, um gute Laune zu verbreiten.«
»Also dann: Du bist wunder-, wunderschön.«
Ich kann doch keine Komplimente aushalten. Innerhalb weniger Sekunden versteinere ich. Ich glaube, ich werde blass. Okay lässt Stöckchen Holz sein und fläzt sich auf die Seite.
»Findet Okay auch. Wenn er sich so hinlegt, dann ist er zufrieden und will mehr davon.«
»Von was?«
»Mehr von dem, was gerade ist, also von dir.«
»Deine Interpretation.«

»Stimmt, aber fühlt sich gut an, oder?«
»Ja, fühlt sich gut an.«
Fynn hat meine Finger wieder freigegeben. Weil ich nicht weiß, was ich damit machen soll, kraule ich auch Okays Bauch. Vierhändige Massage. Okay schwebt im Nirwana.
»Hast du deinen Spruch gefunden?«
»Nein, noch nicht.«
»Hast du es eilig? Findet die Beerdigung bald statt?«
»Nein, nicht direkt. Ich suche nur einen schönen Spruch, einfach so, für mich.«
Fynn hält inne. Ihm liegt eine weitere Frage auf der Zunge, eine von so vielen vermutlich, aber er hält sich zurück, will mich wohl dabehalten. Wir kennen uns kaum und haben schon den ersten Knacks in unserer so jungen Beziehung oder was das zwischen uns ist. Er denkt, dass ich bei der kleinsten Herausforderung weglaufe. Und das stimmt leider auch. Also, keine weitere Frage von Fynn.
»Frau Blumentopf hat einen schönen Spruch.«
»Habe ich irgendwie übersehen. Ich war so von ihrem Namen fasziniert. Wie geht er denn?«
»Ich zeige ihn dir nachher.«
»Klingt mysteriös.«
»Nein, liebevoll.«
Fynn macht eine Pause, dreht sich von mir weg. Wir schauen im Parcours herum. Fragt sich nur, wer mehr von dem Fitnesstraining hat, Hund oder Herrchen? Für einen weiteren romantischen Moment wird zu viel um uns herum gebellt und gekläfft, finde ich. Ich vermisse Fynns Hand. Wir lenken uns mit Hunde-Wellness ab, und Okay profitiert von unserer Unsicherheit.

»Mein Opa hatte ein Sterbeköfferchen. Er wusste, dass er nur noch wenige Wochen zu leben hat. Darum hat er all seine Lieblingsdinge in einen Koffer gepackt und ins Hospiz mitgenommen. Ich habe den Koffer aufbewahrt. Das merkwürdigste Ding, das drin lag, war ein Schraubenzieher.«
»Hat er erklärt, was er damit wollte?«
»Nein, er hat niemandem den Inhalt des Koffers gezeigt. Ein Schweizer Taschenmesser hätte ich ja noch verstanden, wenn man an Teufel und Fegefeuer glaubt und so einen Blödsinn. Sozusagen als Waffe gegen die Dämonen der Unterwelt. Aber einen Schraubenzieher? Was wollte er denn reparieren und wo?«
»Ist das der Schlaganfall-Opa?«
»Ja, nur noch die linke Seite funktionierte, aber Okay streicheln konnte er bis zum Schluss. Opa ist mit Okays Schnauze in seiner Hand gestorben. Als bei ihm dann die Leichenstarre einsetzte, haben wir seine Hand nicht mehr öffnen können, aber Okay wollte sowieso nicht gehen. Er ist einen Tag und eine ganze Nacht neben Opa liegen geblieben, ohne zu trinken oder Pipi zu machen. Wir dachten, er stirbt auch.«
Okay steht auf und trottet davon, nicht ohne uns einen tranigen Blick zurückzuwerfen.
»Er weiß, dass wir über ihn reden«, flüstert Fynn mir zu. »Wollen wir gehen?«
»Ja, lass uns gehen.« Ich weiß zwar nicht wohin, aber ich gehe mit. Ich gehe gerne mit Fynn mit. Er verschränkt wieder seine Finger in meine und lächelt mich dabei an.
Ich frage mich, ob der Rest von uns auch so gut zueinander- und ineinanderpasst wie unsere Finger.

19

»Das Ganze ist mehr als die Summe seiner Teile.«
Der Grabspruch von Frau Blumentopf gibt Rätsel auf.
»Er ist von Aristoteles. Ich hab's am Wochenende gegoogelt. Aber warum hat sie ausgerechnet diesen genommen?« Fynn stellt die Frage, die ich mir bei fast jedem Grabstein auch stelle. Warum ausgerechnet diese Worte?
»Wie ist sie gestorben? Vielleicht erklärt das den Satz auf ihrem Grab?«
»Ich kenne zwar die Gräber hier, aber nicht die Toten.«
Fynn trägt wieder seine Arbeitskluft und den sexy gelben Helm. Er hat mich und Okay zu seiner Arbeitsschicht mitgenommen, steht im Nachbargang und rüttelt den Grabstein eines Herrn Wolf Bär. Bei dem Namen kann ja eigentlich nichts schiefgehen, aber der Stein bewegt sich doch.
»Mist, der steht nicht fest.«
Fynn notiert sich etwas auf seinem Notizblock, rüttelt nochmals zur Kontrolle, nickt zur Bestätigung. Ja, der Stein bewegt sich, und geht zum nächsten Grab.
Hinter uns drückt sich ein Mann herum. Er hält Abstand, schielt aber ab und zu rüber. Fynn sieht ihn und bedeutet mir, dass Okay und ich ihm folgen sollen.
Wir entfernen uns von Frau Blumentopf, geben vor, die anderen Grabsteine zu begutachten, beobachten aber den Mann, der etwas Merkwürdiges an Frau Blumentopfs Grab veranstaltet.

»Der kommt jede Woche«, flüstert mir Fynn zu. »Nicht hinschauen, sonst tut er es nicht.«
»Tut was nicht?«
»Wenn du nicht hinschaust, wirst du es gleich sehen.«
»Wie soll ich denn nicht hinschauen und doch etwas sehen?«
»Augenwinkel.«
Fynn zieht Okay hinter einen großen Stein, wo er es sich liegend bequem macht und sich überhaut nicht für unser kleines Abenteuer interessiert. Er schließt die Augen und schläft neben uns ein. Fynn tut so, als hantiere er mit einem Messinstrument herum, doch eigentlich schielt er auch zu Frau Blumentopfs Grab rüber.
Tatsächlich kann ich den Mann aus dem Augenwinkel gut beobachten.
Erst legt er eine Sammlung kleiner Steinchen auf den Grabstein. Dann sortiert er sie ordentlich in einer Reihe, korrigiert immer wieder ihren Abstand zueinander, bis sie in einer symmetrischen Ordnung wie kleine Spielzeugfiguren aufgereiht dastehen. Dann hält er eine Weile lang inne. Ich nehme an, er betet. Langsam, zögerlich beginnt er auf seinem linken Bein zu hüpfen. Dann wechselt er auf das rechte Bein und so weiter. Er hüpft im Wechsel auf jeweils einem Bein. Seine Bewegungen sind dezent, leichtfüßig. Der Mann tanzt am Grab von Frau Blumentopf.
Schließlich schaut er sich kurz um und schlendert weg.
»Was war das?«
»Keine Ahnung, aber das macht er jede Woche.« Fynn taucht von seinem Beobachtungsposten wieder auf.
»Weiß du, wer er ist und warum er das macht?«

»Nein. Hier auf dem Friedhof ist er zwar bekannt dafür, aber niemanden stört es.«
»Ich würde gerne erfahren, wie Frau Blumentopf gestorben ist.«
»Dann müssen wir ihre Angehörigen suchen.«
Es dauert eine Weile, bis ich verstehe, was er gerade gesagt hat. »Wir?«
»Ja, wir«, sagt Fynn ernsthaft. »Aus irgendeinem Grund, den du mir immer noch nicht nennen willst, treibst du dich gerne auf diesem Friedhof herum. Und weil ich gerne in deiner Nähe bin, Tammie, weil ich wirklich gerne in deiner Nähe bin, werde ich versuchen, noch häufiger in deiner Nähe zu sein, wenn ich darf.«
»Das wäre schön, aber du darfst nicht.«
»Das ist ja mal eine klare Ansage.«
»Genauso klar wie ›Schau nicht hin, dann wirst du es sehen‹.«
Fynn prustet los, greift meine Hand. Wir lachen und lachen, und dann umarmen wir uns. Okay öffnet ein Auge. Wir stören ihn in seiner Mittagsruhe.
»Ja, der Satz war entweder sehr dämlich oder sehr philosophisch.«
Fynn löst sich aus der Umarmung und legt meine Hand auf seine Brust, hält sie weiter leicht in seiner umschlossen. Feinsinnig ist das Wort, das mir einfällt. Er ist ein feinsinniger Mensch. Selbst die Bewegungen seiner Hände sind fein. Irgendwo in mir britzelt es. Ich weiß nicht genau, wo, weil es sich überall in meinem Körper ausbreitet. Es dämmert, und die Vögel singen unharmonisch und achten überhaupt nicht auf die romantische Energie zwischen Fynn und mir. Sie singen zu laut und zu durcheinander.

Fynn streicht über meinen kleinen Finger und schaut mich an. Ich bin nur noch mein kleiner Finger und genieße es. Dieses Mal möchte ich nicht ausweichen. Ich möchte ihm zeigen, dass ich mich verliebt habe, verliebt bin, ich in ihn, und erwidere seinen Blick. Der erste Kuss wird großartig und verdammt atemberaubend sein. Nur darf ich diesen Moment nicht überspringen, nicht wild, nicht laut, nicht zu schnell sein. Deshalb schaue ich ihn einfach weiter an.

Dann legt Fynn meine Hand an seine Wange, schmiegt seinen Kopf hinein. Langsam bewege ich sie zu seinem Mund. Und sehr langsam drückt er einen ersten Kuss auf die Innenfläche meiner Hand, schlägt seine Augen auf. Dann zieht er mir eine Locke ins Gesicht. In Büchern und Filmen werden Haarsträhnen zärtlich von schönen Frauengesichtern gestrichen. Er wuschelt mir die Locken um Wangen, Kinn, Augen, nimmt meinen Kopf in seine Hände und küsst mich. Er küsst meine Wange, meine Augenlider, küsst meine Stirn und immer wieder meinen Mund. Nichts läuft so wie vorgestellt. Keine Zunge, kein Stöhnen und Tiefatmen. Nur weiche Lippen, die mein Gesicht erkunden. Und Vögel, die schief und laut krächzen. Krähen, denke ich, diese Spielverderber.

20

Fynn musste noch weiterarbeiten. Ich habe mich verwirrt von ihm verabschiedet, bin zerkrümelt, weiß nicht, wohin mit mir und meinem großen, kleinen Leben, könnte überglücklich sein, wenn da nicht der Gedanke der Mogelpackung wäre. Ich fühle mich Fynn gegenüber wie ein Sparangebot mit abgelaufenem Verfallsdatum.

Pat. Ich muss Pat anrufen. Erst geht sie nicht ran, aber einen Moment später gibt mein Handy ein fröhliches Vogelgezwitscher von sich, Pats Erkennungsmelodie. Die hat sie mir unter der Bedingung geschenkt, dass ich sie nur für sie einsetzen darf. Das fröhlich zwitschernde Vögelchen macht gute Laune, wenn man es hört. Pat eben.

»WO BIST DU?«

Verdammt. In dem Moment fällt es mir wieder ein! Das darf mir nie wieder passieren. Ich möchte nicht zu jenen gehören, die ihre besten Freundinnen links liegen lassen, weil sie verknallt sind. Wir sind verabredet, und ich Dussel habe es in meinem momentanen Gefühlschaos vergessen.

Sie will mir ihren neuen Spezialsportkurs zeigen, irgendwas Exotisches. Danach wollen wir in eine neue Bar und karibische Drinks trinken, um im Thema zu bleiben. Ich hetze zum Treffpunkt, soll den Schildern folgen. Mehr Infos habe ich nicht. Aber als ich das Sportzentrum neben der Uni erreiche, verstehe ich, was sie meint. Auf dem einzigen Schild weit und breit steht: »Haka, Tanz der Maori – 2. Turnhalle →«.

In der kleinen Turnhalle steht der Schweiß in Dunstschwaden in der Luft, Schreie der Kursteilnehmer knallen an die Wände und bleiben an ihnen kleben, laut und wütend, wuchtig und angsteinflößend. Mit diesen Gesängen haben die blutrünstigen Maori schon vor den Kämpfen ihre Feinde in die Flucht geschlagen. So in etwa erklärt das brüllend einer, der vorne steht. Scheint ein Meister zu sein oder wie man so einen eben nennt. Als einziges weibliches Wesen in der gesamten Gruppe fällt Pat auf, als Jüngste noch dazu. Außerdem ist sie die einzige Person, die einigermaßen bekleidet ist. Die Männer haben nackte Oberkörper und tragen knappe Turnhosen.
Pat hat sich mit einem gefälschten Ausweis in diesen Unisportkurs eingeschrieben, weil ihre Flamme daran teilnimmt. Während sie sich auf Schenkel und Oberarme haut – das gehört zum Tanz – und mit ihrem hellen Sopran Maori-Sprechgesänge schreit, zeigt sie gar nicht dezent mit dem Finger auf den Typen links vor ihr. Das wird er wohl sein, der Glückliche, der meine Pat als Geschenk bekommt. Mehr als seine verschwitzte Rückseite bekomme ich nicht von ihm zu sehen. Dennoch: Daumen hoch. Richtige Wahl. Pat ist schweißgebadet und glücklich, verliebt, wie ich. Ich schaue mir das Spektakel eine Weile an. Diesen speziellen Haka-Tanz finde ich nicht wirklich attraktiv. Viel spannender ist, mit wie viel Elan sich die Teilnehmer ihre Wut aus dem Bauch schreien. Der Tanz ist in erster Linie laut. Es wird geschrien und gegrölt. Nicht nur die Bewegungen sollen Eindruck machen, auch die tierähnlichen Geräusche. Pat schlägt sich immer wieder auf ihren Bauch, reckt die geballten Fäuste in die Höhe und streckt vor allem die Zunge raus. Augen werden

gerollt und Füße gestampft. Es sieht eigentlich nicht wie ein Tanz aus, auch wenn das Ganze komplett durchchoreografiert ist. Dazu dieser Sprechgesang. Er besticht durch die Energie, erzeugt von einer Meute, die sich mit Wucht auf und in den Boden trampelt – und schwitzt.
In der Turnhalle stinkt es nach Mensch und ungewaschenen Füßen.
Ich setze mich in die Ecke und warte, bis der Vortänzer die Teilnehmer mit dem Segen der Mutter Erde entlässt, nicht ohne sie zu ermahnen, das Leben in vollen Zügen zu leben. Wenn sie die Erde nicht mehr unter ihren Füßen spüren, sollen sie trampeln, rät er. Das sortiert nicht nur die Herz-Kreislauf-Funktion, sondern auch die Aura.
Als sich die Gruppe in alle Richtungen auflöst, fällt mir auf, wie normal sie alle aussehen. Ich hätte bei diesem speziellen Sport wenigstens ein paar Freaks erwartet. Pats Flamme ist auch nicht weiter auffällig. Er ist klein und hat ziemlich viele Brusthaare. Seine Füße sind sehr groß und platt. Schön ist etwas anderes. So stelle ich mir einen Hobbit vor, kompakt, geerdet, freundlich und friedlich.
Pat zwinkert mir zu, geht rüber zur Flamme und bespricht kurz etwas. Nackte männliche Oberkörper ziehen an mir vorbei, und alle dünsten aus. Ich bin froh, wenn ich hier raus kann. So viel Schweiß auf nackter Haut bringt mich auch zum Schwitzen.
»Ich dusche schnell, und dann gehen wir in die Bar«, ruft mir Pat zu.
»Ich warte draußen«, gebe ich zurück, bin mir aber nicht sicher, ob Pat mich gehört hat. Sie ist mit dem Plattfuß in der Damenumkleidekabine verschwunden.

Die hereinbrechende Nacht hat Kühle mitgebracht. Ich sitze auf einer Parkbank vor der Turnhalle und genieße die Ruhe. Das Knistern breitet sich wieder in mir aus. Der Kuss vorhin war mein erster, nicht physisch, davon gab es ein paar. Aber es war mein erster Kuss, der etwas in mir ausgelöst hat.

Der Koffer des Großvaters fällt mir ein. Ich stelle mir mein Zimmer vor und die Inhalte meiner Schubladen und packe in Gedanken ein Sterbeköfferchen. Doch schon bei Punkt eins bis drei auf meiner Liste verheddern sich meine Gedanken. Warum sollte ich meine Wollmütze mitnehmen? Taschenlampe? Und wozu braucht eine verfaulende Tote eine Perlenkette? Im schlimmsten Fall wird sie mir geklaut. Im besten Fall … Es gibt keinen besten Fall in einem Sarg. Wahrscheinlich auch keinen schlimmsten.

Ich muss noch mal in Ruhe darüber nachdenken, denn Pat und ihre Flamme stehen plötzlich neben mir.

»Ich bin Didi.« Der Hobbit hat einen französischen Akzent und dicht gewachsene gerade Augenbrauen. Schwarze Wimpern rahmen rehbraune Augen ein. Er hat einen schönen und intensiven Blick. Ich verstehe, warum sich Pat in ihn verliebt hat. Didi ist sehr charmant und hat einen lustigen Namen.

»Eigentlich Didier, aber den Namen mag er nicht.«

Pat kneift ihn in seine wohlgeformte Nase.

»Sagt eine, die in meiner Sprache übersetzt, Teigware heißt.«

»Gar nicht, da fehlt noch ein Dach auf dem ›a‹.«

Flirtalarmstufe Dunkelrot. Didi und Pat kleben aneinander, und ich muss grinsen.

»Meine kleine Tatze. Ma petite patte.« Didier nimmt sie in einen Kuschelgriff, und Pat quietscht dazu, dreht sich dann aber aus seinem Arm und zu mir.

Pat weiß immer, wann der andere beginnt, sich unwohl zu fühlen.
»Patte heißt auch ›Tatze‹ auf Französisch. Ich bin seine kleine Tatze ... Romantisch, oder?«
»Bekomme ich auch einen Begrüßungskuss, du heiße Tatze?«
Pat umarmt mich und knutscht mir Worte in die Wange. »Schön, dass du da bist. Schön, dass wir mal wieder ausgehen. Überhaupt ist alles so schön heute.«
Dann hakt sie sich bei Didi und bei mir ein und zieht uns mit sich. Es fühlt sich ganz normal an, zu dritt durch die Nacht zu gehen, voller Vorfreude auf einen Abend mit Drinks, die ich nicht trinke, und Joints, die ich nicht rauche, und Leben, das ich plötzlich lebe.

Didi und Pat erfüllen jedes Klischee eines frisch verliebten Paares. Sie knutschen ungehemmt miteinander, um sich dann zu erinnern, dass sie ja nicht allein sind. Sie lachen über jeden noch so dummen Witz des anderen – und Didi hat das Witzeerzählen wirklich nicht erfunden –, aber vor allem schmachten sie sich gegenseitig an. Ich werde ausgefragt und frage Didi aus. Er studiert Physik, ist mit 22 eigentlich zu alt für Pat, aber wer kann ihr schon wiederstehen ... etc. pp.
Außerdem hat sie ihn regelrecht verfolgt, kam jede Woche zum Kurs als einzige »femme«. Didi toppt mit französischem Näseln und kitschigen Komplimenten jedes Klischee über französische Liebhaber. Aber ich freue mich sehr über Pats Glück und auch, dass ich an diesem Abend Teil davon bin. Pat knuddelt mich und knufft mich und fragt mich laut und ungehemmt über Fynn aus. Mein Ablenkungsmanöver, da ich hier und jetzt nichts über ihn und mich preisgeben

möchte: Ich stelle Fragen über diesen merkwürdigen Tanz namens Haka.

Didi und Pat springen von ihren Barhockern auf, verziehen ihre Gesichter zu bösen Fratzen wie vorhin in der Turnhalle und fordern mich auf mitzumachen. Ich schiebe meinen Hintern vom bequemen Hocker und mache ihre Bewegungen nach. Füße in dreifacher Hüftbreite fest in den Boden gerammt und mit dem Hintern in Richtung Boden. Ganz schön anstrengend.

»Ringa pakia e! Schlagt die Hände auf die Schenkel!«, schreit Didi mich an und gibt mir Zeichen. Pat geniert sich gar nicht. Sie schlagen sich so lange auf diverse Körperteile, bis ich endlich auch einen kläglichen Laut von mir gebe. Zum Glück ist es in der Bar so laut, dass uns niemand hört.

»Uma tiraha! Drückt die Brust nach vorne!«

Was wir alle tun. Pat hat am meisten davon. Ich war noch nie auf Push-up-Brustposition scharf.

»Turi whatia! Hope whai ake! Beugt die Knie! Und die Hüften!«

Beides gleichzeitig beugen erfordert bessere Körperstatik, als ich sie besitze. »Waewae takahia kia kino! Stampft mit den Füßen, so fest ihr könnt! Stampft! Stampft!«

Hoffentlich schaut jetzt keiner zu uns rüber. Ich traue mich nicht, die Lage zu checken. Das könnte nur falsch verstanden werden.

»Ka mate, ka mate. Ka ora, ka ora. Es ist der Tod. Es ist der Tod. Es ist das Leben. Es ist das Leben.«

Und um diesen Worten den richtigen Drall zu geben, muss ich mir jetzt auch auf die Brust hauen und ab und zu die Fäuste dem imaginären Gegner entgegenstrecken. Mir wird ganz heiß vor lauter Stampferei, und eigentlich würde ich gerne aufhören, aber Didi und Pat sind gerade erst in Schwung gekommen und tanzen sich gegenseitig böse grinsend an.

Der beste Weg, sich aus dem Staub zu machen, ist, sich aus dem Staub zu machen. Ich gehe in Richtung Damentoilette und freue mich zu früh über meine gelungene Flucht. Plötzlich steht Jens vor mir.
»Das sah … toll aus.« Jens nimmt mir das Stottern ab.
Mit dem habe ich jetzt gar nicht gerechnet und brauche einen Augenblick, um mich zu sammeln.
»Maori.« Ich muss mir die Worte zusammenstöpseln. »Sie wohnen weit weg, aber der Tanz hat es bis zum Unisport geschafft. Pat macht da mit.«
Und weil ich eigentlich das Thema wechseln will, zeige ich auf Pat, was ein Fehler ist, denn sie tanzt immer noch, hat aber das Level erhöht und rollt jetzt auch mit den Augen, von Knutschattacken unterbrochen.
»Ich wollte eigentlich nicht, aber sie ist meine Freundin und frisch verliebt.«
Ich versuche, möglichst locker rüberzukommen.
»Die Maori haben ziemlich viele Menschen abgeschlachtet.« Jens bleibt ernst.
»Wusste ich nicht. Weiß Pat sicher auch nicht.«
»Na, jetzt weißt du es ja.«
»Ja, danke für diese Info.«
»Gerne.« Jens tappt von einem auf den anderen Fuß, scheint Anlauf zu nehmen. »Vielleicht … ich meine, ich kenne mich mit Sport wirklich aus. Wenn du mal was brauchst, dann kannst du mich ruhig anrufen.«

»Danke, mache ich sicher.«
»Sicher?«
»Ja, das ist nett von dir.«
»Ja, nett bin ich.«
Und dann sprintet er los. Er umgreift meine Taille, zieht mich zu sich und küsst mich. Ich glaube, es soll leidenschaftlich rüberkommen, aber es ist eher ungeschickt, ein Hindernislauf, und er landet gerade tief im Matschgraben.
»Jens, bitte«, quetsche ich raus und befreie mich aus seinem Klammergriff, »du bist tatsächlich nett, aber nicht in der Art nett.«
»In welcher Art denn?«
Seinen direkten Augenkontakt halte ich jetzt nicht aus und senke meinen Blick. »In der Kumpelart.«
»Heißt das, du machst Schluss?«
Jetzt schaue ich ihn doch an, bin verwirrt. »Haben wir denn jemals was angefangen?«
»Das hättest du mir ruhig schon vorher sagen können. Ich habe auf deinen Anruf gewartet.«
»Du hast was? Ich habe doch gar nichts versprochen?«
»Du hast aber auch nichts verneint.«
Mit diesen Worten lässt mich Jens stehen, von jetzt auf gleich sauer. Ich bin verwirrt. Nichts sagen heißt Ja sagen?
Zurück am Tisch beschließe ich, mir den Abend von diesem merkwürdigen Moment nicht vermiesen zu lassen, aber dennoch hallt Jens' Knutschattacke in mir nach. Wie kann er so in meine Pufferzone eindringen und sich nehmen, was er will? Wenn ich Pat und Didi beim Flirten beobachte, ist eindeutig keine Grenze mehr zwischen den beiden erwünscht. Sie verschmelzen ineinander. Zeit, die beiden alleine zu lassen.

Ich muss eigentlich auch nicht alleine sein, fällt mir ein. Alles eine Frage der Entscheidung.

Ich verabschiede mich unter dem Vorwand, müde zu sein, von Pat und Didi und schreibe noch auf dem Weg zur Tür die Nachricht an Fynn.

»ES GIBT EINEN GRUND, WARUM ICH DIR DEN GRUND NICHT NENNE.«

Seine Antwort kommt prompt.

»UND WILLST DU MIR JETZT DEN GRUND FÜR DEN NICHTGRUND NENNEN?«

»WENN DU MIR EINEN GRUND DAZU GIBST!«

»DU BRAUCHST KEINE ANGST ZU HABEN.«

Dieser Satz rauscht durch alle meine Filtersysteme hindurch und sprengt dann innerhalb eines Augenblicks meine Mitte. Ja, ich habe Angst. Davor, innerhalb weniger Sekunden nicht mehr da zu sein.

Ich renne zurück in die Bar, stelle mich vor Pat und unterbreche sie bei einem leidenschaftlichen Kuss, einfach, weil ich starr vor ihr stehe und warte, bis sie mich bemerkt. Sie braucht nicht lange, sieht sofort, was los ist. Sie steht auf, umarmt mich und flüstert mir ins Ohr: »Was ist passiert?«

»Ich habe Angst, dass ich verschwinde. Ich habe Angst, es Fynn zu sagen.«

»Weil er dann verschwinden könnte?«

Und dann erzähle ich ihr von Fynn, von unserem Kuss und dem Leuchten in mir danach, knapp, mit wenigen zusammengestauchten Worten. Es reicht. Pat versteht, streichelt meine Wange und meinen Kopf, hält und knuddelt meine Hand.

»Wenn er das nicht kann, ist er nicht der Richtige. Geh zu

ihm und erzähle ihm alles. Waewae takahia tia tino! Stampf mit den Füßen, so fest du kannst! Und wenn er bleibt, dann siehst du weiter. Dann kannst du ja später immer noch zur Angstsäule erstarren, aber jetzt stampfe auf und lass dir den Lippenstift wegknutschen.«

Sie schickt mich mit einem Kuss und einem Schubser weg.

»KANN ICH ZU DIR KOMMEN UND HAST DU EINEN LIPPENSTIFT?«

»KOBELSTRASSE 7. WELCHE FARBE DARF ES DENN SEIN?«

»FARBE EGAL.«, und dann überlege ich kurz und füge ein »ICH FREUE MICH AUF DICH.« hinzu.

21

Der Fahrtwind zischt in meinen Ohren. Mein altes Fahrrad muss es sich gefallen lassen, dass ich es plötzlich zu einem Rennrad mache. Ich trete in die Pedale, fahre zu schnell für meine nicht vorhandene Kondition und für die abgenutzten Reifen. Ich habe mich entschieden, Fynn die Wahrheit zu sagen, und jetzt will ich es auch hinter mich bringen. Außerdem sehne ich mich nach ihm.

Hechelnd komme ich an seinem Haus an. Okay kommt mir aus seiner Hundehütte entgegengeschlappt und leckt meine Hand ab. Ein nasser Begrüßungskuss. Er erkennt mich, und darüber freue ich mich sehr.

Eine junge Frau in Jogginghose macht auf, braune lange Haare, schmunzelnde Augen und von Sahnecreme verklebte Hände.

»Hallo. Du bist Tammie, richtig?«

»Ja, guten Abend.«

»Tut mir leid, kann dir gerade nicht die Hand geben, bin mit Hausfrauendingen beschäftigt, wie du siehst.« Sie streckt entschuldigend ihre Hände hoch, beugt sich zu mir rüber und gibt mir stattdessen einen Begrüßungskuss auf die Wange.

»Ich freue mich, dich kennenzulernen.«

Fynn hat ihr also von mir erzählt. Okay ist mit mir durch die Haustür geschlüpft, und bevor ich etwas Dummes sage, kraule ich lieber sein dichtes Fell.

»Fynn kommt gleich, oder du gehst zu ihm hoch. Er wollte

noch schnell sein Zimmer aufräumen, hat er gesagt. Habe ich das deinem Besuch zu verdanken? Mein Sohn hat es normalerweise nicht so mit Zimmeraufräumen.« Fynns Mutter zwinkert mir zu.
»Ich heiße Anne. Und jetzt muss ich zu meiner Mammutaufgabe zurück. Neue Rezepte …«
Anne geht, gibt Okay Zeichen, mit ihr mitzukommen, was der Hund auch tut. Er folgt ihr in der gewohnten Langsamkeit eines alten Herrn. Ich bin unsicher, ob ich selbst hochgehen oder besser hier warten soll. Dann höre ich Schritte auf der Treppe. Fynn kommt Stufe für Stufe runter, den Kopf gesenkt. Auf den letzten Stufen hebt er den Kopf und – strahlt mich mit knallroten Lippen an.
»Gefällt dir die Farbe? Ich habe so einiges ausprobiert. Bin wohl nicht der pinke Typ, mir steht dramatisches Rot besser, finde ich.«
»Du siehst umwerfend aus.«
Ich kann gar nicht anders als grinsen. Ich weiß nicht, ob ich ihn hier bei meinem ersten Besuch, mit seiner Mutter nebenan, umarmen oder sogar küssen darf, deshalb bleibe ich auf meinem Platz angeklebt stehen.
Stattdessen kommt Fynn auf mich zu und küsst mir mein Gesicht ab. Er wird Spuren hinterlassen.
»Eigentlich wollte *ich* mir den Lippenstift wegknutschen lassen.«
»Das holen wir nach. Komm.«
Anstatt mich die Treppe hochzuziehen, dorthin, wo ich sein Zimmer vermute, zieht er mich in die Küche.
Seine Mutter steht inmitten von unterschiedlichen Schüsseln, Töpfen, Bechern und einigen fertigen Torten und schlägt

gerade ein Ei nach dem anderen auf. Trotz der Fülle an Utensilien und Speisen sieht es sehr aufgeräumt aus. Eine sortierte Ein-Frau-Großküche mit einer backenden Joggerin, eingehüllt in eine süße Duftwolke. Es riecht herrlich klebrig.
Mir ist klar, wie wir aussehen. Fynns Lippenstift hat sich durch die Begrüßungsküsse über seinen Lippenrand hinweg verteilt und ist zu einem unsauber gezeichneten Clownsmund mutiert. Ich habe wahrscheinlich überall rote Kussspuren auf meinem Gesicht. Gerne hätte ich mich Fynns Mutter von einer besseren Seite gezeigt. Fynn scheint unser Karnevalsaufzug nichts auszumachen. Und Anne auch nicht. Sie schaut uns an, lacht kurz auf.
»Ihr seht umwerfend aus.«
»Das hat Tammie auch zu mir gesagt.«
Fynn nimmt zwei Eclairs von einem Blech und will sich gerade noch über ein Himbeertörtchen hermachen, als Anne ihm auf die Finger haut.
»Die nicht, die sind abgezählt.«
Dann dreht sie sich zu mir um. »Meine Schwester heiratet am Wochenende. Ich bin für die Kuchen zuständig. Alles genau geplant und berechnet. Hätte ich nicht so einen Vielfraß von Sohn, der heimlich meine hart erarbeiteten Patisserie-Kunstwerke stiehlt, wäre ich schon längst fertig.«
»Soll ich etwa meinem Besuch nichts anbieten? Das wirft ein schlechtes Licht auf uns.«
»Auf dich, mein Goldschatz, nur auf dich. Du hättest dich ja selbst an dreistöckigen Himbeersahnetörtchen probieren können. Das hätte auf Tammie sicher Eindruck gemacht.«
Ich nicke. Ja, und ob.

Fynn zuckt mit den Schultern. »Schade, dass ich eine Null im Backen bin.« Er probiert es bei den Pralinen, woraufhin Anne ihm mit einem Kochlöffel leicht auf den Kopf haut.
»Unterstehe dich. Weißt du, wie lange ich an denen gebastelt habe? Hier, nimm die Blaubeertörtchen.«
Die Früchte scheinen übereinander zu balancieren, ein fragiles Gebilde.
»Eigentlich kann er sehr wohl backen, aber in den letzten Tagen ist er komplett durch den Wind, und ich fürchte, daran bist du schuld. Er war mir keine große Hilfe.«
Anne reicht Fynn einen Teller mit Törtchen.
»So, und nun raus mit euch. Wir sehen uns dann übermorgen. Ich muss noch an die Werkbank. Fünf Kuchen. Werde die ganze Nacht hier stehen.«
Wir sehen uns dann übermorgen? Während wir die Treppe hochgehen, hallen ihre Worte nach.
»Was meint sie mit ›Wir sehen uns dann übermorgen‹?«
Im Gehen, mit dem Rücken zu mir, fragt mich Fynn beiläufig: »Magst du mich auf die Hochzeit meiner Tante begleiten? Meine Mutter würde sich freuen und meine Tante auch.«
Dann treten wir in sein Zimmer. Ein normales Jungszimmer, wenig drin, und das, was ich sehe, ist eher praktisch als hübsch. Ein großes Foto hängt gegenüber an der Wand. Ein Kind mit zwei Erwachsenen, die in die Kamera lachen. Ich erkenne Fynns schrägen Eckzahn und Anne. Der Mann muss sein Vater sein. Fynn steht etwas verloren mit den beiden Kuchentellern in der Mitte seines Zimmers herum.
»Bin nicht auf Damenbesuch eingestellt. Nichts zum Sitzen hier. Lass uns runter ins Wohnzimmer gehen. Meine Mutter ist sowieso in der Küche festgenagelt.«

Das Wohnzimmer ist eine Mischung aus modern und antik. Eine riesige Couch aus grobem, grauem Stoff ist mit bunten Kissen dekoriert. Das Tischchen ist ein alter Flechtkorb, auf dem eine Holzplatte erstaunlich fest steht. An den Wänden hängen alte Porträts von Menschen, die mittelalterlich gekleidet sind, neben bunten modernen Bildern. Okay liegt auf dem Boden und hechelt uns an.

Fynn stellt die Kuchenteller auf den Tisch, drapiert die Kissen für mich. Bevor ich mich setzen kann, ist Okay schon auf die Couch gesprungen und drängelt. Ein großer Hund braucht viel Platz. Fynn rutscht rüber, quetscht sich in die Ecke, und ich setze mich neben Okay, der die Kuchenteller fixiert.

»Jimi nimmt ihm immer seinen Schlafplatz weg, deshalb darf er aufs Sofa. Ich bilde mir ein, dass er sein Rheuma nicht so merkt, wenn er weich liegt.«

»Und Jimi ist wer?«

Fynn nickt gegenüber zum riesigen Hundekissen, wo eine rote Katze majestätisch drapiert herumliegt und uns anstarrt.

»Das Monster dort drüben. Sie tyrannisiert uns alle, vor allem den guten alten Okay, aber insgeheim liebt sie ihn heiß und innig.«

»Sie sieht friedlich aus, ein wenig … einnehmend.«

Jimi streckt sich gerade in die Länge, um ihre Liegeposition zu verbessern. Dabei lässt sie Okay nicht aus ihrem hypnotisierenden Blick. Ich habe noch nie eine Katze mit Silberblick gesehen, aber diese hier hat einen. Sehr beeindruckend.

»Warte ab, bis sie randaliert. Dann klingt sie wie die Gitarre von ihrem Namensgeber Jimi Hendrix. Nur hat der seine Gi-

tarre gestimmt, und man kann ihn abschalten. Unsere Jimi hört erst auf zu kreischen, wenn sie bekommen hat, was sie will. Und sie will meistens Okays Hundekissen.«
Okay zieht seine Augenbrauen hoch und schnauft einmal kräftig. Mit seinen Augen verfolgt er meine Gabel, auf die ich gerade Blaubeerkuchen bugsiere.
»Kann er sich denn nicht wehren?«
»Wenn ich Hunde-Opa wäre, würde ich mich auch nicht gegen gewetzte Katzenkrallen wehren. Dafür ist das Leben zu kurz und Hundenasen zu empfindlich. Ich nehme an, er hat seine Erfahrungen mit ihr gemacht, aber der Hund erzählt ja nichts, ist stumm wie ein Fisch.«
Aus der Küche hören wir Anne fluchen und jammern. Fynn schnüffelt einmal kurz in die Luft.
»Jetzt hat sie einen Kuchen im Ofen vergessen.«
Tatsächlich riecht es angebrannt. »Schmeckt die Blaubeerkreation?«
»Köstlich.«
Und dann weiß ich auch nicht mehr, was ich sagen soll. Zum Glück habe ich den Mund voll. Fynn sitzt neben mir und schaut mich an. Er isst überhaupt nicht. Die blauen Beeren liegen immer noch ordentlich auf dem Sahnecremehügel. Er wartet.
Ich hatte einen Small-Talk-Plan, aber der ist futsch, einfach gelöscht. Also stelle ich die einzige Frage, die in meinem Hirn herumsaust.
»Ist der Mann auf dem Foto in deinem Zimmer dein Vater?«
»Ja, aber meine Eltern sind schon eine Weile getrennt. Meine Mutter hat mich jung bekommen. Ich war ein Unfall. Sie haben geheiratet und dann festgestellt, dass sie doch nicht

zusammenpassen. War auch besser so. Die ewigen Streitereien haben genervt. Aber der Bruder von seiner neuen Frau hat mir den Job auf dem Friedhof besorgt.«
Dann wartet Fynn wieder ab. Mir fällt leider keine neue Frage ein, was dumm ist. Wenn man sich nicht wirklich gut kennt, aber schon geknutscht hat, sollte man besser ein paar Pro-forma-Fragen in petto haben, um genau diese Situation zu vermeiden.
Nach gefühlt etlichen Lichtjahren erlöst mich Fynn. Mittlerweile hat er die Blaubeeren einzeln gegessen. Aus der Beereninstallation ist jetzt eine Cremewüste geworden.
»Und?«
Ich stehe immer noch auf dem Schlauch. Vielleicht hilft ein Augenaufschlag oder Augenabschlag oder Augenanschlag? Jedenfalls kann es nicht schaden, konzentriert zu schauen. Vielleicht denkt er dann, ich denke.
»Soll ich dir ein Taschentuch bringen?«, erkundigt er sich. »Für den Lippenstift, meine ich.«
Jetzt erst erinnere ich mich, dass ich immer noch mit den Kussmundspuren im Gesicht herumlaufe. Fynn hat sich in der Zwischenzeit den Lippenstift weggewischt. Er sieht normal aus, ich nicht.
»Kommst du mit?«
Er meint die Hochzeit.
»Ja, sehr gerne. Muss ich schick sein? Das wäre dann nämlich ein Problem.«
»Du bist zwar schick, aber für meine Tante nicht schick genug.«
»Dann kann ich nicht mitkommen. Ich habe nichts.«
»Alles eine Frage der Kombination und ansonsten: Meistens

haben Mütter irgendwo noch hübsche Sachen aufbewahrt, in die sie nicht mehr reinpassen.«
Fynn steht auf, geht kurz aus dem Zimmer und kommt dann mit einem Packen Taschentücher und einer Flasche Olivenöl zurück. Er setzt sich wieder auf die Couch und tränkt ein Tuch mit dem Öl. Vorsichtig wischt er mir die Lippenstiftspuren ab.
»Meine Mutter sagt immer, Olivenöl ist das Beste für die Haut.«
Ich genieße seine zarten Bewegungen auf meinem Gesicht. Er ist sehr vorsichtig und lieb.
»Meine Tante ist sehr eigen mit … Dingen. Die müssen so und nicht anders sein.«
»Was heißt das?«
»Heißt, wenn ihr was nicht gefällt, dann kommt es ihr nicht ins Haus. Das gilt auch für Menschen.«
Jetzt werde ich nervös.
»Und was, wenn ich ihr nicht gefalle?«
»Dann boykottieren wir beide den wichtigsten Tag in ihrem Leben und gehen.«
»Und was würde deine Mutter dazu sagen?«
»Die würde mit uns mitgehen, und das liebend gerne. Die beiden können nicht so miteinander.«
Fynn hat die Abschminkaktion beendet. Schade. Es war eine herrliche Massage. Er umarmt mich und flüstert mir ins Ohr.
»Und morgen suchen wir dir ein passendes Outfit. Wie wäre es, wenn ich zu dir komme?«
»Bitte sag Ja.« Er ist unsicher, meine Denkpause ist wohl zu lang.
»Das wäre schön.«

Ich umarme ihn. Er atmet erleichtert durch und küsst meinen Hals.

Ja, es wäre schön. Ich muss nur meine Eltern aus meinem Revier entfernen. Ich habe keine Lust, mit ihnen ein Eltern-Kind-Gespräch über Verhütungsmethoden führen zu müssen, wenn ich meinen ersten Freund mit nach Hause bringe.

22

In dieser Nacht kann ich nicht schlafen. Ich bilde mir ein, das Ding in meinem Kopf zu spüren. Es pocht von innen im Kopf und in der Brust. Es pocht um mich herum. Die Welt zittert und ich mit ihr. Begleitet wird mein ganz persönliches Erdbeben vom rhythmischen Surren der Trockenrudermaschine. Mein Vater rudert mitten in der Nacht, und ich frage mich warum. Ich schleiche mich nach unten, verstecke mich hinter der Tür und bekomme nur seinen Rücken zu sehen. Er trainiert sich den Schweiß aus den Poren. Gaffi wackelt grinsend mit. Da er Kopfhörer aufhat, bemerkt er mich nicht. Also schaue ich ihn mir ein wenig an. Mein Vater ist nicht mehr der Jüngste. Die Schläfen sind grau geworden, und aus dem leichten Doppelkinn ist ein Trippelkinn geworden. Er ächzt und stöhnt bei jedem Ruderzug, wird aber nicht langsamer. Ich sehe ihn das erste Mal so ehrgeizig um etwas kämpfen. Dass er Gaffi den Ehrenplatz auf seinem Ich-ändere-mein-Leben-Gerät gegeben hat, verstehe ich allerdings nicht. Schließlich gehört sie zu unserem alten Leben und eigentlich ja zu mir. Vielleicht weil sie so sympathisch ist mit ihrem Dauergrinsen.

»Wieso schläfst du nicht?«

Jetzt hat er mich doch bemerkt. Mein Vater dreht sich immer noch rudernd zu mir um.

»Kann nicht. Sorry, wollte dich nicht stören.«

Er hört mit dem Rudern auf, wischt sich den Schweiß mit

einem Handtuch von Gesicht und Hals. Bevor er absteigt, setzt er Gaffi wieder richtig hin, die ihre Balance verloren hat und seitlich weggekippt ist. Komisch, jetzt im Stillstand fällt sie.

»Du störst nicht. Ich muss was tun. In meinem Büro geht der Bandscheibenvirus um. Und der Bauch hört auch nicht auf zu wachsen.« Er tätschelt sich auf die kleine Kugel über dem Hosenbund und schaut mich weiter tiefsinnig an.

»Und du? Was ist los?«

»Ich bin auf eine Hochzeit eingeladen.«

»Wunderbar! Und?«

Ich mache eine dramaturgische Pause. Denn der Satz, den ich gleich sagen werde, ist zu platt.

»Ich habe nichts zum Anziehen.«

Mein Vater lacht laut auf: »Das muss in der Familie liegen. Den Satz höre ich seit meiner Verlobung.«

»Ehrlich, ich hab nichts. Und ich will auch nichts haben.«

»Oha! Darum geht es.« Er geht an mir vorbei in Richtung meines Zimmers. »Komm, wir inspizieren deinen Schrank. Wäre doch zu dumm, wenn wir nichts finden.«

»Papa, glaub mir, da ist nichts mehr …«

Mein Vater ist in meinem Zimmer angekommen und hat die Schranktüren aufgerissen – und steht vor dem gerupften Huhn. Ihm fallen die Mundwinkel runter.

»Wann ist das denn passiert?«

»Ich habe ausgemistet.«

»Du hast nicht ausgemistet. Das ist ein Kahlschlag.«

Dann dreht er sich einmal um seine eigene Achse, begutachtet mein Zimmer, meine leeren Regale.

»Wo sind die Bücher? Die Comics?«

»Die Comics hat Mama, die Bücher habe ich gespendet.«
»Und wieso?«
»Wollte was ändern. Du machst ja auch plötzlich Sport wie ein Verrückter.«
»Ja, aber ich mache Sport, um gesund zu leben. Du gibst die Sachen weg, weil ...«
Mein Vater hält inne. Er will das Wort nicht aussprechen. Er will überhaupt nicht mehr sprechen. Minutenlanges Schweigen. Er hat sich auf mein Bett gesetzt und schaut mich nur an. Ich habe mich noch nie mit meinem Vater gestritten, nicht einmal heiß diskutiert. Er ist eher der wortkarge Typ. Jetzt merke ich, wie mir die Galle hochkommt. Auch er mischt sich ein, auch er meint, es besser zu wissen, weil Lebensjahre Lebenserfahrung bedeuten. Angeblich.
»Es ist mein Leben.«
»Nein, ist es nicht.«
Er ist abrupt aufgestanden und beginnt nun, im Zimmer hin und her zu tigern. Sein Gesicht wird rot, und er kruschtelt nervös an seinem Shirt herum, während er mit mir redet.
»Tammie, das ist jetzt wichtig.«.
Er macht eine Pause, dreht sich direkt zu mir um. »Ist es nicht. Es ist nicht nur dein Leben. Es ist auch meines und das von deiner Mutter. Es ist Bens, und es ist das Leben der Menschen, die dich lieben und die dich noch lieben werden.«
Links, rechts, links, rechts. Mein Zimmer ist klein. Mein Vater wechselt die Richtungen, wie ein zu kurzes Pendel, ein zorniges Pendel.
»Wir sterben doch alle eines Tages.« Ich setze mich bockig auf meinen Schreibtischstuhl, plötzlich bin ich müde und ir-

gendwie schwer. Irgendwas saugt mir die Kraft aus Armen und Beinen.
»Eben!«
Mein Vater bleibt als Ausrufezeichen hinter diesem Wort stehen und starrt mich an. Das Zittern stellt sich wieder ein, und ich habe keinerlei Kontrolle darüber. Jetzt nicht weinen, nicht hier, nicht vor meinem Vater.
»Eben?«
»Das Leben ist keine Kostümprobe. Du bist nicht krank, du hast ein Aneurysma und kannst alles tun, was eine junge Frau in deinem Alter tun will und sollte.«
»Kann ich nicht.«
Tränen schießen hoch und aus mir raus und kullern über meine zittrigen Hände. »Kann ich nicht.«
Und jetzt bricht auch noch meine Stimme. Das war es. Ich heule. Und mein Vater sitzt auf meinem Bett, in sich eingefallen und heult auch.
Mitten in die Stille hinein. Man hört jeden Kiekser, Gefühle quetschen hinaus. Es ist so anstrengend. Es fühlt sich wie eine komplette Fehlleistung an, wie eine kitschige Telenovela.
So viele Tränen. Bald sind meine Ärmel klitschnass. Mein Vater kommt zu mir. Wir umarmen uns und schluchzen uns die Pullover voll.
»Ich habe uns Pistazieneis gekauft. Magst du eins?« Mein Vater rettet uns mit einem simplen Bestechungsversuch.
Ich nicke und versuche ein Lächeln.
»Von Gianni?«
»Klar von Gianni. Der nimmt die besten Pistazien.«

Mein Vater hat das Eis mit Keksen dekoriert. Ein Sahnegebirge verdeckt die grünen Kugeln. Und dann sitzen wir total normal im Wohnzimmer und essen mitten in der Nacht ungesundes Zeug.
»Diese Hochzeit«, fragt er, »was ist das für eine Feier? Wer hat dich eingeladen?«
»Fynn. Seine Tante heiratet. Und bevor du mich fragst, ja, Fynn ist mein Freund, und ich bin verliebt.«
Sahneschnurrbart und Augenzwinkern auf Papas verweintem Gesicht.
»Und wann darf ich den jungen Burschen kennenlernen? Als Vater habe ich zwar kein Mitspracherecht, aber ein Sorgenkontingent abzuarbeiten.«
»Keine Sorgen machen, Paps. Fynn ist lieb und unaufdringlich. Er hat einen Hund.«
»Na, wenn er einen Hund hat, dann weiß er ja, wie er mit dir Gassi gehen muss.«
Der Witz und das Eis brechen die Verklebung zwischen uns ein wenig auf.
»Er kommt morgen Abend, und ihr müsst dann verschwinden.«
»Autsch. Meine Tochter schämt sich für mich.«
»Nein, tue ich nicht, aber er soll nicht merken, dass er zu deinem Sorgenkontingent gehört.«
»Gut, ich werde Mama zu einem Pistazieneis einladen. Wir brauchen auch mal wieder Zeit für uns.«
»Dann musst du aber noch ein paar Kilometer mehr rudern als sonst.«
»Muss ich, aber das ist mir ein Eis mit meinem Kind und meiner Frau wert.«

Papa wischt sich endlich den Sahneschnurrbart weg und leckt genüsslich die süßen Reste von seiner Hand. Und auch ich schlecke die Schale aus.
»Mama hat im Keller ihre alten Cocktailkleider. Liegen im Metallschrank, sind aber aus den 80er-Jahren. Keine guten Jahre für Mode, finde ich. Haben wir nur damals nicht gewusst. Na ja, die Jugendsünden.«
Mein Vater nimmt mir die leere Schale aus der Hand.
»Und jetzt Zähne putzen und ins Bett.«
»Papa, ich bin kein Kind mehr.«
»Du bist immer mein Kind, und du wirst immer mein Kind bleiben.«
Diese Worte kommen aus seinem Rücken, der verdächtig zuckt. Er weint wieder oder immer noch, aber er will mir seine Tränen nicht zeigen. Der Bestechungsversuch hat nicht geklappt. Wir sind beide noch verklebt.

23

Ich wache wieder mit diesem Gefühl im Bauch auf, nicht nur, weil ich das halbe Kilo Eismasse noch nicht verdaut habe. Ich freue mich auf das Wiedersehen mit Fynn, und gleichzeitig erinnere ich mich an die Bilder von heute Nacht. Mein weinender Vater, mein Eis essender Vater, Gaffi, die aus ihrer Halterung fällt, mein Vater schockiert vor meinem Kleiderschrank. Und dann erinnere ich mich an einen anderen Schrank, den Metallschrank im Keller. Irgendwann vor langer Zeit hat meine Mutter dort ihre modischen Kostbarkeiten vor Motten, Staub und Schimmel gesichert. Das waren die einzigen Dinge, die meine Mutter jemals sorgfältig und geschützt und dann auch noch nach Farben sortiert gelagert hat.

Ich beschließe, gemeinsam mit Fynn dort nachzuschauen. Schließlich kenne ich diese kostbaren Familienerbstücke nicht wirklich, und wer weiß, was ich verpasse, wenn ich diesen ominösen Schrank nicht untersuche.

Müde stehe ich auf. Es ist Freitag, mein langer Schultag. Schule fällt mir nicht wirklich schwer, ich bin nicht gut und nicht schlecht, mittel eben. Schwer fällt mir nur die Zeit dort absitzen zu müssen. Zeit ist etwas, das ich nicht im Überfluss habe. Aber die anderen eigentlich auch nicht.

Jedenfalls bin ich heute ausnahmsweise dankbar für die Beschäftigung und Ablenkung vom Gedankenkarussell, auch wenn mir Pat fehlt, die heute wohl beschlossen hat, dass Didi sexyer ist als der Bio-Leistungskurs. Ich gönne es ihr. Lippenstiftküsse, eine Katze, die wie ein Rockstar heißt, und mein weinender Vater. Ich drehe und wende die Eindrücke des gestrigen Tages, während der Lehrer vorne den neuen Unterrichtsstoff durchzieht. Es war ein Tag voller Leben.

Als ich um halb fünf nach Hause komme, kann ich gerade noch unter die Dusche springen, bevor es wenig später klingelt.

Okay steht vor der Tür. Blümchen stecken unter dem Halsband hinter seinem linken Ohr.

Fynn taucht hinter ihm auf. »Die haben wir noch schnell im Park gepflückt. War Okays Idee. Er wollte nämlich unbedingt noch eine Runde ›Welche Blume duftet am besten, um bepinkelt zu werden?‹ spielen. Diese hier haben gewonnen.«

»Super. Ich liebe Blumen mit Hundepinkel.«

Okay drückt sich an mir vorbei und geht rein. Dann legt er sich mitten im Flur auf den Boden und hechelt.

»Nee, diese hier konnte ich noch retten. Sind sauber.«

Fynn überreicht mir die Blumen mit einer langen und schönen Umarmung. Er riecht tatsächlich auch danach. Ich kann aber nicht ausmachen, ob es der Waschmittelduft seines Hemds ist oder die Parkblumen.

»Können wir ein bisschen Wasser haben?«

Fynn hält mir eine zusammenfaltbare Plastikschachtel entgegen. Ich nehme sie, renne kurz in die Küche und fülle sie mit Wasser. Als ich wieder da bin, steht Fynn immer noch an der gleichen Stelle, und Okay hat seinen Kopf abgelegt. Der Hund wirkt müde.

»Sorry, ich bin nicht so an Hunde gewöhnt.«
Ich stelle ihm das Wasser vor die Schnauze. Okay schlürft langsam, hebt aber kaum seinen Kopf.
»Er ist müde, dabei ist es gar nicht so heiß.« Fynn beugt sich zu Okay runter und streichelt ihm den Kopf. Ich nehme seine Hand in meine. Fynn schaut kurz erstaunt auf.
»Na ja, ist ja auch schon ein alter Herr. Bist du bereit?«
»Bereiter.«
»Dann lass uns auf die Suche gehen.«

Als wir den Keller betreten, hält Okay kurz seine Nase rein, um im Rückwärtsgang sofort wieder rauszutippeln. Ich kann ihn verstehen. Im Keller riecht es scheußlich, und die Stimmung ist gruseliger als beim letzten Mal. Meine Mutter hat anscheinend ohne mich die Suche nach dem Tantenkästchen fortgeführt und weiteres Zeug achtlos übereinandergeworfen. Alte Sportgeräte hängen in den Stapelritzen. Die Inhalte der Kartons ergießen sich wie eine Schlammlawine über die Pappberge. Der Metallschrank glänzt im knapp einfallenden Sonnenlicht in der hinteren Ecke, aber ein Durchkommen scheint unmöglich. Hinter diesem Chaos ist er unerreichbar.
Fynn pfeift durch die Zähne.
»Aber die Decke hält, oder? Ich hätte meine Sicherheitsklamotten mitbringen sollen.«
»Das ist Standard bei uns. Dort müssen wir hin.« Ich zeige zum Metallschrank. Er scheint auf seine Befreiung zu warten.
»Beeindruckend. Wie habt ihr das denn geschafft?«
Fynn schaut sich immer noch um, schielt zur Decke. Doch

die zeigt nur ihre schönsten Schimmelmuster, über Jahre gewachsene Maserungen.
»Wir sind eben sehr effektiv, was Unordnung betrifft.«
Dann greift Fynn nach dem ersten Karton, will ihn zur Seite räumen, aber viele kleine Lesehefte purzeln ihm auf die Füße. Er bückt sich und sortiert sie wieder zurück.
»Ich glaube, wir müssen uns durcharbeiten.«

Und das tun wir. Karton für Karton räumen wir aus dem Weg. Auf halber Strecke fallen uns dermaßen viele alte Bücher, kaputte Haushaltsgeräte und alte Möbel entgegen, dass Fynn vorschlägt, sie zu sortieren.
»Die Dinge nach rechts und die Heftchen nach links.«
Dann kommt ein kleiner Bollerwagen zum Vorschein. Auf dem ist schon mein Vater von seinem Vater hinterm Fahrrad hergezogen worden. Heute natürlich längst nicht mehr verkehrstüchtig, aber nett anzuschauen. Die rote Knallfarbe hat sich an einigen Stellen erstaunlich gut gehalten.
»Darf ich den haben? Nicht für mich, für Okay. Der wird immer langsamer und schnell müde.«
»Klar, wenn er ihn will?«
»Das können wir ja gleich ausprobieren.«
Fynn schiebt den Wagen raus, putzt grob mit einem alten Lappen die dicke Staubschicht weg und tippt mit seiner Hand an den Bollerwagen.
»Okay, komm, alter Junge, steig ein. Der ist für dich.«
Okay steht auf, nimmt ein wenig Anlauf und landet dann mit einem wackeligen Hops im Bollerwagen. Fynn muss ihm die linke Hinterpfote reinhieven. Der Hund hat sein Bein in einem verqueren Winkel abgelegt, und nun liegt er da und ist

zufrieden. Er hat es sich bequem gemacht. Der Bollerwagen passt zu ihm.
Während wir uns weiter durch das Chaos ackern, beobachtet uns Okay von seinem Gefährt aus. Mir fallen alte Schwimmflossen in die Hände. Die rechte ist nur noch zur Hälfte vorhanden. Das Gummi ist schon sehr trocken und das fehlende Stück wahrscheinlich einfach abgebrochen. Mehrere zu Rauten eingeknickte Hula-Hoop-Reifen, ein alter motorloser Rasenmäher, löchrige Luftmatratzen, ein Mixer ohne Schaltknöpfe und hier und da eine kleine Hantel. Haben wir das wirklich mal benutzt? Ich kann mich jedenfalls nicht daran erinnern.
Fynn macht tapfer mit. Er scheut weder den Dreck noch den Gestank.
»Entweder wart ihr mal sehr sportlich oder ihr wolltet es sein.« Fynn zeigt auf einen alten Stepper, ein unhandliches, schmutzverkrustetes Monster.
»Der war teuer, glaube ich.«
»Dafür, dass er eigentlich nur eine Treppenstufe ist, sicher.«
Ich hebe abwehrend meine Hände empor. »Hey, ich kann nichts dafür. Als meine Eltern das hier alles besorgt haben, lag ich noch in den Windeln.«
»Ich weiß.« Er gibt mir einen Kuss auf meine staubige Nase. »Wir haben es ja auch gleich geschafft.«
Tatsächlich trennen uns nur noch wenige Kartons vom Schrank, die wir zur Seite kicken. Fynn fängt damit an, als er merkt, dass die Kartons leer sind. Mit jedem Kick werden sie kleiner und unser Weg freier.
Dann stehen wir vor dem Schrank, öffnen ihn und schauen auf eine vorbildlich sortierte Garderobenstange. Jedes ein-

zelne Stück hängt in einen Plastiksack gehüllt und nach Farben geordnet an einem ihm exakt vorgegebenen Platz. Cocktailkleider, Kostüme, Abendkleider in allen Farben und schmalen Größen. Meine Mutter muss mal sehr schlank gewesen sein.

»Modenschau?« Fynn schaut mich verschmitzt an.

Ich verstehe und schüttele mit dem Kopf. »Auf keinen Fall. Ich ziehe mich doch nicht vor dir um.«

»Wer sagt denn, dass du dich vor mir umziehen sollst? Ich kann ja auch in einem anderen Zimmer warten.«

»Ich weiß doch gar nicht, ob die Sachen passen. Was, wenn ich darin wie eine Presswurst aussehe?«

»Dann sehe ich wenigstens ein bisschen mehr von dir als nur dein schönes Gesicht.«

Ich drehe mich von ihm weg und tue so, als ob ich die Kleider genauer betrachte. Dabei suche ich nur eine Lösung, wie ich verhindern kann, mich ihm halb nackt in Minikleidern zu präsentieren, denn er hält mir gerade einen roten Stofffetzen hin, der höchstens meinen Bauchnabel bedeckt. Ich mag seine Art, mir Komplimente zu machen, sehr. Mir sollte auch mal eins gelingen, so ein richtiges schönes sattes Kompliment für Fynn.

»Deine Mutter war nicht so scheu.«

»Das ist ihre Natur.«

Fynn rafft eine Handvoll Kleider zusammen und hängt sie sich über die Schulter. »Mach dir keine Sorgen. Wenn du dich unwohl fühlst, kommst du einfach nicht raus, oder ich schaue nur mit einem Auge hin. Wie du willst.«

Mit diesen Worten zieht er mich mit sich. Papierfetzen hängen ihm am Pullover, seine Hose ist eingestaubt.

»Aber jetzt würde ich gern diesen schrecklichen Ort verlassen und mich ein wenig waschen.«

Die Kleider haben wir auf meinem Bett drapiert, Okay sitzt auf meinem Ohrensessel. Fynn ist nebenan im Bad. Für den Anfang suche ich ein möglichst unverfängliches weites Kleiderstück aus, ein langes, wallendes, schwarzes Kleid mit hauchdünnen Trägern. Schließlich kennt mich Fynn nur in Jeans. Hätte ich mehr Oberweite, würde alles aus dem mittelgroßen Spitzenbustier rausfallen. Stattdessen herrscht oben rum gähnende Leere. Ich fummele mir den Busen hoch, aber voller wird es dadurch auch nicht. Dann höre ich ein Räuspern hinter mir. Fynn steht an der Tür, was ich nicht bemerkt habe. Dafür hat er sicher meine Busenzurechtrückaktion gesehen und dass ich versucht habe, mehr vorzugeben, als ich habe.
»Kein schlechter Anfang, aber die Körbchengröße stimmt nicht.«
»Was weißt du denn von Körbchengrößen?«
»Hey, ich musste als Einzelkind eine alleinstehende Mutter großziehen. Da lernt man so einiges über Frauenthemen.«
Er greift nach einem dunkelgrünen Minikleid, das vor allem aus Schulterpolstern besteht, und drückt es mir in die Hand.
»Ich gehe noch mal ins Bad.«
Und das tut er, aber nicht ohne nochmals um die Ecke zu linsen.
»Raus.« Ich werfe ihm einen Turnschuh hinterher.
»Probieren darf man ja wohl noch, oder?«
Fynn flüchtet, diesmal tatsächlich, denn die wenigen Schuhe, die rumliegen, fliegen alle in seine Richtung.

Das grüne Kleid hat tatsächlich Presswurstqualitäten und Schultern zum Niederknien. Dafür fülle ich das Unterteil besser aus. Was mir oben fehlt, habe ich unten zu viel.
Ich rufe Fynn rein. »Kannst kommen, aber nur mit einem Auge.«
Fynn hält tatsächlich sein rechtes Auge zu, blinzelt mich kritisch mit seinem linken an. »Wir könnten die Schulterpolster aus diesem hier rausnehmen und das Oberteil vom schwarzen damit ausfüllen.«
»Die Schulterpolster sind rechteckig. Mein Busen hoffentlich nicht.«
»Alles eine Frage der Perspektive.«
Fynn trennt die Schulterpolster vom Klettverschluss und legt sie sich unter sein T-Shirt. Wir schauen beide kritisch.
»Rechteckig. Eindeutig.«
Ich habe den besseren Blick auf seinen Fake-Busen.
»Aus meiner Perspektive sehen die okay aus«, murmelt Fynn in sich hinein.
Okay hebt den Kopf.
»Du bist nicht gemeint, alter Knabe.«
Dann greift Fynn zu einem gelben Overall mit silbernen Knöpfen.
»Das hier wird vielleicht passen.«
Gelb? Ziemlich auffällige Farbe für meinen Typ. Aber er passt. Der gelbe Overall hat oben herum genug Spiel, um die Leerstellen zu überdecken, und unten herum genug Stoff für meinen Hintern. Mein Spiegelbild zeigt eine junge, elegante Frau in einer Strahlfarbe. Ich habe noch nie ein Kleidungsstück in Gelb besessen und wäre nicht auf die Idee gekommen, dass mir so etwas stehen könnte. Meine schlanke Taille

wird durch die seitlichen Abnäher betont, und durch die dezenten Schulterpolster bekomme ich eine kerzengerade Haltung. Ich stehe aufrecht und selbstbewusst vor dem Spiegel und fühle mich schön. Ein neues Gefühl. Fynn strahlt mich an. »Perfekt.«
»Nur aus dem falschen Jahrhundert. Die 80er wären es gewesen«, erwidere ich. Dass ich mich selbst immer schlechtmachen muss, finde ich gerade selbst unpassend. Schließlich kann Fynn ja nichts für mein nicht vorhandenes Selbstbewusstsein. Er findet mich schön.
Ich drehe mich zu ihm um. »Findest du wirklich?«
Fynn umarmt mich und schaut auf meine Füße. »Ja, wirklich, wirklich. Nur die Schuhe passen noch nicht zum Rest.«
Damit hat er recht. Meine ausgelatschten grünen Turnschuhe sind ein ziemlicher Kontrast zum Rest von mir.
Also durchkämmen Fynn und ich meine klägliche Schuhsammlung. Und nach kurzer Zeit ist auch diese Frage geklärt. Immer noch Turnschuhe, aber diesmal weiße.
Mission erfüllt. Jetzt könnten wir uns eine Pause gönnen. Wir sitzen in meinem Zimmer rum. Ich freue mich auf das, was sich jetzt ankündigt. Fynn ist nah an mich rangerückt.
»Frau Blumentopf hat eine Tochter, und die kommt auch ab und zu vorbei. Meistens am Wochenende.«
»Wegen des Grabspruchs, meinst du?«
»Ja, ich habe Knut, meinen Kollegen, gefragt. Manchmal ist auch eine ältere Dame mit, aber wer die ist, weiß keiner.«
»Und die willst du abpassen? Leuten auflauern ist nicht gerade mein Hobby und auch nicht nett.«
»Wir müssen ihr nicht auflauern. Knut schickt mir eine Nachricht, wenn sie da ist.«

»Und was machen wir dann?«
»Wir sprechen sie an und fragen sie, was es mit dem Spruch auf dem Grab auf sich hat. Das wolltest du doch.«
»Ich wollte wissen, wie sie gestorben ist.«
»Das hängt doch vielleicht zusammen.«
»Und wie sie gelebt hat, mit dem Namen.«
»Hängt vielleicht auch damit zusammen.«
Fynn hat mittlerweile seinen Arm um meine Hüfte gelegt. Er schaut mich mit irgendeiner Vorfreude auf irgendwas an. Aber auf was genau freut er sich? Seine langen Wimpern haben einen exakten Schwung nach oben. Mit Mascara bearbeitet, würden sie bis an seine Augenbrauen schlagen.
»Du bist immer so optimistisch.«
»Optimist ist mein Nachname, Tammie. Schöne Tammie.«
Jetzt wäre ein guter Moment für mein Kompliment an ihn, aber mir fehlen die Worte. Ich küsse ihn und will mehr. Der Funke springt zu ihm über. Und mit jedem Kuss drücken wir uns fester aneinander, bis wir irgendwann auf meinem Bett liegen und die schönen Kleider zerdrücken. Fynn beginnt, meinen Rücken zu streicheln. Seine Hände sind heiß und vorsichtig. Ich mag das. Ich mag seine Direktheit, die nassen Küsse und seinen tiefen, erregten Atem. Eine Hand hält meinen Kopf, die andere erkundet Hüften, Taille, meinen Bauch, meine Schultern. Nicht mehr, aber es reicht, dass mir die Luft wegbleibt. Er küsst meinen Hals und meine Schulter. Und es ist schön. Es ist so schön, ich mag mich kaum rühren. Dieses Gefühl darf nicht so schnell verschwinden.
Okay schnauft laut aus und trippelt auf meinem Ohrensessel herum. Anscheinend behagt ihm seine Liegeposition nicht mehr.

»Du und Okay, ihr seid wunderbar.«
»Soll ich Okay zu uns ins Bett holen? Der kann echt gut schlabbern.«
»Nein, ich liebe doch deinen Schlabber.«
»Jetzt hast du es zugegeben.«
»Was?«
»Du hast zugegeben, dass du mir verfallen bist.«
»Deshalb ziehe ich ja auch altmodisches Zeug an und begleite dich auf eine Hochzeit.« Ich schmiege mich an ihn, atme tief. »Woher soll ich denn wissen, wie es sich anfühlt? Ich bin Anfängerin in Sachen Verliebtsein.«
»Und Sandkastenliebe?«
»War mir zu sandig.«
»Grundschule?«
»Da konnte ich schon nicht mehr.«
»Du konntest dich nicht verlieben, weil …?«
Ich schweige und löse mich aus seiner Umarmung, drehe mich auf den Rücken und weg von ihm.
»Willst du mir nicht mal sagen, was du hast? Du machst ein Riesengeheimnis daraus, finde ich. Und außerdem macht es mich nervös. Muss ich mir Sorgen um dich machen?«
Fynn redet ruhig. Er legt mir seine Hand auf den Bauch. Diese Worte aus dem Mund eines anderen würden mich sehr, sehr wütend machen. Niemand geht mein Leben und mein Sterben etwas an. Bei Fynn ist es anders. Ich will mich nicht mehr verstecken müssen. Mein Vater hat recht. Mein Leben geht sehr wohl jene an, die mich lieben, und die ich liebe.
»Ich habe ein Aneurysma. Vorne schreibt man das mit ›e‹ und ›u‹ wie Eule, und das I ist ein Ypsilon. Im Gehirn.«

»Du hast ein Ypsilon im Gehirn. Verstehe.«
»Nein, ein Aneurysma. Das schreibt sich mit Ypsilon.«
»Okay, und ich dachte schon, ich habe mich in eine Werwölfin verliebt. Das würde wirklich kompliziert werden. Dann müsste ich mit dir in den Untergrund gehen. Gut, dass du nur ein Ypsilon-Ding im Gehirn hast.«
»Das ist nicht nur ein Ding im Gehirn.«
Nicht wütend werden. Nicht bei meiner ersten richtigen Knutscherei mit Fynn. Er lehnt sich über mich und schaut mich ernst an.
»Ich weiß, was ein Aneurysma ist. Und ich weiß, dass man sehr schnell davon sterben kann. Ich weiß nur nicht, was das Platzen des Aneurysmas auslöst.«
»Niesen, Sport, Drücken auf dem Klo und Orgasmen.«
»All die schöne Dinge also.«
»Und ich glaube, es macht was mit meinem Navi im Gehirn, aber sicher bin ich mir nicht.«
»Ich habe mich schon gewundert, warum du auf dem Friedhof immer in die falsche Richtung läufst.«
»Das bin nicht ich, das ist mein Hirn. Ich werde manipuliert.«
»Und wieso bist du noch am Leben?«
»Ich erkälte mich nicht, mache keinen Sport, gehe nicht aufs Klo und habe keinen Sex.«
»Das mit dem Klo sollten wir ändern. Das mit dem Sex auch. Klingt ungesund.«
»Weiß nicht.«
»Hast du denn schon mal?«
»Nein.«
»Auch nicht selbst?«

Kurze Denkpause, dann klickt es bei mir. Und Fynn kneift mir in den Bauch und legt seine Hand knapp über meinem Schambein ab. Wärme flirrt meine Beine entlang.
»Spinnst du? Das wäre wie ein Selbstmordversuch.«
Fynn lehnt seinen Kopf an meinen. »Dann müssen wir sehr vorsichtig sein.«
»Ich weiß nicht, ob ich mich traue, aber ja, wir müssen vorsichtig sein. Bitte!«
Das war, glaube ich, so etwas wie ein Kompliment. Ich habe ihm ein eindeutiges Signal gegeben, dass ich mit ihm Sex haben will. Fynn will mich küssen, wird aber von Okay gestört, der zu uns aufs Bett springt. Er knibbelt seinem Herrchen am Ohr.
»Okay, okay … habe verstanden. Pipi, Hunger, Durst.«
Fynn legt seine Nase an Okays Nase und wackelt mit dem Kopf. Ein Eskimokuss.
»Wir gehen ja schon.«
Er küsst mich zum Abschied. »Okay ist ein Tyrann im Schafspelz. Ich muss gehen. Er muss sein Medikament kriegen und davor was essen. Und wahrscheinlich platzt ihm die Blase. Wir sehen uns morgen, ja?«
»Morgen, wann und wo?«
»Ich hole dich mittags ab. Wir müssen etwas früher da sein, hab Lakaiendienst bei meiner Tante.«
Im Türrahmen dreht er sich nochmals um.
»Ach, und wenn meine Tante schräge Dinge sagt oder tut, einfach nicht drauf achten. Das ist eine Charakterschwäche und meist nicht persönlich gemeint. Erkläre ich dir morgen.«
Fynn geht, eine Kuhle im Bett bleibt. Ist er absichtlich so schnell verschwunden und hat Okay nur als Vorwand für

seine Flucht genommen? Vielleicht ist er doch nicht so stark, wie er immer tut? Schließlich ist es auch ein Risiko, sich mit mir einzulassen. Erst verliebt er sich in mich, und dann ist es unklar, wie lange ich hier sein werde. Ich bleibe im Bett liegen, bis sich das Flirren in meinem Unterleib verflüchtigt hat. Ich brauche sehr lange, um einzuschlafen.

24

Ein vom Tiefschlaf zerknitterter Retro-Seidenoverall ist nicht gerade repräsentativ. Also duschen, bügeln, Haare machen, und dann muss ich noch die Kleider meiner Mutter zurücksortieren.
Im Keller steht noch der Bollerwagen, und die Müllhaufen sind auch nicht verschwunden. Ich greife mir einen Lappen und putze den Bollerwagen gründlich von oben bis unten. Dann lege ich den Kram hinein, stapele alles zu einem wackeligen Gebilde auf und sichere es mit einem Band. Ich muss das loswerden. Meinen Eltern werde ich kein Wort davon sagen, weil es gefährlich ist, sie an ihre alten Sachen zu erinnern. Jetzt sind sie gerade nicht zu Hause. Also nutze ich diesen Moment, den Keller zu entmisten.

Bei der Sperrmüllstelle ist eine Menge los. Ich stehe vor riesigen Containern, in die Leute, nach Material sortiert, ihre Sachen geworfen haben. Elektromüll, alte Möbel, ganze Küchen, Spielsachen. Die Männer der Stadtreinigung rangieren Autos und Menschen auf dem kleinen Platz von einer Ecke zur anderen. Es herrscht Gewusel wie auf einem Ameisenhaufen. Jeder trägt etwas mit sich rum und sucht den richtigen Ort zum Abladen. Eine Frau mit dunklen Haaren hat ihren Kombi voll mit Bücherkisten geladen. Sie muss jede einzeln vom Auto zum Papiercontainer schleppen, dann ein paar Stufen hochsteigen und sie wie ein Gewichtheber hoch-

stemmen, um sie in den Container zu werfen. Es sieht anstrengend aus, aber die Frau ist fröhlich und überhaupt nicht angestrengt.
Ich balanciere den Sperrmüll auf meinem Bollerwagen von einer Seite des Platzes zur anderen. Für das Plastik muss ich auf die rechte Seite des Platzes. Der kleine Beistelltisch und der fast beinlose Stuhl aus Holz gehören wiederum in den Holzcontainer auf der linken Seite. Ich komme an jeder Menge Menschen vorbei, die jede Menge Zeug entsorgen. Vieles, das sie wegwerfen, sieht gar nicht kaputt aus. Sie wollen die Dinge anscheinend nur loswerden.
Nachdem ich alles ordnungsgemäß abgeladen habe, bleiben auf dem Bollerwagen nur noch alte Haushaltsgeräte übrig. Der Container für Elektromüll steht neben dem Altpapier. Wie die Frau muss auch ich einige Mal laufen, um Mixer, Dosenöffner, Rasenmäher loszuwerden. Und auch ich muss ein paar Stufen hoch- und wieder runterklettern. Immer wenn die Frau und ich auf der obersten Stufe unserer jeweiligen Container stehen, sehen wir uns kurz an, bevor wir den Müll auf den Haufen schmeißen. Ich verstehe, warum sie so leichtfüßig ist. Es fühlt sich gut an, Altes wegzugeben.
»Die Tageslichtlampe ist auch kaputt?« Die Frau schaut auf das rechteckige Ding, das neben meinen Füßen liegt. Sie spricht mich an, als ich gerade einen monströsen Grill über die Kante schleudere. Er scheppert gehörig bei der Landung.
Tageslichtlampe? So sehen die aus? Aus einem Impuls heraus antworte ich: »Nein, die ist nicht kaputt. Die fahre ich nur spazieren.«

»Wäre auch schade, denn die sind super.« Dann klatscht sie in die Hände und sagt zu sich selbst: »Ab heute wird einiges anders.« Noch ein wissender Blick zu mir, zu der Unbekannten. Dann steigt die Frau in ihr Auto und fährt weg. Und auch ich habe alles erledigt. Der Bollerwagen ist leer. Die Tageslichtlampe hebe ich wieder auf. Vielleicht funktioniert sie ja noch, auch wenn ich keine Ahnung habe, in was die »super« sein soll. Aber super klingt gut. Super klingt wie »Ab heute wird einiges anders«.

Ich fahre die Tageslichtlampe tatsächlich spazieren, und zwar nach Hause, wo ich noch Make-up auflegen will, was selten genug vorkommt. Genau genommen kommt es nie vor. Bisher war ich nicht wirklich an Make-up interessiert. Dass ich mir jetzt Gedanken über die Farbe von Rouge mache, ist absurd, denn ich besitze nur ein einziges.

Ich tue das einzig Richtige und schreibe Pat, die noch nicht mal weiß, wie das Treffen mit Fynn am Donnerstag gelaufen ist.

»DAS MIT DEM LIPPENSTIFT HAT NICHT GEKLAPPT.«

Pat antwortet sofort.

»DAS TUT MIR LEID. WARUM?«

»HATTE KEINEN.«

»TAMMIE, DU BIST EIN HOFFNUNGSLOSER FALL!!! KAUF DIR EINEN!«

»WELCHE FARBE?«

»FINGER WEG VON GRÜN UND BLAU ... WIE WÄRE ES MIT BEIGE ODER ROSA? ICH GLAUBE ES NICHT!«

»IST KLAR, ABER WELCHE FARBE VON DEN FARBEN?«

»WO BIST DU? ICH KOMME.«

»AUF KEINEN FALL. DA MUSS ICH ALLEINE DURCH.«
»ICH KOMME. ICH BIN DEINE FREUNDIN. DAS DARF JETZT NICHT SCHIEFGEHEN. ALSO WARTE, JA?«
»DROGERIEMARKT, EINKAUFSZENTRUM.«
»ICH BEAME MICH RÜBER.«
Tatsächlich steht Pat kurze Zeit später neben mir in der Kosmetikabteilung. Zielsicher greift sie nach Lippenstiften in dezenten Farben. Ich greife nach einem dunklen Rot.
»Tammie, ich liebe dich, aber von Make-up hast du keine Ahnung.« Sie hält mir den dunkelroten Lippenstift vor die Nase. »Damit wirst du zum Vamp, aufreizend und verführerisch. Wollen wir das?«
»Nein, das wollen wir nicht.« Ich lege den Lippenstift wieder weg und weiß auch nicht weiter. Obwohl, wenn ich zum Verführen nichts weiter tun muss, als dunkelroten Lippenstift aufzulegen? Ich nehme den Vamp-Lippenstift wieder aus dem Regal.
»Du bist eher der dezente Typ, jedenfalls jetzt noch.«
Sie malt Striche in zarten Rosatönen mit verschiedenen Lippenstiften auf ihren Handrücken.
»Was meinst du mit ›jetzt noch‹?«
Pat zeigt ihre weißen Zähne und amüsiert sich über mich. »Solange du grün hinter den Ohren bist und ungeküsst. Ich bin es ja nicht mehr. Später, Menopause und so was, dann ändert sich das noch mal. Da hat man dann immer eine Sinnkrise, sagt meine Mutter. Die hat nämlich gerade eine, weil ich bald aus dem Haus bin, sagt sie. Dann stylen sich die Frauen um. Jedenfalls versucht es meine Mutter gerade mal wieder. Ist so eine Art Ich-werde-nicht-alt-Ding. Das meine ich damit.« Pat fixiert mich.

Ich habe auch weiße Zähne, die ich ihr präsentieren kann. In Pats schönem Kopf rastet etwas ein.
»Was? Bist du nicht mehr? Deine erste Knutscherei mit Flugzeugen im Bauch und so?«
Ich nicke und grinse. »Mit ziemlich vielen Flugzeugen im Bauch.«
Pat umarmt mich und freut sich und strahlt.
»Und du bist verliebt und glücklich. Tammie, wie schön!«
Dann lässt sie mich wieder los.
»Und weiter? Was noch? Brauchst du Kondome? Pille kommt nicht infrage, oder? Nicht diesen Chemieblödsinn. Findest du doch sicher auch.«
»So weit sind wir doch noch gar nicht.«
»Von wegen.« Pat zeigt auf den Knallfarbenlippenstift in meiner Hand. »Und das da? Ein eindeutiges Zeichen, unbewusst, aber ich weiß Bescheid. Du planst es doch schon.«
Es hilft nichts. Pat durchschaut mich einfach immer und eigentlich jeden anderen auch. Nur bei ihren eigenen Typen gelingt ihr das manchmal nicht. Bei denen hat sie ein Brett vor dem Kopf, sagt sie.
»Ja, ich habe es ihm gegenüber angedeutet.«
»Dann lass ihn die Kondome kaufen, klar? Sein Job.«
»Wieso. Das ist doch heute nicht mehr so.«
»Dann weißt du, ob es ihm ernst ist.«
»Pat, das weiß ich auch so.«
Sie drückt mir die Lippenstifte und ein Kosmetiktuch in die Hand. »So, und jetzt einen nach dem anderen ausprobieren.«
Was ich auch tue, aber egal ob rosa, hellbeige oder himbeerfarben – die Schmiere auf den Lippen ist mir nicht nur unangenehm, ich fühle mich angemalt.

»Wie beim Fasching in der Grundschule.«
Ich wische mir die Farbschicht von meinen Lippen.
»Da warst du ein Kürbis und hattest grüne Lippen. Davon sind wir weit entfernt.« Pat hält mir ein farbloses Lipgloss hin.
»Damit glänzt du nur.«
Aber auch mit glänzenden Lippen fühle ich mich unwohl, irgendwie verkleistert. Zum Verzweifeln.
»Weißt du was?« Pat findet es im Gegensatz zu mir gar nicht so schlimm, dass ich Lippenstift-inkompatibel bin.
»Dann eben nicht. Dann en nature. Du bist schön, so wie du bist, und schließlich hat er sich auch so in dich verliebt.«
Recht hat sie. Wir kaufen uns stattdessen Bio-Gummibärchen für Pats nächste »Rettungsaktion« und verabschieden uns voneinander. Ohne Vamp-Lippenstift und ohne Gummibärchen – die habe ich Pat überlassen – gehe ich nach Hause.

In meinem Zimmer lege ich feierlich das Hochzeits-Outfit an. Lebenichs Grabfoto hängt gegenüber von meinem Spiegel. »So wie ich auch du.« Lebenich droht mir, ermahnt mich, will mir meine gute Laune verderben.
Fynn läutet an der Haustür, und selbst die spröde, schrille Haustürglocke klingt heute wie eine Liebeserklärung. Lebenich kann mich heute mal. Ich wische noch einmal mit einem Lappen über den Bollerwagen, greife meine Jacke und Schuhe und renne zur Tür.
Meine Mutter war schneller. Sie unterhält sich angeregt mit Fynn im Flur, aber als sie sich zu mir umdreht, bleibt sie mit offenem Mund in der Schwungkurve hängen. Auch Fynn ist

die Kinnlade runtergeklappt. Okay sitzt ein wenig abseits mit dem Rücken zu uns.
»Was? Sieht das so schlimm aus?«
»Nein, Liebes, ganz und gar nicht. Im Gegenteil, du wirst der Braut die Schau stehlen in diesem Retrolook. Hast dich also bis zum Schrank durchgekämpft.«
Und dann zu Fynn gewandt: »Darin habe ich die heißesten Partys gefeiert. Und dass sich Tammie dafür in die grausame Unterwelt gewagt hat, ist ein Kompliment an dich, Fynn.«
Fynn antwortet: »Ich war dabei, als ihr Styleberater, aber das Kompliment nehme ich gerne an. Danke.« Das war gekonnt. Fynn witzelt mit meiner Mutter und hat sie damit schon für sich eingenommen.
Er küsst mich zum Glück nur auf die Wange. Alles andere wäre mir vor meiner Mutter peinlich. Aber woher weiß er das?
Fynn trägt einen hellbeigen eleganten Anzug, kombiniert mit unpassenden grünen Turnschuhen. Der Mix steht ihm hervorragend.
»Tut mir leid. Du hast unsere Familie von der schlechtesten Seite kennengelernt.« Meine Mutter ist sich zwar keiner Schuld bewusst, ihr Gesichtsausdruck zeigt aber, dass es ihr höchst peinlich ist. Fynn hat ihren Keller gesehen, ihre wunde Stelle.
»Keine Sorge, wir haben ja keine Leichen gefunden.«
Das war die richtige Antwort. »Und wieso ist dein Hund nicht so gut erzogen wie du?«
»Der ist eingeschnappt. Heute gab es keine Leberwurst, sein Lieblingsessen, aber wir hatten keine mehr.«

Dann dreht sie sich noch mal mit prüfendem Blick zu mir um.
»Du siehst bezaubernd aus. Warte hier«, sagt sie und springt weg.
Fynn umarmt mich und raunt mir ins Ohr. »Sexy. Du bist sexy. Du wirst der Braut die Show stehlen.«
Meine Mutter kommt wieder zurück. In der einen Hand hält sie eine Leberwurst und in der anderen Perlenohrringe, die sie mir übergibt.
»Hier, Perlen passen immer.« Ihre gute Laune ist ansteckend. »Und das ist für den Hund.« Sie bückt sich runter und hält Okay die Leberwurst hin, schnalzt mit der Zunge, um ihn anzulocken. Okay dreht sich um, fixiert meine Mutter, dann die Wurst, zeigt ihr dann wieder die kalte Schulter und – schnappt sie sich mit einem Happs aus ihrer Hand, bevor meine Mutter auch nur mit den Augen zwinkern kann.
»Oje, mit Plastikverpackung.«
»Ist nicht das erste Mal, das verdaut er«, lacht Fynn, »aber jetzt haben Sie einen neuen Freund. Er wird jeden Tag vor Ihrer Tür stehen.«
»Wenn er sein Herrchen mitbringt, freut mich das.«
Das Kompliment meint meine Mutter ernst. Ich bin erleichtert, dass sie Fynn mag. Alles andere wäre anstrengend.
»Danke.« Fynn nimmt meine Hand, ich ziehe den Bollerwagen mit, und wir verschwinden aus der Tür.
»Was hast du meiner Mutter erzählt? Sie war so charmant zu dir.«
»Nichts.« Fynn schlendert neben mir her, während er lässig seinen Arm um mich legt. »Ich habe ihr nur erzählt, wie großartig ich dich finde, und dass wir uns auf dem Friedhof

getroffen haben.« Jetzt sehe ich erst, seine Hose schlackert um die Oberschenkel. Wahrscheinlich hat er sich den Anzug auch bei jemandem geliehen. Er sitzt nicht perfekt, was aber umso charmanter ist.

Ich verschränke meine Finger in seine. Obwohl wir langsam laufen, verlieren wir Okay gleich auf den ersten Schritten, der hinter uns hertrottet. Wir bemerken das erst, als er bellt. Fynn bleibt sofort stehen und zeigt auf den Bollerwagen.

»Bitte einsteigen, der Herr.«

Okay hüpft auf den Wagen und lässt sich ziehen. Er genießt es, von uns verhätschelt zu werden. Er genießt es, von Fynn umsorgt zu werden. Und ich genieße das auch. Unsere Umarmung ist so schön wie das Bild, das wir abgeben: ein frisch verliebtes Pärchen, das einen Hund in einem Bollerwagen hinter sich herzieht.

25

Der Saal des Sternehotels ist festlich, für meinen Geschmack überbordend geschmückt. Hier und da huschen Menschen von links nach rechts. Überall hängen Schleifen, stehen Blumenvasen. Alles ist sehr geschmackvoll dekoriert und farblich aufeinander abgestimmt. Der alte, zerkratzte Bollerwagen mit Hund passt irgendwie nicht hierher, und ich mit meinem Retro-Overall komme mir vor wie eine einzelne Sonnenblume in einer zu großen Vase. Erst recht, als ich vor Berit, Fynns Tante, stehe. Sie ist eindeutig die Braut und eine durch und durch elegante Erscheinung, auch wenn sie uns eher verhuscht begrüßt. Sie ist komplett in Weiß gekleidet, hat die Haare hochgesteckt und ein nervöses Zucken um ihren Mund. Anne sieht ihrer Schwester ganz und gar nicht ähnlich. Alles an Berit ist zackig. Die Nase, die Augen und auch ihre Art zu sprechen.

»Hallo Mausebär«, umarmt sie Fynn, »wir brauchen dringend Hilfe bei den Getränken. Die Deko fehlt noch. Du weißt schon, Beeren und Kräuter und so.«

»Hallo Berit, das ist …«

Aber sie lässt ihn nicht aussprechen, zieht ihre Augenbrauen in die Höhe. »Deine Mutter ist auch noch nicht da«, nörgelt sie los. »Wie üblich zu spät.«

»Sie hatte ziemlich viel mit den Kuchen zu tun.«

Auf Fynns Stirn zeigt sich eine Zornesfalte. Erstaunlich. Das habe ich bisher bei ihm noch nie gesehen.

»Du musst Tammie sein?« Jetzt hat sie mich auch bemerkt, aber einen weiteren Kommentar bin ich ihr nicht wert.
»Und der Hund ist auch dabei?«, fährt sie fort. »Pass aber bitte auf, dass er hinten bei der Tür bleibt. Ich weiß nicht, ob einer von den Gästen eine Hundeallergie hat.«
»Gut, dann setzen wir uns dort hinten in die Ecke.« Fynn deutet zur Tür.
»Oh, nein, nein, es gibt eine Sitzordnung!« Berit spitzt ihren Mund und reißt ihre Augen weit auf, was gruselig aussieht. »Du gehörst zur Familie und sitzt bei uns in der Nähe. Ist doch schön, nicht? Dann bekommst du die Reden und alles direkt mit. Der Hund kommt schon allein klar.«
Ich habe das Gefühl, Fynn und vor allem Okay beschützen zu müssen, denn beide beginnen schwerer zu atmen.
»Ich kann mich ja mit ihm an einen hinteren Tisch setzen«, schlage ich vor.
Berit schaut mich verwirrt an, dann kapiert sie es. »Würdest du das für Fynn tun?«
»Ja, das würde ich für Fynn und Okay tun, sehr gerne sogar«, erwidere ich. »Vielen Dank für die Einladung, wollte ich noch sagen.«
Eigentlich war das ein Versuch, die Etikette zu wahren, aber bei Fynns Tante läuft ein ganz eigener Film. Sie wendet hektisch den Kopf nach links und rechts und beäugt die werkelnden Menschen. Irgendwas scheint ihr nicht zu gefallen. Sie setzt ein paarmal an, will was sagen, wohl etwas loswerden, was ihr auf der Seele brennt, sagt dann aber doch nichts, schließt den Mund und lächelt Fynn wieder an.
Er beendet das Ganze mit einem eher trockenen: »Was ist jetzt mit den Getränken?«

»Jeweils zwei Himbeeren, zwei Erdbeeren und ein paar Minzblätter in ein Glas. Darf ich euch darum bitten?«

»Deshalb sind wir doch hier, oder?«

Fynns kleine Spitze erreicht Berit nicht mehr. Sie hat schon das Gaspedal durchgedrückt und treibt die Nächsten vor sich her, ruft in alle Richtungen Anweisungen quer durch den Saal. Dekoration höher, nein, tiefer. Blumen sind falsch kombiniert. Wo ist denn bloß ihre Coiffeuse? Bei dem ganzen Stress ist ihre Frisur flöten gegangen. Und der Bräutigam muss doch auch noch irgendwo stecken. Der muss Tischkarten hin und her sortieren, weil Fynns Tante sich nicht entscheiden kann, wer wo sitzen soll. Immer, wenn eine der Karten am richtigen Platz steht, überlegt sie es sich anders, bringt alles wieder durcheinander, und ihr Mann muss zu einem anderen Tisch rennen.

Fynn stellt Bollerwagen und Okay in einer Ecke ab, weit entfernt von wuselnden, hämmernden, schleppenden Menschen, weit entfernt also von Berit und sonstigen Gefahren. Der Hund ist sicher. Wir hingegen verteilen Beeren und Minzblätter in Cocktailgläser. Es sind viele Gläser und eine ziemliche Fummelarbeit mit den kleinen Früchten. Dafür habe ich definitiv das falsche Outfit gewählt. Ich muss ständig aufpassen, dass mir kein Beerensaft auf den gelben Stoff spritzt. Aber ich mache tapfer mit. Schließlich ist das hier eine gemeinsame Aktion, und nach der Kellerentrümpelung hat Fynn einiges bei mir gut.

»Hätte schlimmer werden können.« Er zwinkert mir zu. »Wir hätten auch bei der Blumendeko landen können. Mit einem Kopfnicken lenkt er meinen Blick zu einem Mann, der auf einer wackeligen Leiter steht und einzelne Blumen auf eine grüne Schärpe tackert – die ganze breite Wand entlang. Es sieht mühsam aus.

»Wieso, ich sortiere gerne faule Beeren aus, Mausebärchen. Ist mein Hobby.« Um die gute Laune wieder herzustellen, versuche ich einen Witz, denn Fynns Laune fällt mit jeder Erdbeere, die er in einem Glas versenkt, tiefer und tiefer.

»So nennt sie mich, seit ich ein Baby bin. Was für ein bescheuertes Wort. Was soll das denn sein, ein Mausebär?«

»Eine Maus mit Tatzen oder ein Bär mit … keine Ahnung. Ist ein beknacktes Bild.«

»Außerdem bin ich ja wohl zu alt für Mausebär, aber sie kapiert es nicht.«

Und wie auf Stichwort steht Berit hinter uns. Ihren Blick hat sie aber nicht auf uns gerichtet, sondern auf irgendeinen Punkt hinter meiner Schulter an der Wand. Sie ist auf ihrem Platz festgefroren, ihre Mundwinkel sind nach unten gezogen. Vielleicht hat sie eine Spinnenphobie und gerade eine entdeckt?

»Mause…«

»Ich heiße Fynn«, unterbricht Fynn sie.

Und wieder bekommt sie den scharfen Ton nicht mit, sie pendelt von einem Bein auf das andere, den Blick nach vorne gerichtet. Irgendwie erinnert sie mich an einen Zinnsoldaten.

»Fynn, könntest du … würdest du … da an der Wand ist dieser hässliche Nagel zwischen den schönen Fotos.«

Der Saal ist nicht nur mit Schleifen und Blumen dekoriert, sondern auch mit Erinnerungen des Liebespaares. Fotos von Berit und Bräutigam, den ich übrigens bisher immer nur von hinten oder über Tische gebückt gesehen habe, hängen symmetrisch verteilt im Raum. Liebespaar im Wald, Liebespaar am Strand, Liebespaar auf dem Balkon, Liebespaar überall. Tatsächlich hängt ein einsamer Nagel zwischen den perfekt gerahmten Bildern, glitzert silbern vor sich hin und weiß von nichts. Fynn schaut den Nagel an, dann irritiert zu seiner Tante. Er klettert auf einen Barhocker und zieht den Nagel aus der Wand. Okay beobachtet Fynn argwöhnisch aus seiner Ecke. Jetzt ist da ein winziges Loch. Auch nicht schön. Aber die Tante ist zufrieden, was ungefähr eine Viertelsekunde anhält. Dann sichtet sie Anne, die, auf beiden Armen Kuchen balancierend, verschwitzt in den Saal gehetzt kommt. Sie sieht elegant aus in ihrem flaschengrünen Hosenanzug, wie ein flatternder, hübscher Grashalm.

Berit nähert sich ihr erst erfreut, dann ziehen sich ihre Mundwinkel erneut nach unten. Sie hat die Schokotorte im Visier. Er ist mit weißen Margeriten geschmückt, kleine bunte Schokolinsen sind herrlich unsystematisch in den Teig versenkt worden. Ein fröhlicher Kuchen, und Anne präsentiert ihn auch fröhlich, während Berit zu Eis erstarrt.

»Die Dekoration auf dem Kuchen, kannst du die noch ändern?« Das fragt sie tatsächlich. »Sehen die anderen auch so aus?«

Anne lächelt ein eingerenktes Lächeln, eines, das keines sein will, aber muss. Fynn nähert sich beschützend seiner Mutter. Ich schleiche hinterher, bleibe aber mit ein wenig Abstand hinter ihnen stehen.

»Nein, die anderen habe ich nach Vorschrift gemacht. Aber klar, ich kann die Blumen rausnehmen.«

»Das Bunte auch bitte.«

»Das sind Schokolinsen. Die kann man essen.«

»Mag sein, aber sie passen nicht zum Saalschmuck. Ja, Liebes? Das wäre nett.« Und weg ist sie und mit ihr sämtliche Sympathiepunkte – wenn sie überhaupt je welche hatte. Gang hochgeschaltet, Frisur kurz hochgesteckt, sitzt wieder. Auf zur nächsten Katastrophe, die verhindert werden muss.
Fynn ist knallrot geworden, Anne hingegen blässlich.
Sie flüstert ihrem Sohn zu: »Heute wird nicht gestritten, heute ist ihre Hochzeit. Also, Mund halten, nicht persönlich nehmen, Augen zu und durch.«
»Hochzeit, Geburtstag, Weihnachten. Irgendwas ist immer, und du lässt es dir immer gefallen.«
Dann wendet sich Anne zu mir. »Tut mir leid, Tammie, aber du weißt ja, die Familie heiratet man mit.«
»Ma, ums Heiraten geht es hier doch nicht. Es geht darum, dass …«
Fynn verstummt, denn Berit kommt zurück und winkt uns affektiert mit einem Schlüssel in der Hand zu sich.
»Fynn, mein Lieblingsneffe, bitte verteile doch Betthupferl auf die Gästezimmer für heute Nacht. Das ist der Generalschlüssel. Schön darauf aufpassen, ja? Der ist teuer.« Sie legt den Schlüssel auf den Tresen, drückt mir ein paar Kartons mit Edelschokolade in die Hand und huscht wieder weg.
Irgendwie hat Berits Verhalten auch was Komisches. »Jetzt weiß ich, was du mit Lakaiendienst meintest. Na komm, zu zweit geht es schneller.«
Ich will Fynn mit mir mitziehen, aber er bremst ab. Er ist wütend. Das erste Mal, seitdem ich ihn kenne.
»Nein, das machen wir jetzt nicht, und du schon gar nicht. Ich will nicht, dass du hier so viel arbeitest. Du sollst dich entspannen, sonst macht dein Ypsilon Sperenzchen und ver-

biegt sich. Dann bist du tot, und wir haben noch nicht einmal Eis zusammen gegessen oder waren schwimmen oder so was Normales. Ich will noch was von dir haben. Also, setz dich zu Okay. Der braucht dich jetzt, ist auch schon ganz verwirrt, das arme Tier.«
Mir wird flau. Fynn ist sauer. Er spricht über das, was er gestern erfahren hat, aber er tut es ganz selbstverständlich. Und genauso selbstverständlich höre ich auf ihn und schaue mich nach Okay um. Tatsächlich steht der Hund im Bollerwagen in Habachtstellung, bereit zum Absprung. Er hat einen bissigen Menschen gesichtet und macht sich bereit zurückzubeißen. Guter Hund. Tut ja sonst keiner. Recht hat er.

Als Anne das Kuchenbüfett auf Berits Ansagen hin gefühlte siebenundzwanzig Mal umgestellt hat, als die Getränke nach Farben sortiert, nicht etwa nach alkoholisch und nicht-alkoholisch, nein nach Farben, an der Bar darauf warten, getrunken zu werden, beginnt die Hochzeit in der nahe gelegenen Kirche. Im Pulk setzt sich die gesamte Hochzeitsgesellschaft in Bewegung. Es ist eine elegante Gruppe, Kinder springen vor und zurück, Erwachsene ermahnen sie hin und wieder, einige Damen in Stöckelschuhen kommen nur tippelnd voran, weil das Kopfsteinpflaster kein bequemes Laufen erlaubt. Fynn und ich sind, soweit ich das überblicke, die einzigen Jugendlichen hier. Und im Vergleich zu den anderen eher underdressed. Als ob Anne meine Gedanken lesen kann, beugt sie sich zu mir und kichert. »Ausladende Hüte sind anscheinend wieder in Mode.«
Tatsächlich tragen einige der Damen große Hutkreationen mit allerlei Feder- und Blumenschmuck. Überhaupt ist alles

ziemlich geschmückt. Die Kirche vor uns erstrahlt auf einem kleinen Hügel. Zwei leicht geschwungene Wege führen von je einer Seite der Erhebung direkt zum Eingangsportal, das wiederum mit einem Rosenbogen verschönert worden ist. Selbst die Kirche ist eine elegante Erscheinung.

Riesige Seidenschleifen hängen an den Wänden. Auf unseren Plätzen liegt der Ablaufplan, auf edlem Büttenpapier gedruckt. Das Deckblatt zieren zwei Turteltäubchen, die über einem roten Herzen flattern und sich verliebt anschauen. Man lädt zu Berits und Pauls Hochzeit ein. Der Ablauf beinhaltet etliche Programmpunkte, die Feier ist eng getaktet.

Anne, Fynn, Okay und ich setzen uns in die hinterste Reihe. Eine Pfauenfeder auf einem Damenhut stört meine Sicht auf die Zeremonie, aber es gibt Schlimmeres.

Erst werden wir von der Trauzeugin herzlich willkommen geheißen, dann folgt die Predigt eines evangelischen Pfarrers, in der er die Güte Gottes preist und die Liebe zwischen den Menschen an sich.

»Dabei geht keiner von denen sonntags in die Kirche«, raunt mir Fynn zu. Ein einigermaßen schöner Gesang folgt. Während der ganzen Zeit knibbelt ein junges Paar in der hintersten Ecke der Kapelle möglichst unauffällig, aber hektisch und nervig genug, an einem weißen Stoff-Draht-Gebilde herum. Beim Jawort erwarte ich, dass sich Rührung bei mir einstellt, stattdessen prüfe ich meinen eigenen Achselschweiß und überlege, ob ein Sternehotel auf der Damentoilette womöglich Deos zur Verfügung stellt. Fynn schleicht sich zu dem bastelnden Pärchen in die hintere Ecke. Es hat seine Arbeit jetzt endlich beendet. Die drei tuscheln miteinander. Danach verlässt die Hochzeitsgesellschaft die Kirche, um vor dem

Portal auf die Brautleute zu warten. Ihr feierlicher Auszug und eine große Überraschung folgen. Das junge Paar trägt seine Bastelei, das Stoff-Draht-Gebilde, hinaus. Es stellt anscheinend eine Kutsche dar, verfremdet, ohne echte Pferde natürlich, und die eben auch nur aus Draht und Stoff, alles kryptisch, aber mit viel Hingabe kreiert. Und dann taucht Fynn aus dem Nichts auf. Er stellt sich vor das Brautpaar, scheint das passende Pferd zur Bastel-Kutsche spielen zu müssen, steht jedenfalls rechts vom Gespann, hält das eine Ende des weißen Stoff-Draht-Gebildes, das sich jetzt als großer Baldachin über dem Brautpaar wölbt und auf der anderen Seite vom jungen Bastel-Mann gehalten wird. Fynn und er müssen zwar nicht galoppieren und wiehern, aber sie sollen eindeutig das Pferdegespann mimen. Wenn es nicht so komisch wäre, wäre es traurig. Fynn und der junge Mann sind Kutsche und Pferde zugleich. Das Ehepaar steigt vor der Kirche zufrieden in sein imaginäres Gefährt ein und lässt sich eskortieren. Wir, die Gäste, gehen langsam dem Brautpaar in Traumkutsche hinterher, denn die Pferde, also der junge Mann und Fynn, traben sehr, sehr langsam. Anne und ich laufen nebeneinander und versuchen, unsere Kicherattacke zu verbergen, indem wir uns gegenseitig immer wieder zur Contenance ermahnen. Gelingt mehr oder weniger gut. Hin und wieder werfen wir Fynn einen mitfühlenden Blick zu. Das muss sein. Er braucht unsere Unterstützung, denn schließlich kann er sich einen Lachflash hier und jetzt ganz und gar nicht erlauben. Mir fallen die hellblau lackierten Zehennägel der Braut auf.

Vor dem Festsaal angekommen, wird noch mal mit Küsschen und Umarmungen beglückwünscht und ein paar weiße Ballons mit guten Wünschen werden in den Himmel entlassen. Da die Sitzordnung generalstabsmäßig durchorganisiert ist, dauert es entsprechend lange, bis jeder seinen Platz gefunden hat. Berits Sitzordnung scheint nicht so gut anzukommen. Man nimmt seinen eigenen Stuhl ein, auch wenn einem die Tischnachbarn schon auf den ersten Blick nicht gefallen. Dann klärt man noch, ob man zur Braut oder zum Bräutigam gehört, und das Fest kann beginnen. Es wird eine fulminante Party angekündigt, die sich bisher so fulminant anfühlt wie eine Bahnhofsansage. Die Menügänge sind zahlreich, zwischen jedem Gang erfolgt die Rede eines nahestehenden Verwandten. Ich wünsche mir gerade, irgendwo anders zu sein.

Ein Pärchen versucht heimlich, sich nebeneinanderzusetzen, und will mit anderen Hochzeitsgästen die Tischkarten tauschen. Doch Berit prescht vor und bittet höflich, aber bestimmt, die Tischordnung für die Dauer des Essens einzuhalten. Schließlich habe man auf Vegetarier und Allergiker Rücksicht genommen. Das Pärchen fügt sich und schmachtet sich aus der Ferne an. Das Essen ist zugegeben sehr exquisit, was mich darüber hinwegtröstet, dass ich neben einer dementen Tante des Bräutigams gelandet bin, die mich für ihre Tochter hält. Nach Gang vier von sieben sackt mein Blutdruck ab, die Gäste gähnen hinter vorgehaltener Hand. Zu lange Ansprachen werden von zu vielen Menschen gehalten. Wer zu welchem Familienzweig gehört, wird zwar immer angesagt, geht aber in der allgemeinen Langeweile unter. Alle dämmern vor sich hin, dem Tantchen neben mir fällt der Kopf auf die Brust, draußen wird es langsam dunkel. Von wilder Partystimmung ist immer noch nichts zu merken. Nach dem Nachtisch dann die Erlösung. Anne und Fynn schaffen es, Berits Argusaugen zu entkommen. Unter dem Vorwand, zur Toilette zu müssen, schleichen sie zu mir an den Tisch. Ich freue mich darüber, nicht mehr alleine der Rede zuhören zu müssen, die nun folgt.

Die Brautmutter steht vorne, Annes Mutter und Fynns Großmutter. Sie kippt eine Lobeshymne über ihre Tochter, die Braut, vor den dösenden Gästen aus. Es ist eine peinliche Rede voller Mutterstolz über die Intelligenz und den besonderen Charakter, das kluge und einnehmende Wesen der Braut, die den Vergleich zu den anderen Geschwistern nie scheute, da sie immer und immer wieder als Gewinnerin hervorging aus diesen kleinen Familienkabbeleien, die natürlich nie ernst gemeint waren. Anne sieht ihrer Mutter auch nicht ähnlich, so verhärmt wie das Gesicht der Rednerin ist. Eher passt die Brautmutter eben zu Berit, jedenfalls sitzt ihr mauvefarbenes Kostüm ähnlich perfekt wie Berits Hochzeitskleid. Selbst ihr Zettel, den sie während ihres zu langen Monologs immer wieder fixiert, sieht gebügelt aus.

Würde sie ihre Augen heben, könnte sie sehen, dass Anne in sich zusammenfällt.

Fynn hält ihre Hand. Anne ist tapfer. »Wie wäre es, wenn ihr jetzt die Luxusschokolädchen auf die Zimmer bringt und euch nach oben verzieht?«, schlägt sie vor. »Das ist nicht nur die stinklangweiligste Hochzeitsfeier, auf der ich bisher war, sondern auch noch die längste dazu.«

Fynn lässt ihre Hand nicht los. »Ist das wirklich okay? Können wir uns verziehen?«

»Ihr müsst sogar. Ich will doch die nächsten Wochen kein

von einer langweiligen Hochzeit traumatisiertes Kind trösten müssen.« Anne hebt ihren Alles-okay-Daumen. Fynn hebt seinen Alles-okay-Daumen. Ich kann ihr nur ein Lächeln schenken, aber das kommt von Herzen. Wir nehmen die Schachtel mit den Schokoladen. Keiner bemerkt unseren Abgang, oder vielleicht sind die meisten Gäste auch zu erschöpft, um überhaupt irgendwas zu bemerken. Jedenfalls gelangen wir ungesehen in den ersten Stock zu den Gästezimmern. Okay trottet wie immer hinterher, wartet aber auf dem Flur, bis wir den Zimmerservice beendet haben. Ein Kopfkissen nach dem anderen schmücken wir mit kleinen Schokoladentafeln. Dann suchen wir uns die schönste Suite aus, die absolut größte und die mit dem breitesten Bett. Wir lassen uns erschöpft hineinfallen. Es ist so groß, dass wir beide gleichzeitig Arme und Beine weit von uns strecken können. Unsere Hände berühren sich.

»Wir sind in der Hochzeitssuite.« Ich halte Fynn blauen Nagellack vor die Nase.

»Weiß ich.«

»Los, wir müssen raus hier. Was, wenn das Brautpaar sich umziehen will?« Ich springe auf. Fynn liegt weiterhin entspannt auf dem Bett.

»Ich habe von innen abgeschlossen. Außerdem, hast du den Ablaufplan gesehen? Die kommen nicht dazu, sich umzuziehen, da sind noch zu viele To-dos auf ihrer Liste. Es wird ewig dauern.«

»Aber …« Ich lasse mich von Fynn wieder in die Horizontale ziehen.

»Entspann dich, Tammie, meine Mutter wird mir eine Nachricht schicken, wenn die sich nach oben bewegen.«

»Wann habt ihr das denn verabredet?«
Er lächelt mir zu. »Gar nicht, das müssen wir nicht verabreden. Ich sage doch, ich habe sie gut erzogen.«
»Nein, du hast nur eine ganz außergewöhnliche Mutter.«
»Ja, mit Frauen scheine ich Glück zu haben.« Er robbt näher an mich heran. Ich bekomme einen Eskimokuss.
»Und ich bin ja auch ein ganz außergewöhnlicher Sohn.«
Fynn küsst meinen Hals. Ich glaube, ich habe eben eine erogene Zone entdeckt.
»Was, wenn du die Gene deiner Tante geerbt hast? Dann wärst du ein gefährlicher Schläfer und würdest mich eines Tages nur noch rumkommandieren.«
Fynn knöpft meinen Overall langsam auf. »Dann musst du dich eben von mir emanzipieren.«
Als er auf der Höhe meines Bauchnabels ankommt, liegt mein BH frei. Premiere. So weit war ich noch nie mit einem Jungen. Ich meine, auf angenehme Art und Weise. Jens zählt nicht.
»Aber bis dahin …« Fynn bearbeitet den letzten Knopf, und da ich nicht widerspreche, öffnet er auch diesen. Ein bisschen Bauch schwappt über meine Unterhose, aber nur ein bisschen, und man kann ihn auch auf die Seitenlage schieben, in der ich gerade liege.
»Hey, das ist nicht fair. Ich werde ausgezogen, und du hast noch alles an.«
Fynn setzt sich gerade vor mich hin, breitet die Arme aus.
»Nur zu. Zieh mich aus.«
Ich zögere, weil ich nicht weiß, wie ich ihn anfassen soll oder darf. Jetzt nur T-Shirt oder dann auch Hose? Hose im Sitzen oder im Liegen? Mir fehlt die richtige Technik.

»Bitte?« Grinsender Hundeblick von Fynn. Wie macht er das bloß? Wieso ist er so charmant?
»Jetzt guckst du wie Okay.«
»Das hat er von mir.«
»Okay.« Okay schaut vom Teppichboden auf, setzt sich hin. Wir starren uns kurz an, dann kapiert er, dass es nicht wirklich um ihn geht, und döst weiter.
»Ich muss aufs Klo.« Ich muss wirklich. Vor lauter Hochzeitsfeierlichkeit habe ich meine Blase vernachlässigt.
»Gut, ich warte«, sagt Fynn und faltet seine Arme hinter seinem Kopf. Er rückt sich das Kissen zurecht, legt sich wieder hin und verfolgt meinen Gang auf die Toilette.
Berit hat eine riesige Kosmetik-Sammlung auf der Ablage aneinandergereiht. Eher die teuren Produkte.
Ich schäle mich aus dem Einteiler und sitze halb nackt auf dem Klo, halte mein Pipi zurück. Er wird alles hören, und das ist mir unangenehm. Nicht einmal mein Bruder weiß, wie es sich anhört, wenn ich pinkele, glaube ich.
Als ich gerade die Spülung drücken will, damit mein Pinkelgeräusch vom Spülgeräusch übertönt wird, höre ich Fynn von draußen rufen – und halte den Strahl an.
»Du brauchst die Spülung nicht zu drücken. Das ist pure Wasserverschwendung. Ich weiß, wie sich Frauenpinkel anhört. Wie Männerpinkel nämlich.«
Jetzt ist meine Blase erst recht angespannt und ich auch. Einmal tief durchatmen, Beckenboden entspannen und laufen lassen. Es ist laut. Fynn wird jedes Plätschern hören, aber ich spüle erst, als der letzte Tropfen ins Klo fällt. Overall hochgeschält. Soll ich jetzt die Knöpfe offen lassen? Hände waschen und raus.

Fynn liegt immer noch lässig auf dem Bett und freut sich anscheinend über unser Wiedersehen. Er ist so schön, und er scheint das auch von mir zu denken.
Ich setze mich neben ihn. Er setzt sich wieder auf, hebt die Arme. »Vorsichtig, ich bin sehr kitzelig.«
Das Jackett habe ich ihm schnell vom Oberkörper gezogen, beim Hemd dauert es länger. Es hat noch mehr Knöpfe als mein Overall, und weil ich irgendwie besonders wirken will, mache ich es ganz langsam, was, der Gedanke kommt mir, vielleicht dumm und ungeschickt rüberkommen könnte, aber schneller kriegen meine zittrigen Finger diese feinmotorische Herausforderung nicht hin. Ich ziehe ihm möglichst elegant die Hemdsärmel aus, verhake mich aber am linken Ellenbogen. Eine stumme Entschuldigung meinerseits beantwortet er mit einer Umarmung und einem Kuss.
Und dann liegen wir uns auf einem überdimensionalen Luxusbett in Unterwäsche gegenüber. Ich fühle mich wohl, gar nicht verschämt, auch nicht verkrampft. Ich umschlinge ihn mit meinen Beinen. Er ist schlanker, als ich angenommen, und zärtlicher, als ich es mir erhofft habe. Seine Finger fließen meinen Rücken hoch bis zum Hals, wuscheln durch mein Haar und gleiten wieder hinunter zum Po. Ich drehe mich auf den Bauch. Fynn legt seinen Kopf auf meinen Rücken und lässt seine Finger weiter über meine Haut gleiten. Er malt mir Muster auf die Schultern, zieht die Linien meiner Rippen nach, legt die Handfläche auf meinen unteren Rücken. Dann streicht er die Beine entlang, abwärts auf der Außenseite, dann innen, immer langsamer wieder nach oben, über meinen Po, malt meine Beckengrübchen aus, weiter den Rücken entlang, weicht nach links und rechts zu meinem

Brustansatz ab, verweilt dort ein wenig und vergräbt seine Hände wieder in meinem Haar.

Ich höre seinen Atem tiefer und ruhiger werden. Bald atmen wir synchron, wir spüren zum anderen hin, ohne uns anzuschauen, versuchen die kleinsten Bewegungen zu deuten, und ich verstehe das Geschenk, das er mir macht.

»Lass uns zusammen einschlafen.« Fynn umarmt mich, hält mich fest. Er schwebt langsam in eine tiefe Entspannung.

Ich mache es mir auf seinem Oberarm bequem, kuschele mich an seine Brust. Die Tanzmusik hallt von unten hoch. Auch ich werde weich und schläfrig. Ich bin hier mit Fynn, und alles ist gut.

Ein schriller Klingellaut weckt mich aus meinem Tiefschlaf. Ich liege immer noch dicht an Fynn geschmiegt, der sich trotz des vibrierenden Mobiltelefons neben ihm nicht rührt. Ich greife zum Telefon, das »Mama« anzeigt, und drücke die Taste.

»Hallo.«

»Hi Tammie? Seid ihr eingeschlafen?«

»Ja«, murmele ich und versuche so zu tun, als ob mein Gehirn schon wieder voll funktionstüchtig ist.

»Hier verabschieden sich gerade die letzten Gäste. Ihr müsst raus aus dem Zimmer, schätze, ihr habt noch maximal fünf Minuten Zeit. Bitte richte das Hochzeitsbett wieder her, ja?«

»Woher weißt du denn … es ist nichts passiert … wir haben nichts kaputt gemacht.«

Fynn schnurrt und schmiegt sich an mich. Er ist wach, stellt sich aber schlafend.

»Ich habe als alleinstehende Frau einen Sohn großgezogen. Ich weiß, wie er tickt. Deshalb, bitte, er hat es nicht so mit Betten machen.«
»Okay. Danke für die Warnung«, murmele ich ins Telefon und lege auf.
»Lüge«, brummelt Fynn. »Ich bin der weltbeste Bettenmacher. Ich erlaube nur nicht jedem, meine Kunst zu sehen.«
Er springt auf und – wann hat er den Fast-Forward-Knopf gedrückt? – während ich mich noch anziehe, hat er schon den Zimmerschmuck auf dem Nachttisch wieder auf Stellung gebracht und die Tagesdecke hergerichtet. Am Ende zippelt er noch eine Ecke glatt und gibt an: »Bin ich der weltbeste Bettenmacher oder bin ich der weltbeste Bettenmacher?«
Eitelkeit wird bestraft. Wir hören näher kommende Stimmen und stolpern aus dem Zimmer, rennen in die andere Richtung des Flurs und dort um eine Ecke und hoffen, dass uns niemand gesehen hat. Das war sportlich, weshalb Fynn wohl eine Pause braucht. Er lehnt seinen Kopf an die Wand und kneift die Augen zu.
»Mist, verdammter, Himmelarschundzwirnmist. Wir haben Okay vergessen.«
»Himmelarschundzwirnmistverdammter.« Dass ich ihn nachmache, soll die Situation ein wenig erheitern, und es funktioniert. Berit wird Okay in ihrer Honeymoon-Suite finden. Fynn und ich grinsen uns an. Wir hören sie und ihren Mann den Flur entlanggehen, in ihr Zimmer verschwinden und die Tür hinter sich verschließen. Warten, lauschen, warten. Die Tür geht wieder auf, und ein verschlafener Okay wird vom Bräutigam am Halsband über den Boden geschleift. Er hat sichtlich keine Lust, mitten in der Nacht seinen Schlafplatz

zu wechseln, und weigert sich, zu laufen. Tür zu, Okay schaut orientierungslos um sich und bleibt mitten im Flur liegen. Fynn schleicht sich zu ihm. »Braver Junge, bloß kein Drama machen, wenn man rausgeschmissen wird«, lobt er ihn. Dann dreht er sich zu mir um. »Ich werde ihn immer retten, egal, was passiert. Das weiß er ganz genau.«
Er gibt Okay und mir Zeichen, sehr leise zu sein. Wir schleichen so still davon, wie es das knarzende Flurparkett erlaubt.
Im Festsaal hängen noch ein paar Übriggebliebene an der Bar herum. Die Dame mit dem Pfauenfederhut hat die ausladende Kopfbedeckung immer noch auf, aber die Feder hängt abgeknickt vor ihrem Gesicht. Sie pustet das lange Ding dauernd weg. Vergeblich, was sie aber nicht mitkriegt. Dazu ist sie zu betrunken. Dafür quatscht sie ihren Nachbarn voll, redet von ihrer Liebe zu Vögeln. Mehr bekomme ich im Vorbeigehen nicht mit. Fynn zieht mich mit sich, will schnell weg hier. Geht mir ähnlich. Das Tischkarten-Liebespaar tanzt verträumt zu langsamer Sambamusik. Einige der getackerten Wandblümchen haben sich befreien können und liegen auf dem Boden. Tische und Stühle sind verschoben, Teller und Gläser drängeln sich nebeneinander auf diversen Abstellflächen. Sieht so aus, als ob hier doch noch eine ordentliche Party stattgefunden hat, denke ich. Die Anzeichen für einen unvergesslichen Abend. Aber ich habe überhaupt nicht das Gefühl, etwas verpasst zu haben.

26

Händchen haltend laufen wir durch den lauen Morgen und ziehen Okay in seinem Wagen hinter uns her. Noch hängt die Dunkelheit gewichtig herum, noch schicken die Sterne ihr Licht zur Erde. Doch der Tag kommt uns mit jedem Schritt entgegen, die Luft wird wärmer, die Straßenlaternen erlöschen mit einem elektrischen Knistern.

Wir laufen allein und schweigend durch die leeren Straßen der Stadt. Eine Tankstelle hat den Nachtschalter geöffnet, vor dem sich ein paar Jungs rumtreiben. Ein Stadtfuchs schleicht um Mülltonnen herum und flüchtet, als wir uns nähern. Fynn besteht darauf, mich bis zu meiner Haustür zu begleiten. Wir verabschieden uns mit einem innigen Kuss und ein paar dahingestotterten Sätzen. Gemeinsam einzuschlafen und dann auch wieder nebeneinander aufzuwachen, verknotet. Wir sind beide noch ganz gefühlsduselig und benommen.

Diese Verwirrung nehme ich mit in meinen Schlaf. Ich träume. Ich stehe in einem Raum, der mich an eine Theatergarderobe erinnert. Kein Deckenlicht, dafür leuchten golden die Lampen über einer Spiegelwand. Ich und viele andere Menschen stehen in diesem Raum, große, kleine, jung, alt, alle Körperformen und Hautfarben. Wir unterhalten uns angeregt, erzählen, palavern über dieses und jenes, wie es uns erging und was wir vielleicht hätten anders machen wollen, aber nicht konnten. Wir alle, und ich auch, wissen, wir müssen gleich in einen Saal gehen, raus, um jemanden oder etwas Wichtiges zu treffen, aber niemand ist darüber in Aufregung. Ein Treffen eben, das dazugehört. Einige waschen sich, andere schminken sich, wiederum andere ziehen sich um. Männer und Frauen, Kinder und Greise zeigen sich sorglos und nackt. Alle gehen sehr freundlich und verständnisvoll miteinander um. Und ich sehe mich in diesem Raum stehen und spüre mich selbst gleichzeitig schlafen und träumen. Als ich den Saal betrete, einen riesigen Kuppelbau, stehen dort in Reihen aufgestellt Betten, auf denen Menschen liegen, die mit weißen Laken zugedeckt worden sind. Ich weiß sicher, dass es Menschen sind, tote Menschen, und doch bedrückt es mich nicht. Im Gegenteil, die Stimmung ist angenehm, denn es herrscht Ruhe und Konzentration wie in einer Bibliothek. Dann nähere ich mich einem Bett, ziehe das Laken zurück und schaue in mein eigenes Gesicht. Ich bin schön, entspannte Gesichtszüge, lange, glänzende Haare. Und ich bin tot. Ich schaue mein totes Ich lange an. Alles ist still, in mir und um mich herum. Das tote Ich schlägt die Augen auf und schaut das lebende Ich an und lächelt und schenkt Mut und Ruhe. Mehr nicht.

Dann wache ich auf und weine. Der Traum hat mich verstört. Für einen kurzen Moment weiß ich nicht, in welchem Raum ich mich befinde oder in welchem Bett ich liege, und dieser millionste Teil eines Augenblicks reicht aus, um aus mir ein Nervenbündel zu machen.

Ich weine und weinc und weine.

Ich kann nicht anders.

Fynns Anruf beendet das Elend. Ich schniefe mir meinen Rotz hoch und antworte mit relativ fester Stimme: »Guten Morgen …«

»Guten Mittag. Frau Blumentopfs Tochter ist da. Habe eben eine Nachricht erhalten. Kommst du?«

»Klar, ich fliege. Gib mir ein paar Minuten und halte sie auf, falls sie gehen will.«

Ich stolpere in meine Kleider, die Treppe runter und will gerade aus der Tür rennen, als meine Mutter mich abfängt.

»Wie war es gestern?«

»Irgendwie schräg, aber auch schön.« Ich bin in Eile, doch ich merke, meine Mutter druckst herum.

»Das nächste Mal sag bitte Bescheid, wenn du woanders übernachtest, auch wenn es auf einer Hochzeit von Freunden ist. Ich habe auf dich gewartet.«

»Du wusstest doch, wo ich bin.«

»Ja schon, aber du bist sonst nie so lange weg.«

»Ich hatte auch noch nie einen Freund, der mich zu einer Hochzeit mitnimmt.«

Meiner Mutter klebt noch Schlaf in den Augen.

»Mama, keine Sorgen machen, ja? Bitte!«

Sie reibt sich die Augen frei. »War es denn schön? Braut in Weiß, viel Essen, schlechte Musik und so?«

»Genauso war es.« Ich habe zwar die Musik in der Hochzeitssuite verschlafen, aber dieses delikate Detail lasse ich lieber aus.

»Schön, wenn du Spaß hattest, mein Liebes.«

Jetzt lächelt sie, zum Glück. Meine Mutter hebt die Tageslichtlampe auf, die ich im Flur abgestellt habe, und schaut sie sich genauer an.

Sie dreht und wendet die Lampe. »Wo ist die denn her?«
Ich tippele von einem Fuß auf den anderen. »Gehört uns, aus dem Keller.«
»Dieser schreckliche Keller. Ich gehe da so ungern runter.«
»Weiß ich.«
In diesem Moment kommt mein Bruder durch den Flur geschlurft, bleibt stehen, schaut uns an und nimmt meiner Mutter kommentarlos die Lampe ab.
»Kann ich die haben? Hab keine.«
»Ist das eine Frage oder leise Kritik?«, erkundigt sich meine Mutter grinsend, aber mein Bruder bleibt sich treu und grunzt zurück.
»Ich habe nicht genug Licht im Zimmer. Und zu kritisieren gibt es hier genug.«
Ohne die Antwort abzuwarten, nimmt er die Lampe mit.
»Tageslichtlampen sind gut gegen schlechte Laune. Vielleicht hilft sie ihm ja. Und du? Wo gehst du hin?«
»Auf den Friedhof, jemanden treffen.«
»Fynn ist sehr sympathisch.« Meine Mutter wartet darauf, dass ich etwas erwidere, aber ich nicke nur. Deshalb redet sie weiter: »Und sehe ich dich heute noch?«
»Ja, bin abends wieder da.«
Irgendwas stimmt nicht mit meiner Mutter. Sie will mir wohl was sagen und muss sich dazu aufwärmen.
»Ich bin dann nämlich bald nicht mehr so oft zu Hause. Ich werde studieren. Produktdesign.«
Das ist jetzt eine Überraschung, aber ich lasse sie mir nicht anmerken. »Das ist super Mama. Das freut mich.«
»Das sind die, die vom Klopapier bis zum Flugzeug alles entwerfen.«

»Hippes Klopapier wird gebraucht, Mama.«
Ich freue mich wirklich über ihre Entscheidung. Sie wollte immer studieren, hat oft darüber gesprochen, aber sich nie getraut. Als Ausrede musste nur zu oft ich herhalten. Bei einem gesunden Kind hätte sie wahrscheinlich gesagt, sie wartet, bis ich und mein Bruder aus dem Gröbsten raus sind. Bei mir ist das Gröbste ein Dauerzustand.
»Ich könnte die Mutter meiner Kommilitonen sein, aber das macht nichts. Mehr Jahre, mehr Falten, aber auch mehr Lebenserfahrung. Einige der Dozenten sind unfähig. Ich werde mir die besten Kurse raussuchen und den Rest allein erarbeiten.«
»Und wie findet Papa das?«
»Der will nur nicht auf Messen geschleppt werden. Ansonsten findet er das gut, besser als Jalousien zu verkaufen.«
»Ja, das ist viel besser.« Und das meine ich so. Dass meine Mutter mit ihrem bisherigen Job in einem Jalousienladen nicht zufrieden ist, wissen wir alle. Sie ist nicht ausgefüllt, war es noch nie und hat sich deswegen lieber in ihre sozialen Projekte gestürzt. Und natürlich auf das größte Projekt: mich.
Ich drücke ihr einen Kuss auf die Wange und verschwinde. Ich muss rennen, damit ich Frau Blumentopf nicht verpasse, ich muss auch rennen, weil ich Fynn schnell wiedersehen will, ich muss rennen, damit ich dem Traum wegrennen kann, der noch an mir hängt wie eine Klette.

Sie hat gut ausgesehen, meine Mutter, frisch und zufrieden. Nach meiner Geburt hat sie nicht mehr in ihren Beruf als Fotolaborassistentin reingefunden. Die technischen Entwicklungen sind an ihr vorbeigesaust, und sie hat sich wiederum nicht um eine Weiterbildung gekümmert, auch, weil sie vielleicht keine Lust mehr darauf hatte, die ewige Assistentin zu sein. Jedenfalls hat sie das Angebot eines Bekannten angenommen und bei ihm in der Jalousienfirma erst als Telefonistin gearbeitet und dann, als den Kunden nicht nur ihre schöne Stimme am Telefon gefiel, sondern auch ihre Beratung, machte sie einen Sprung auf der Karriereleiter und stieg zur »guten Seele der Firma« auf. Sie war eigentlich immer unzufrieden mit dieser Tätigkeit. Wäre ich auch, wenn ich ständig über Längen, Breiten und Stoffmuster von Jalousien mit Unbekannten diskutieren müsste. Das Studium wird ihren Zufriedenheitsfaktor anheben, ihr Sorgenkontingent ist schon groß genug.

Wir stehen mal wieder in einiger Entfernung von Frau Blumentopfs Grab und beobachten zwei Frauen, die den Grabstein säubern und sich dabei unterhalten. Fynn hat seinen gelben Helm abgesetzt, um nicht aufzufallen. Die eine der beiden ist jünger und schaut eher grimmig drein, die Ältere läuft staksig, ist dafür gut gelaunt. Es ist wieder derselbe Grabstein, hinter dem wir uns ducken und dessen Blümchen ich kille. Dieses Mal will ich wenigstens den Namen meines Opfers wissen: Frau Luise Weniger.

Ich höre sofort auf, Blumen zu rupfen, und richte meine volle Konzentration auf Frau Blumentopfs Angehörige. Nichts Außergewöhnliches passiert, sie verschönern einfach das Grab und setzen neue sonnengelb strahlende Blumen in die Erde. Dann gehen sie.

»Und was machen wir jetzt?«, erkundige ich mich bei Fynn. Die ganze Aktion scheint mir eher angestrengt. Außerdem möchte ich mit ihm etwas Wichtiges besprechen, etwas, das ich bis jetzt noch nicht über die Lippen gebracht habe.

»Wir gehen hinterher und finden raus, wo eine der Frauen wohnt.«

Fynn mag es geheimnisvoll.

»Ich habe mich in jemanden verliebt, der gerne Detektiv spielt«, stöhne ich. »Spricht nicht gerade für mich.«

»Gut, dass du das jetzt rausgefunden hast.«

»Du bist eine Mogelpackung.« Ich piesacke ihn weiter.

»Nicht das mit dem Detektiv. Dass du verliebt bist, meine ich. Ich bin es nämlich auch.«

Dieser gemeine Kerl. Ich drücke ihm einen Kuss auf den Mund und werfe mich auf ihn. Wir landen auf dem Boden und ich auf ihm drauf. Fynn macht es sich gemütlich.

»Dann müssen wir denen wohl hinterher. Und während wir die Verfolgung aufnehmen, muss ich etwas mit dir besprechen. Hoffentlich wohnen sie nicht gleich um die Ecke.«

»Aber unauffällig, ja? Nicht so ausflippen wie sonst.« Fynn zwickt mich in die Wangen.

»Klar, wir sind total unauffällig mit einem Hund in einem Bollerwagen.«

Fynn dreht sich zu Okay. »Okay, mein Freund, kannst du mich hier eine Weile vertreten? Ich hole dich dann ab.«

Okay schnauft. Fynn, der Blödmann, hält ihm High five hin, und Okay – hält seine Pfote dagegen. Sie schlagen ab. High five zwischen Mensch und Hund. Der Blödmann bin jetzt ich.

»So, und nun aber schnell, bevor wir ihre Spur verlieren.«

Fynn springt auf und rennt mir davon. Ich knuddele Okay noch mal, flüstere ihm ein pathetisches »Danke« ins Ohr, weiß noch nicht einmal, warum ich das tue, und renne Fynn hinterher.

Als wir sicher sind, dass uns die Frauen nicht bemerkt haben, fragt Fynn nach der Angelegenheit, die ich mit ihm besprechen wollte.

Mir fällt dieses Thema von Natur aus schwer, deshalb gehe ich es direkt an. Ich frage ihn, ob er mit mir zu meinem Arzt geht, um über Sex zu reden. Fynn ist so perplex, dass er stehen bleibt, und wir fast die beiden Frauen verlieren, die just in diesem Moment in eine Passage einbiegen.

»Du meinst deinen Ypsilon-Arzt?«

»Ja, Ypsilon-für-Kinder-Arzt. Er kennt mich schon seit meinem zehnten Lebensjahr, seit der Diagnose. Er kennt mich ziemlich gut. Vielleicht schafft er es ja, mit mir auch über Erwachsenenthemen zu sprechen, nicht nur über Ypsilons und wie man sie loswerden könnte.«

Ich fixiere die Pflastersteine auf dem Boden. Fynn jetzt in die Augen zu schauen, bringe ich einfach nicht fertig.

»Ich hoffe, er kann mir das genau mit dem Orgasmus und dem Aneurysma erklären.«

»Ich verstehe das als Angebot. Du willst mit mir schlafen.« Fynn freut sich.

»Nein, Kuchen backen.«

»Nein, du willst mit mir Sex haben und vielleicht danach Kuchen backen, aber vorher Sex.« Fynn grinst breit.

»Ja, und was ist daran jetzt so besonders?«

»Was daran so besonders ist? Es ist so besonders, dass ich hier und jetzt in die Luft springen könnte, wenn ich nicht damit unsere Deckung kaputt machen würde.«

Die beiden Frauen sind an einem Gemüseladen stehen geblieben, und wir haben tatsächlich Abstand verloren, sind in Hör- und Sichtweite zu ihnen, was nicht unserem Plan entspricht. Sie kaufen ein, tratschen mit dem Verkäufer und gehen weiter.

Fynn bleibt stehen und nimmt mich in den Arm: »Eine blöde Frage. Hat das Ypsilon-Ding einen eingebauten Verhütungsmechanismus?«

Ich löse mich aus seiner Umarmung und muss leider über seine saudumme Bemerkung, die offensichtlich nicht ernst gemeint war, lachen.

»Nein, hat es nicht. Your job. Ich stopfe keine Medikamente in mich hinein, keine einzige Pille, wenn ich nicht genau weiß, was die mit mir machen, egal, was die Ärzte mir erzählen.«

Fynn schaut mich an und nickt. »Gut, mein Job. Wann hast du das entschieden?«

»Während der Hochzeit. Ich habe gedacht, es gibt so viele schräge Menschen auf der Welt, so schräge wie deine Tante, und doch findet fast jeder Topf einen Deckel.«

Fynn unterbricht mich: »Oder jeder Arsch einen Nachttopf. Und ich bin dein … Deckel?«

»Ja, oder ich deiner, glaube ich, weiß ich nicht, ist egal, oder?«

Wir stehen mitten auf der Straße, spielen ein beknacktes Detektivspiel, und ich kann zum ersten Mal mit einem Jungen über meine Gefühle für ihn reden. Mit Fynn geht das. Mit ihm fühlt es sich leicht und normal an.

»Wir lagen im Bett zusammen, fast nackt. Und ich habe mich wohlgefühlt. Ich fühle mich so wohl mit dir, Fynn. Wenn ich

mit jemandem schlafen will, dann mit dir. Das habe ich in diesem Hotelzimmer gedacht.«
»Und natürlich hast du verstanden, was für ein guter Liebhaber ich bin.« Jetzt freut er sich noch mehr.
Ich nicke. »Ja, das habe ich verstanden und gespürt.«
Fynn legt sehr zufrieden seinen Arm um meine Schulter. »Ist weniger unauffällig. So sehen wir aus wie ein sehr verliebtes Pärchen beim Spaziergang, das gerade seinen ersten Sex plant.«
Ich schmiege meine Hand in seine, führe sie zu meinem Mund und küsse jeden Finger einzeln. Fynn muss den Radar angeschaltet lassen und darf das Objekt »zwei Frauen vom Friedhof« nicht aus den Augen verlieren. Meiner ist gerade außer Kraft gesetzt vor Glücksgefühlen.

An der nächsten Ecke trennen sich die Frauen voneinander. Wir überlegen kurz das nächste Manöver und trennen uns dann auch. Die Absprache lautet: rausfinden, wo die beiden wohnen, und ihnen dann ehrlich erzählen, warum wir sie verfolgt haben. Dass wir eine Antwort brauchen, eine Antwort auf die Frage, was der Spruch auf Frau Blumentopfs Grabstein für sie bedeutet. Sollten die Frauen uns die Tür vor der Nase zuschlagen, darf jeder von uns die Geschichte von dem Teenie erzählen, der wahrscheinlich bald sterben wird und nach einem schönen Spruch für seinen Stein sucht.
Ich gehe der älteren Dame nach. Nachdem sie die jüngere Frau verlassen hat, verlangsamt sie ihren Schritt und entspannt sichtlich. Zwischendurch erhalte ich Nachricht von Fynn:

»HABE VERFOLGUNG ERFOLGREICH AUFGENOMMEN. OBJEKT LÄUFT SEHR EILIG. SEHR VERDÄCHTIG ...«

Als ich aufschaue, sehe ich die Frau eine Haustür aufschließen und hineingehen. Sie ist zu Hause. Ich warte eine Weile ab, bis ich sicher bin, dass sie nicht mehr zurückkommen wird. Als ich gerade bei »Blumentopf« klingeln will, erreicht mich eine weitere Nachricht von ihm.

»VERDÄCHTIGE GEHT IN EINEN HAUSEINGANG. NAME BLUMENTOPF AN DER TÜR. ICH LEITE DIE ZWEITE PHASE EIN. OVER.«

Die zweite Phase ist die Kontaktphase. Klingeln, sich und sein Anliegen vorstellen und abwarten. Wir haben es hier mit zwei Verwandten von Frau Blumentopf zu tun. Besser kann es nicht laufen. Zwei mögliche Informationsquellen. Ich klingele und erschrecke, als der Türsummer die Tür mit einem leisen Klick sofort freigibt. Eigentlich hatte ich erwartet, mich über die Sprechanlage vorstellen zu müssen. Meinen Spruch vom Paketdienst hatte ich mir schon zurechtgelegt, aber jetzt stehe ich im Hauseingang und brauche eine neue Strategie.

Das Treppenhaus des Altbaus ist elegant restauriert. Blaue Blumen auf eierschalenfarbenem Grund zieren die Decke.

Frau Blumentopfs Verwandte wohnt luxuriös. Meine Hand zittert und schwitzt, als ich mit einem altmodischen Messingklopfer gegen die Tür poche.

Es öffnet mir die ältere Dame. Sie lächelt mich an, und ich falle aus dem Takt, kann nicht reden. Was genau habe ich mir dabei gedacht?

Ich nehme an, dass sie mir den Stress ansieht und mir mit Freundlichkeit aushelfen möchte, denn sie grüßt zuerst: »Guten Tag, kann ich dir helfen?«

»Ich glaube, das war eine blöde Idee.« Eigentlich spreche ich zu mir selbst, aber leider zu laut.

»Kindchen, geht es dir gut?«

Nein, ich dampfe nervös, finde mein Vorhaben gerade ziemlich dreist, denn ich störe eine mir unbekannte Person mit meinem sehr egoistischen Anliegen. Und wie ich von hier wegkommen soll, ist mir momentan auch ein Rätsel.

»Bitte entschuldigen Sie. Meine Frage ist wirklich blöd …« Ich renne weg und komme mir ziemlich albern dabei vor. Die Sich-aus-dem-Staub-machen-Taktik funktioniert nur bedingt.

»Aber du hast sie doch noch gar nicht gestellt, die blöde Frage.« Frau Blumentopf ruft mir hinterher.

Sie hat recht. Ich habe meine Frage nicht gestellt. Weil ich sie aber im Kopf schon so oft formuliert hatte, habe ich das gar nicht bemerkt. Auf dem Treppenabsatz drehe ich mich zu einer immer noch nett dreinblickenden Dame um.

»Willst du sie nicht wenigstens stellen? Dann kann ich selbst entscheiden, ob sie dumm ist oder nicht.«

»Der Grabspruch auf dem Stein von Frau Blumentopf, was bedeutet der?« Meine Stimme zittert nicht, dafür meine Beine.

Verknickte Falten zeigen sich auf ihrer Stirn.

»Und warum interessiert dich das?«

»Ich sammele Sprüche für einen Grabstein, also nein, ich suche eigentlich nur einen … Spruch, nicht Grabstein … und will deshalb verstehen, wie man einen wählt … einen Spruch. Oder vielleicht können Sie mir sagen, wer der Mann ist, der zu Frau Blumentopfs Grab kommt. Dann kann ich den fragen.«

Das war eine ziemlich lange Rede, wenn man bedenkt, wie wackelig ich vor ihr stehe.
Die Dame schaut mich lange an, ohne etwas zu sagen, dann zuppelt sie sich die Hosenbeine zurecht. Jetzt scheint sie verlegen zu sein, was mich wiederum erstaunt.
»Und für wen sucht ihr den Spruch, du und dein Freund? Ihr wart doch heute zu zweit auf dem Friedhof. Er arbeitet dort, nicht wahr?«
Ich sammele Kraft, schaue sie an: »Ich suche den Spruch für mich.«
Eine kurze Pause, die im Treppenhaus nachhallt. Frau Blumentopf atmet tief durch: »Ich muss darüber nachdenken. Auf Wiedersehen.«
Damit schließt sie die Tür, nicht unfreundlich, aber doch abrupt.
Eine neue Nachricht von Fynn piepst schrill in die Stille.
»VERDÄCHTIGE HAT MICH AN DER TÜR GESEHEN UND ÖFFNET NICHT. MIST! UND BEI DIR?«
Ich schicke eine Nachricht zurück
»MISSION AUCH BEI MIR GESCHEITERT. MIST VERDAMMTER.«
»DANN LASS UNS EIN EIS ESSEN GEHEN UND ÜBER SEX REDEN ;-).«

27

Wir treffen uns bei Gianni und essen gemeinsam einen Nuss-Eisbecher. Seine Lieblingssorte ist Haselnuss, meine Pistazie. Topf und Deckel eben! Ich habe unterwegs in einem Hundeladen einen riesigen Damit-Ihr-Hund-gesunde-Zähne-bekommt-Knochen gekauft und lege ihn Okay vor die Nase. Der schnuppert leider nur daran und will ansonsten mit der Welt nichts zu tun haben. Fynn macht sich Sorgen um Okay, aber dann konzentrieren wir uns wieder auf den eigentlichen Zweck unseres Treffens. Damit wir bei der weiteren Planung die Blumentopffrauen voneinander unterscheiden können, geben wir ihnen Namen. Die grimmige junge Frau heißt »Blumentopf junior«, die ältere Dame »Blumentopf senior« und die auf dem Friedhof »Blumentopf tot«. Zugegeben nicht besonders kreativ, aber dafür sind wir beide auch noch zu enttäuscht von unserer missglückten Verfolgungsaktion. Wir planen, den Mann selbst zu fragen, und zwar vor Ort, nicht, wenn er zu Hause ist. Im Gegensatz zu Fynn habe ich wenigstens etwas zu berichten. Frau »Blumentopf senior« hat sich merkwürdig verhalten, nachdem ich sie nach der Bedeutung des Grabspruchs gefragt hatte. Sie ist plötzlich sehr unruhig geworden. Und was sie genau mit ihrem letzten Satz meint, weiß ich auch nicht. Sie will darüber nachdenken, ob sie mir die Frage beantwortet oder nicht. Entweder sie weiß es oder sie weiß es nicht, und wenn sie weiß, was Frau »Blumentopf tot« mit diesem Satz auf ihrem

Grabstein bezweckt hat, dann hätte sie es mir auch gleich sagen können. Frau »Blumentopf tot« wird schon nicht aus ihrem Grab hüpfen und ihr dafür eins über die Rübe ziehen. Es sei denn, Frau »Blumentopf senior« hat ein Versprechen abgegeben und darf die eigentliche Bedeutung des Grabspruchs nicht verraten. Vielleicht hat sogar sie selbst den Steinmetz beauftragt, diesen Spruch in den Grabstein einzugravieren? Das würde die Angelegenheit erst recht spannend machen. Und mich würde es noch weniger angehen. Als wir das Eis fast aufgegessen haben, ist es genug mit den Blumentöpfen, findet Fynn. Er besteht darauf, das Thema Ypsilon-Arzt zu besprechen. Ich verspreche, ihm sofort Bescheid zu geben, wenn ich einen Termin bei meinem Arzt bekomme, und er wird mich anrufen, wenn der Mann wieder auf dem Friedhof auftaucht. Dann verabschieden wir uns mit einem eisverschmierten Kuss. Fynn will gehen, Okay nicht. Er weigert sich, bleibt auf seinem Platz liegen. Fynn redet ihm zu, streichelt ihn, zieht ihn leicht am Halsband, aber Okay steht einfach nicht auf. Als Fynn ihm unter den Bauch greift, um ihn hochzuheben, jault er auf, und Fynn zieht erschrocken seine Arme zurück. Dann, sehr langsam, erhebt sich Okay und steigt Bein für Bein in den Bollerwagen. Jede Bewegung scheint ihm schwerzufallen, und sein Aufjaulen ist auch kein gutes Zeichen, aber er ist nun einmal ein alter Herr und kann einfach nicht mehr so schnell. Gut, dass er jetzt seinen ganz persönlichen Rollator mit Chauffeur hat.

Schon auf dem Nachhauseweg vermisse ich Fynn.
»VERMISSE DICH IRGENDWIE.«
»SCHÖN. WIR DICH AUCH.« Er antwortet sofort.

Im Wohnungsflur herrscht Chaos. Dinge liegen wie bestellt und nicht abgeholt herum, übereinander, durcheinander. Einiges davon ist Plunder, anderes Haushaltsgeräte. Es sind Gegenstände, die ich noch nie gesehen habe, so tief waren sie wohl überall vergraben. Meine Mutter hat die Schränke in allen Zimmern gleichzeitig ausgeräumt und den Inhalt achtlos auf den Boden geschmissen. Die Türen stehen noch weit offen und zeigen leere, schmutzige Bretter. Als ich in die Küche komme, wehen Blätterstapel auseinander und fliegen mit dem Wind durch das Zimmer. Es wundert mich, meinen Vater zu sehen, der gerade dabei ist, sie umzukrempeln. Er hat einen verdreckten Blaumann an. Meine Mutter ist einfach so dreckig. Meine Eltern sind euphorisch und verschwitzt.
»Du hast uns angesteckt. Wir misten aus.«
»Ist das gut oder schlecht?«
Das ist tatsächlich mein erster Gedanke.
Meine Eltern schauen sich an und antworten nicht. Es ist eine merkwürdige Situation. Sie stehen in ihrem Chaos und machen wie die Ameisen einfach mit ihrer Arbeit weiter, tragen ihren Müllberg ab. Mein Vater steigt auf eine Leiter, schaut auf einen der oberen Schränke und entdeckt dort anscheinend eine neue Welt. Jedenfalls schüttelt er irritiert den Kopf. Dann wirft er mit einem großen Wisch den gesamten Krempel vom Schrank runter. Etliche leere Saure-Gurken-Plastikeimer landen krachend auf einem Müllhaufen.
Meine Mutter starrt die zahllosen Eimer an. »Was um Himmels willen hatten wir damit vor?«
»Die wollten wir für Tammies Bastelgruppe im Kindergarten aufheben.« Mein Vater steigt die Leiter wieder runter und entfaltet einen großen Müllsack.

»Brauchst du die noch für deine Kindergarten-Bastelgruppe oder können die weg?« Meine Mutter witzelt. Es steht ihr gut.
»Weg damit!« Ich mache mit bei der Plastikmüll-Vernichtungsaktion und stopfe Eimer in Tüten.
»Und?« Ich habe immer noch keine Antwort auf meine Frage bekommen.
»Und was?« Meine Mutter versenkt ihren Kopf in eine der Tüten, wohl um den Inhalt umzusortieren.
»Ist das Ausmisten jetzt gut oder schlecht?«
Wieder schweigen sie. Sie können mir keine Antwort geben, weil sie keine haben, und das verstehe ich. Auch sie springen wohl manchmal über. Auch meine Eltern wissen nicht immer, was zu tun ist. Ihre verwirrten Gedanken haben sie in großen Haufen in der Wohnung verteilt und sortieren sie jetzt neu. Das Schlechte kommt in den Müll, das Gute wieder zurück in den Schrank. Es ist eigentlich ganz einfach, und ich frage mich, warum wir nicht alle schon viel früher darauf gekommen sind. Bin gespannt, was übrig bleibt.

Auf dem Weg in mein Zimmer komme ich bei Ben vorbei. Seine Tür steht ein wenig offen. Er sitzt am Computer, hat die Kopfhörer auf. Die Tageslichtlampe spendet ihm Licht, obwohl es draußen hell ist.
Ich stehe in der Tür und betrachte ihn einen Moment lang. Er sieht nicht so wütend aus wie sonst, sondern traurig. Und seine Traurigkeit versteckt er hinter seinem Zorn. Dann bemerkt er mich doch. Er dreht sich zu mir um, seine Mundwinkel fallen, sein Blick verengt sich. Mister Schlechtgelaunt ist wieder da.

»Ist was?«
»Nein, nur so, wollte mal sehen, wie es dir geht.«
»Scheiße geht's in diesem Chaos. Die ticken total aus da unten. Ich hau ab, hab die Schnauze voll. Und du hau auch ab. Lass mich in Ruhe.«
»Bin schon weg.«
Tür zu, und ich verkrieche mich in mein Zimmer. Später höre ich meine Eltern mit Ben streiten. Es geht immer um das Gleiche. Er will dieses und jenes, ihm steht Geld zu und Unterstützung und überhaupt hat sich in seiner Kindheit niemals jemand um ihn und seine Bedürfnisse gekümmert, weil alle nur mit sich und vor allem mit meinem Ypsilon – ich mag Fynns Wortkreation – beschäftigt waren.
Das höre ich zwar nicht zum ersten Mal, aber heute ist der Streit besonders laut und besonders bescheuert. Sie werfen sich uralte Kamellen an den Kopf. Es klingt, als ob Ben wieder Sachen durch die Gegend wirft, die hoffentlich niemanden treffen. Dann hört man ihn brüllen: »Ich zieh aus.« Das ist sein Standard. Der kommt immer am Ende eines Streits und vor seinem poltrigen Abgang. Wenn er das doch mal wirklich machen würde. Ich mag meinen Bruder, eigentlich, aber immer nur angemotzt und für den schieren Fakt, neben ihm zu existieren, ständig kritisiert zu werden, ist anstrengend und so unnötig wie ein eingewachsener Zehennagel. Er besteht auf seine schlechte Laune. Tageslichtlampen werden wohl überbewertet.

Am nächsten Morgen werkeln meine Eltern wieder sehr früh herum. Sie haben einen Transporter gemietet, diskutieren laut darüber, wie man die kleine Fläche am besten belädt, und wecken mich und wahrscheinlich die halbe Nachbarschaft. Doch das Chaos in der Wohnung hat sich gelichtet. Schränke sind ausgewischt, einige Regale sind wieder ordentlich eingeräumt und mit Lebensmitteln aufgefüllt, die nicht abgelaufen sind.

Ich frühstücke allein und checke nebenher mein Handy. Gestern auf dem Weg zum Friedhof habe ich eine kurze Nachricht an Pat geschrieben. Sie erwartet einen Statusreport und Detailberichte von der Hochzeit. Ich warte auf ihren Rückruf oder wenigstens ein Zeichen. Doch nichts. Kein Wort von ihr. Kein gutes Zeichen, denn Pat ist eigentlich ständig am Handy.

Mein Bruder schläft noch, meine Eltern fahren den Sperrmüll weg. Ich erledige meine letzten Hausaufgaben, während ich meinen Gesundheitstee trinke, eine Kräutermischung, die meine Mutter für mich in der Apotheke zusammenstellen lässt und die erstaunlicherweise sehr gut schmeckt. Und beginne einen weiteren Tag meines vielleicht kurzen, vielleicht langen Lebens.

Nichts Außergewöhnliches passiert in der Schule. Der Unterricht ist nicht wirklich spannend, und die Lehrer sind nicht wirklich engagiert. Pat fehlt, genau wie vor dem Wochenende. Angeblich ist sie krank, aber Pat ist eigentlich immer kerngesund. Ich schicke ihr eine weitere Nachricht mit lauter Fragezeichen und Besserungswünschen.

»KANN GRAD NICHT REDEN, SÜSSE. MELDE MICH SPÄTER«, kommt zurück.

Pat hat geantwortet, also muss ich mir keine Sorgen machen. Oder doch? Ich vermute, Didi hat mit ihrer Schulunlust zu tun. Dabei muss ich ihr unbedingt die Geschichte von Frau

Blumentopf erzählen. Und von dem Mann, der an dem Grab von Frau »Blumentopf tot« tanzt. Und von meinem »Erster-Sex-Plan«.
Ich hatte mir immer vorgestellt, »es« passiert einfach so. Aber warum soll ich das nicht planen können oder dürfen? Ich vermisse Pat, und das schreibe ich ihr jetzt noch einmal.

Am Nachmittag schicke ich Fynn eine Nachricht, der auch nicht antwortet. Also beschließe ich, direkt bei ihm vorbeizugehen. Anne öffnet mir die Tür. Sie ist mit der Raubtierfütterung beschäftigt, Leber für die Katze und Huhn mit Gemüse für Okay. Sie ist elegant gekleidet, geschminkt und ist auf dem Sprung zu einem Termin. Fynn ist nicht zu Hause. Er muss heute auf einem anderen Friedhof aushelfen und wird sich sicher nach Feierabend bei mir melden. Ihr Sohn sei immer noch so verliebt, witzelt sie, er verstreicht die Butter in Herzchenform auf seinem Brot. Außerdem musste sie für ihn Kondome kaufen, weil er sich dafür dann doch noch nicht erwachsen genug fühlt. Erstaunlicherweise macht es mir überhaupt nichts aus, dass Anne so viel von mir, von uns weiß. Man kann mit ihr über alles reden, über Kuchenrezepte, Hundefutter, Make-up, sogar Sex, und es ist immer irgendwie normal. Sie ist unkompliziert, und ihrer Meinung nach sollte Geschlechtsverkehr das wohl auch sein. Wir verabschieden uns mit einer Umarmung voneinander, und ich kehre in das abgemilderte Chaos unserer Wohnung zurück. Meine Eltern sortieren immer noch oder wieder Dinge in Schränke ein, wie Eichhörnchen, die ihren Wintervorrat horten.
Ich gehe in mein Zimmer und schicke eine Nachricht an Pat, die sich immer noch nicht gemeldet hat.

»MACHE MIR SORGEN. IRGENDETWAS STIMMT DOCH NICHT.« Und tatsächlich, diesmal kommt die Antwort prompt.

»DIDI IST WEG. BIN AM BODEN. KANN ICH KOMMEN?«

In mir krampft sich alles zusammen. Ich komme mir plötzlich sehr egoistisch vor. Ich war so mit mir selbst beschäftigt und habe gar nicht mitbekommen, wie schlecht es Pat geht.

»KOMM SO SCHNELL DU KANNST.«, tippe ich hektisch.

»BRAUCHST DU NOCH ETWAS?«

»SCHOKOLADE UND TASCHENTÜCHER.«

Pat ist ein nasser Ratz, als sie vor meiner Haustür steht. Ihre Tränen hat sie sich überall hingeschmiert, auch ins Haar. Sie sieht aus, als ob sie gerade frisch aus der Dusche kommt, dabei kommt sie eigentlich frisch aus dem Elend, frisch aus der französischen Hölle. Kaum ist sie in meinem Zimmer, wirft sie sich aufs Bett und schluchzt aus tiefster Seele ins Kissen. Ich habe sie noch nie so gesehen. Sie bekommt einen spasmischen Schluckauf vom Weinen, der sich erst beruhigt, als ich ihr den Rücken streichele und sie mit Schokoladenstücken füttere.

»Hat er eine Freundin in Frankreich und hat es dir nicht gesagt?«

Sie schüttelt den Kopf, sprechen kann sie nicht mit Schokoladen-Tränen-Gemisch im Mund.

»Hat er jemanden kennengelernt?«

Sie schüttelt wieder den Kopf.

»Also, was ist passiert?«

Meine Frage spült ihr ganzes Elend wieder hoch. Sie zieht sich die Decke über den Kopf, und dann sehe ich nur noch eine zitternde, bebende, elende Freundin, die sich unter meiner Bettdecke verkriecht.

»Er will seine Freiheit«, kommt es dumpf unter der Decke hervor.

»Von was?«

»Von Beziehungen. Er ist jung und will sich ausprobieren, sagt er.«

Mir fällt nichts Vernünftiges oder Tröstendes ein, weder ein Argument dafür noch eines dagegen. Es ist einfach seine Entscheidung. Ich lege mich neben sie und warte, halte ihre Hand. Ab und zu schiebt sie zwei Finger raus, ich reiche ihr ein Stück Schokolade oder ein Taschentuch oder beides und warte wieder ab, bis sie ruhiger wird und das Schluchzen abebbt. Als sie die Decke hebt, sieht sie aus wie ein Hamster in Gefangenschaft: vom Weinen aufgedunsen, verquollene Augen, zerzaust und sehr, sehr verzweifelt.

»Ich habe meinen Eltern gesagt, dass ich bei dir übernachte. Denen kann ich so nicht gegenübertreten, die würden mich gleich zum Psychiater schicken.«

»Klar, solange du nicht schnarchst«, versuche ich einen lahmen Witz.

»Nein, nur heulen.«

Ich nehme sie in den Arm und flüstere ihr in das nasse Haar: »Heulen darfst du, so viel du willst.«

Und bei dem Stichwort fängt sie wieder an zu weinen und zu zittern. Dieses Mal in meinen Hals, auf mein T-Shirt, an meine Wange. Pat hat nicht einfach nur Liebeskummer. Pat ist erschüttert, mitten ins Herz getroffen und kann mit dem Schmerz nicht anders umgehen, als ihn wegzuzittern. Ich halte sie fest, bis sie mir müde zumurmelt, dass sie jetzt schlafen will. Ich weiß nicht mal, wie spät es ist, als wir uns endlich hinlegen und in die Nacht sinken.

28

Pat wacht viel zu früh auf, weil sie nicht schlafen kann. Stattdessen guckt sie frenetisch alle zwei Minuten auf ihr Handy. So, wie sie aussieht, hat sie die halbe Nacht neben mir leise durchgeheult. Ich versuche, sie zu einem Frühstück zu überreden, auch wenn ich mir nicht sicher bin, wie der Chaospegel bei meinen Eltern gerade steht. Doch sie springt aus dem Bett, knutscht und herzt mich und rennt raus.

Ich schleiche mich ins Bad. Heute nur Katzenwäsche. Nach mehr ist mir nicht zumute. Als ich wieder in mein Zimmer komme, fällt mir auf, wie leer es ist. Obwohl ich es mag, nur noch wenige, aber schöne Dinge zu besitzen, hat es an Gemütlichkeit eingebüßt. Weil ich nichts Besseres zu tun habe, fange ich an, die wenigen Objekte in meinem Zimmer umzusortieren. Dabei schwirrt die letzte Nacht durch mich hindurch. Das also passiert mit einem, wenn man liebeskrank ist. Es hat mich mitgenommen. Ausgerechnet Pat, der Sonnenschein, kann auch vor Liebeskummer zersplittern. Und ehrlich gesagt, weiß ich nicht, was ich ihr wünschen soll. Dass er seine Meinung ändert oder nicht? Vielleicht verdient er sie ja auch gar nicht?

Als Ablenkung von diesen dunklen Gedanken sortiere ich meinen Schrank um. Danach ist eine Hälfte gähnend leer, und ich besitze nichts mehr, um diese Lücke aufzufüllen. Zweifel kommen in mir auf, ob ich Fynn zu schnell und zu viel von mir gebe, ob ich ihn überhaupt an meinem Leben teilhaben lassen soll. Ich mute allen um mich herum sehr viel zu, mich zu lieben. Wenn es eines Tages kippt, kann genau dieses Argument gegen mich und für eine Trennung verwendet werden. Das wäre dann der richtige Moment, um wegzulaufen.

Bisher war ich diejenige, die immer abgehauen ist. Dieses Mal versuche ich eine andere Taktik.

Ich hole mir eine Blumenvase und leihe mir ein paar Schnittblumen von meiner Mutter aus, die sie sich regelmäßig in ihr Schlafzimmer stellt. Sie leuchten in zartem Rosa in die Leere meines Zimmers hinein und freuen sich, dass sie endlich glänzen dürfen. Zwei Blumen nehme ich raus und wickle jede einzelne sorgfältig in Papier ein.

Fynn und Okay sind aus der Ferne gut zu erkennen. Ein junger Mann und ein Hund, der neben einem Bollerwagen herläuft. Nein, dieses Mal läuft er davor. Okay zieht ihn bis zu unserem Treffpunkt vor dem Blumenladen an der Uniklinik hinter sich her.

»Warum muss Okay den Wagen ziehen?«

»Er muss nicht, er will. Ich glaube, der will einen Deal mit mir machen, weiß nur noch nicht, welchen. Jedenfalls besteht er darauf, heute den Husky zu geben. Hab eine Weile gebraucht, bis ich sein Gebell und Gejaule verstanden habe.«

Ich begrüße Okay und nehme ihm den Strick aus der Schnauze, mit dem er den Wagen gezogen hat. Dafür bekommt er einen Fitnessknochen. Fynn die Blume. Erst lächelt er die Blume an, dann mich.

»Weil er doch nicht mitreinkommen darf. Ich dachte, ich bringe ihm was zum Zeitvertreib mit«, erkläre ich Fynn, als

ich Okay den riesigen Knochen vor die Schnauze lege. Es ist schön zu sehen, dass es Okay wieder besser geht.
Fynn hat sich schick gemacht, trägt ein frisch gebügeltes Hemd, ordentliche Hosen und sehr blank polierte Schuhe.
Ich lache. »Wir gehen zum Arzt, nicht zu einem Bewerbungsgespräch.«
»Der erste Eindruck wird zu achtzig Prozent in den allerersten Sekunden des ersten Kennenlernens gemacht. Und wenn er mich mag, wird er uns sicher wohlwollender beraten.«
»Wird er sicher nicht. Das Äußere ist ihm ziemlich egal. Jedenfalls habe ich ihn in den Jahren kein einziges Mal mit sauberen Schuhen rumlaufen sehen. Und außerdem …«
Beim Gedanken an das bevorstehende Gespräch verlässt mich der Mut, einfach so, ohne Vorankündigung. Fynn bemerkt meine Unsicherheit.
»Außerdem was?
»Vielleicht musst du ja gar nicht mitkommen?«
»Wieso nicht?«
Fynns Ohren werden rot, was ich nicht von ihm kenne, aber was genau kenne ich schon von ihm?
»Wieso nicht, Tammie? Wir wollten das zusammen machen.« Er schaut auf die Blume in seiner Hand. »Schöne Blume. Danke. Auch zum Zeitvertreib?«
Meine Schuhe brauchen auch mal wieder eine Politur.
»Hast du es dir anders überlegt?«, fragt er leise.
»Weiß nicht.«
Fynn nimmt mich in den Arm und drückt mich. »Dann nicht, meine Schöne, dann nicht. Dann gehen wir wieder auf den Friedhof und suchen nach lebensbejahenden Sprüchen für unsere weitere gemeinsame Zukunft ohne Sex.«

Ich kann sein Grinsen fühlen. Seine Schultern ziehen sich nach oben, und sein Bizeps spannt sich.
Es fällt mir schwer zu sprechen.
»Ich weiß nicht, ob du der Richtige für mich bist, und ich die Richtige für dich bin.«
»Ja, bist du«, Fynn schaut mich an, »wenn du es nicht willst, ich werde dich nicht drängen. Ich gehe nicht das Risiko ein, zu explodieren … das heißt … ich explodiere schon, aber anders.«
Ich bin sprachlos, muss aber lächeln.
»Nicht überzeugt, Tammie?« Er stupst mich an.
»Was, wenn du dann einfach gehst?«
»Wohin?«
»Weg.«
»Wohin weg?« Fynn mustert mich. »Was, wenn *du* einfach gehst?«, fragt er zurück.
»Ich gehe nicht weg.«
»Hey, du bist die Ypsilon-Dame. Ich bin noch hier, wenn das Ding in deinem Schädel explodiert.«
Fynn dreht sich plötzlich um. Er lässt mich los, dreht sich um und versteckt sich hinter seinem eigenen Rücken.
Er weint. Er weint. Verdammt, er weint.
Ich lehne mich an ihn an. Sein Rücken zuckt mit jedem tiefen Atemzug. Er scheint zu wenig Luft zu bekommen. Dann dreht er sich zu mir um und zeigt sich in seiner ganzen aufgeweichten Ehrlichkeit.
»Ich habe mich noch nie in meinem Leben, niemals, habe ich mich so verliebt. Ich weiß nicht, ob das Wort Liebe zu groß ist, aber wenn es ein Wort gibt, das auf dieses Gefühl passt, dann vielleicht Liebe. Leberwurst ist es jedenfalls nicht … für mich … höchstens für Okay.«

Ich umarme ihn, und auch mir schießen die Tränen hoch. »Tammie, ich zwinge dich zu nichts, aber bitte frage mich nie, ob ich wegrennen werde. Ich werde bei dir bleiben, bis wir beide es anders sehen. Ich bin verliebt in dich. So sehr in dich verliebt, dass ich nicht weiß, wohin mit mir.«
Ich ziehe ein Taschentuch aus meiner Jacke, trockne ihm die Tränen, küsse sie ihm weg, küsse seinen salzigen Mund. Dann nehme ich seine Hand und ziehe ihn ins Krankenhaus. Ich halte sie und halte mich selbst an ihm fest. Wir flimmern beide, weil die Wahrheit so gewaltig ist.

Der Gang durch die Flure gibt uns Zeit, uns zu beruhigen. Krankenhäuser sehen überall gleich aus. Helle lange Gänge, hier und da steht eine Liege, ein Servierwagen oder ein Rollstuhl herum. Desinfektionsmittelgeruch steigt in die Nase. Man möchte hier nicht sein. Jedes Mal frage ich mich, wer festgelegt hat, dass Krankenhauswände weiß sein müssen, so wie Grabsteine schwarz, grau oder schwarz-grau getigert sind. Das Lampendesign ist auch nicht besonders kreativ, geschweige denn augenfreundlich. Krankenhauslampen blenden immer mit ihrem zu grellen Licht. Als wir durch einige Flure, immer den schmucklosen Wegweisern nach, geschlurft sind, kommen wir endlich an der richtigen Station an.
Dr. Laukner, Abteilung Kinderneurochirurgie, empfängt mich wie immer mit einem Schmunzeln und ausgelatschten Schuhen. Auf seinem Schreibtisch steht ein Medizinball-großes Glas mit Süßigkeiten und kleinen Spielsachen. Auch ich durfte am Ende jeder Sprechstunde einmal in das Glas greifen. Es hängen wie früher etliche Kinderzeichnungen an den Wänden, und er trägt immer noch den bunten

Ich-bin-ein-Arzt-für-Kinder-Kittel. Mein letzter Besuch ist mindestens zwei Jahre her. Aber in dieser Zeit hat sich nichts bei ihm und leider auch nicht bei mir verändert. Stillstand bei uns beiden, wir freuen uns ehrlich über das Wiedersehen. Ich überreiche ihm die zweite rosa Blume.

»Tammie, wie schön. Wie hast du meine Vorzimmerlöwin bezirzt?«

»Ich habe ihr die Wahrheit gesagt, warum ich Sie so schnell treffen muss.«

»Und davon hat sie sich beeindrucken lassen?«

»Sehr sogar. Es ist nämlich eine sehr romantische Geschichte. Und anscheinend hat die Löwin ein weiches Herz.«

Dr. Laukner lächelt mich an und antwortet mit Blick auf Fynn: »Na, dann bin ich jetzt gespannt, worum es geht.«

Fynn und ich ruckeln uns auf den Stühlen zurecht.

»Um Sex«, sage ich bestimmt. Mit einem fast Fremden Intimes zu bereden, fällt mir gerade leichter. Außerdem habe ich ja schon mit Fynn geübt.

»Gut. Das ist ein schönes Thema. Hast du schon mit deinen Eltern darüber gesprochen?«

»Können Sie sich vorstellen, dass meine Eltern darüber in Ruhe mit mir sprechen?«

»Das sollten sie eigentlich.«

»Tammie hat mit mir darüber gesprochen.« Fynn hat bis jetzt nur nervös an seinen Fingern herumgeknibbelt.

»Das ist auch besser, wenn du der Grund für ihre Frage bist. Du hast doch eine Frage, oder?«

»Wie lebensbedrohlich ist Sex für mich? Also, die ganze Sache mit Orgasmus und so?« Langsam macht es mir Spaß, dieses Direktsein.

Dr. Laukner holt ein Blatt und einen Stift heraus. Er beginnt, einen Kopf mit Gehirn zu zeichnen, und in das Gehirn malt er einen dunklen Knubbel.
»In unserem Gehirn ist kaum Platz für etwas anderes als Gehirnmasse, die exakt sortiert in Schichten ineinandergefaltet ist wie ein Blätterteigküchlein. Zwischen den Falten gibt es Raum für die Blutversorgung und andere Flüssigkeiten, die Nährstoffe etc. transportieren. Alles ist ständig in Bewegung. Alles folgt einer sehr ausgeklügelten Logistik, wer wen wann wohin transportiert.«
Dr. Laukner kritzelt wahllos Schlangenlinien in den Kreis, einige verbinden sich, andere kringeln sich allein auf dem weißen Blatt umeinander.
»Wenn sich, wie bei dir, Tammie, ein Blutklumpen ansammelt und eines der Gehirngefäße vergrößert, gibt es ein gehöriges Platzproblem.«
Jetzt malt er eine wilde Strichlandschaft in die Nähe des Knubbels, die zeigen soll, wie das Ypsilon die Gehirn-Blätterteig-Struktur wegdrängelt.
»Druck entsteht, der sich bei manchen Patienten in Kopfschmerzen zeigt, schreckliche dröhnende Schmerzen.«
Er schaut hoch und Fynn an. »Tammie hat Glück. Sie hat diese Kopfschmerzen nicht mehr.«
Die schwarzen Blitze, die vom Inneren des Kreises nach außen zeigen, sehen bedrohlich aus. Er malt viele schnell kreuz und quer auf das Blatt und redet weiter.
»Wenn man erregt ist, egal, ob Sex, Ärger oder Freude, glühen jene Areale im Gehirn, die für die jeweiligen Emotionen zuständig sind, was man in Untersuchungen sehen kann. Übersetzt heißt das, die entsprechenden Bereiche werden

besser durchblutet. Bei einem Orgasmus explodiert das Gehirn. Warum, weiß man nicht genau, aber fast alle Areale werden davon in Aufregung versetzt.«
Er nimmt einen roten Stift und übersät das Comicgehirn mit sehr, sehr vielen kleinen und großen Punkten.
»Dafür ist es nicht gemacht, jedenfalls nicht, wenn das ständig passieren würde. So ein Aneurysma kann besonders empfindlich auf die erhöhte Gehirnaktivität, die beim Orgasmus messbar ist, reagieren und platzen.«
Das Aneurysma wird mit einem Ausrufezeichen versehen, das dann durchgestrichen wird.
»Für dich, Tammie, sind Orgasmen gefährlich, aber niemand kann sagen, ob das wirklich so ist und ob etwas passieren muss. Ich habe Patienten, die haben Sex und viele Orgasmen und leben mit ihrem Aneurysma ein fröhliches Leben. Und ich kenne Patienten, denen ist das Ding geplatzt, als sie auf dem Klo saßen.«
Fynn und ich schauen auf die gekritzelte Zeichnung vor uns.
»Und was heißt das jetzt konkret?« Fynn hat ruhig zugehört, wirkt aber ein wenig eingeschüchtert von diesem Vortrag.
»Das heißt, seid lieb zueinander, probiert alles aus. Normalerweise hat die Frau nicht gleich einen Orgasmus, wenn der Mann in sie eindringt. Eigentlich gibt es viele, die eine Weile brauchen, bis sie einen haben.«
»Und wie merkt sie das?«
»Glaub mir, das wird sie sicher merken. Tammie, du wirst es merken, weil du dieses Gefühl noch nie zuvor hattest. Es ist eine Mischung aus Schmerz und Glück. Jedenfalls sagt mir das meine Frau immer«, sagt er grinsend.
Will er jetzt angeben?

»Und bevor man aufs Ganze geht, kann man ja auch andere Dinge probieren, aber das zu erklären …«
Dr. Laukner hält plötzlich inne, macht eine bedeutungsvolle Pause, lehnt sich auf seinem Stuhl zurück und schaut uns beide an.
»Das gehört nicht zu meiner Beratungstätigkeit, will ich damit sagen. Also«, wieder eine ernste, dramaturgische Pause, »ich würde da wohl zu sehr in die Privatsphäre eingreifen.«
»Das heißt, eigentlich können Sie gar nichts sagen oder raten?«, fragt Fynn.
»Nein, eigentlich kann ich gar nichts sagen oder raten. Das wäre vermessen. Niemand weiß wirklich, was die Dinger im Kopf machen und wie sie auf was reagieren.«
»Klingt wie russisches Roulette.« Fynn wirkt bedrückt.
»Nein.« Dr. Laukner ist hingegen vergnügt. »Nein, klingt wie das pralle Leben, würde ich sagen. Es tut mir leid, dass ich nicht klügere Dinge von mir geben kann.«
Endlich verstehe ich es. Ich verstehe, ich kann nichts, überhaupt nichts beeinflussen. Ich habe einen Freischein zum Genießen erhalten, den ich mir auch selbst hätte geben können. Ich stehe auf und umarme Dr. Laukner. Und er umarmt mich zurück mit seinen langen, schlaksigen Armen.
»Das war mal fällig. Schließlich kennen wir uns nun schon so lange. Sie haben sich eine Umarmung verdient.«
Ich verabschiede mich von einem verdutzten Arzt in Clownskittel. Fynn ziehe ich mit, er kann gerade noch ein Aufwiedersehen durch den Türspalt rufen.

Sobald wir außer Hörweite sind, hält mich Fynn zurück und zieht mich an sich. Ich sehe Sorge in seinem Gesicht.
»Tammie, kannst du mir erklären, warum du dich so über eine Scheißnachricht freust, oder habe ich da was nicht verstanden?«
»Du hast tatsächlich was nicht verstanden. Wie auch? Ist ja schließlich mein Ypsilon«, murmele ich in seine Wange.
»Es ist egal, ob wir aufpassen oder nicht, komplett egal und immer ein Risiko.«
»Und warum ist diese Nachricht so phänomenal?«
»Weil ich nichts beachten muss, ich kann einfach ... so Sex haben.«
Fynns Augenwinkel kräuseln sich zusammen.
»Ich kapiere es nicht, aber ich bin dabei.«

Vor der Tür liegt Okay im Bollerwagen und hechelt. Den Hundeknochen hat er nicht einmal angeknabbert. Fynn besorgt ihm Wasser, während ich ihn streichele. Okay hält seine Augen geschlossen und genießt meine Zuwendung. Fynn kommt mit einer Schale Wasser und dem Telefon am Ohr zurück, ich kann aber nicht erkennen, mit wem er spricht. Okay schlabbert gierig das Wasser. Fynn legt auf und massiert sanft Okays Rücken. Er schaut besorgt.
»Hey, alter Junge«, sagt er. »Knut hat angerufen. Wollen wir zum Friedhof? Da kannst du Bäume einatmen.«
»Ist etwas mit Okay?«
Fynn zuckt die Schulter. »Ich glaube nicht. Das Alter halt. Verdauungsprobleme, Rheuma, Atemnot.«
Er krault den Hund. Fynn und Okay wirken deutlich glücklicher, wieder miteinander vereint.

»Was wollte Knut?«, erkundige ich mich.
Fynn schaut hoch. »Eine Frau Blumentopf warte auf dem Friedhof, soll er mir ausrichten. Anscheinend will sie so lange warten, bis wir kommen. Sie hat ihn freundlich, aber bestimmt zusammengepfiffen, die alte Dame. Hast du dich vielleicht doch danebenbenommen und verschweigst mir das?«
Ich tue entrüstet. »Das glaubst du wirklich?«
Aber dass Frau Blumentopf uns zu sich bestellt, überrascht mich auch. Unser dummes Detektivspiel nimmt eine ungeahnte Wendung. Ich gehe voran, ziehe Okays Bollerwagen und Fynn an der Hand mit.
»Lass uns gehen. Vielleicht können wir ihr doch noch das Geheimnis um den Grabspruch der toten Frau Blumentopf entlocken.«

29

Frau »Blumentopf senior« sitzt frisch frisiert auf der Bank neben Frau Blumentopfs Grab und füttert Spatzen. Als sie uns in der Ferne erkennt, freut sie sich.

»Was für ein schöner Anblick. Pärchen mit Hund.«

Wir grüßen höflich und entschuldigen uns, weil wir nicht eher kommen konnten.

»Nein, ich muss mich entschuldigen, mein Kind. Ich war ganz schön verdattert, als du vor meiner Tür standst und mir diese merkwürdige Frage gestellt hast. Und dann noch deine merkwürdige Antwort auf meine Frage.«

»Es ist die Wahrheit. Ich suche einen Spruch für mich.«

»Nun, soll ich jetzt sagen, früh übt sich, oder davon ausgehen, dass du eine tödliche Krankheit hast?«

Zum Glück hilft mir Fynn aus. »Aber jetzt haben Sie uns gesucht. Was können wir denn für Sie tun?«

Frau »Blumentopf senior« erhebt sich und geht zum Grab von Frau »Blumentopf tot«, das nur ein paar Schritte entfernt von uns ist.

»Wer ist der Mann, der ab und zu zum Grab kommt?«

Fynn und ich sind komplett verdattert über diese Frage.

»Das wissen wir nicht. Aber wenn er kommt, legt er Steinchen auf dem Grabstein ab.«

»Ach, von dem sind die?«

»Was bedeutet das?«

Sie schaut uns durchdringend an und sagt dann mit einem

ernsten Ton: »Ein Zeichen der Trauer, Gedenken an die Toten.«
Dann nimmt sie einen Stein in die Hand.
»Wisst ihr, wo ich ihn finden kann?«
»Nur hier«, sagt Fynn. »Er kommt regelmäßig. Wir können Ihnen Bescheid geben, wenn er wieder da ist. Ich arbeite hier.«
Frau Blumentopf holt eine Visitenkarte hervor und gibt sie Fynn: »Bitte ruf mich an. Es ist dringend. Wir können ja einen Tauschhandel abschließen. Ihr macht mir den Kontakt zu diesem Mann, und ich verrate euch das Geheimnis des Grabspruchs.«
Sie geht mit einem Augenzwinkern und dem schon bekannten wackeligen Gang davon.
Auf ihrer Karte steht »Frau Tilda Blumentopf, Psychotherapeutin«, der gleiche Vorname, den auch der Grabstein trägt. Eine Tilda Blumentopf liegt auch unter der Erde. Und Okay döst immer noch in seiner Karosse vor sich hin.
Fynn überlegt. »Wir sollten Okay nach Hause bringen. Ich glaube, er sehnt sich nach dem Sofa. Kommst du mit? Meine Mutter ist nicht da. Sie hat heute Lover-Tag.«
Er sagt das beiläufig, und genauso beiläufig antworte ich.
»Das passt hervorragend. Ich nämlich auch, aber ich muss noch mal kurz nach Hause.«
Wir verabschieden uns. Ich muss versprechen, mich zu beeilen.
Dass ich mich auf ihn vorbereiten will, auf die kommende Nacht, die ich zu meiner ersten gemeinsamen mit Fynn erkoren habe, binde ich ihm nicht auf die Nase. Außerdem erinnere ich mich an meine Katzenwäsche am Morgen. Stin-

kend in eine erste Liebesnacht zu gehen, wäre nicht sehr vorteilhaft.

Während ich nach Hause laufe, rufe ich Pat an. Sie meldet sich gut gelaunt, was mich erleichtert. Didi ist zurück, und jetzt planen sie eine große Reise und den Kauf eines gemeinsamen Zelts. So schnell kann es gehen. Keine Erklärung, was passiert ist, und ich frage auch nicht nach. Sie würde es mir schon erzählen, wenn es wichtig wäre. Dann muss ich endlich, endlich Bericht erstatten. Ich beichte ihr, dass ich heute die Nacht der Nächte plane und dafür ein Alibi von ihr brauche. Ob ich offiziell bei ihr schlafen darf?
Ihr Jubelschrei ist laut, selbst durch das Telefon. Er schreckt die Dame auf, die neben mir auf dem Bürgersteig läuft. Natürlich ist sie mein Alibi, liebend gerne sogar, aber dafür muss ich ihr morgen alles bis ins kleinste Detail erzählen. Hauptsache, es wird romantisch, und das – Pat ist immer noch ganz flatterig vor Aufregung, obwohl es doch mein erstes Mal ist und nicht ihres – wird diese Nacht der Nächte sicher werden. Es wird pure, herzergreifende und mich für immer verändernde Kitschromantik werden, und das mit Karacho. Delikate Details darf ich weglassen, gehen sie eh nichts an, behauptet sie. Aber ich kenne sie besser. Ich weiß ja, wie sehr Pat an Einzelheiten interessiert ist. Wir verabschieden uns voneinander mit dem Versprechen, gleich morgen früh zu telefonieren.
Dann texte ich meinen Eltern, dass ich heute bei Pat übernachten werde. Da sie sich mit der ganzen Ausmistaktion zu Hause gerade in einer Umbruchphase befinden und ich ihre Reaktion nicht einschätzen kann, gehe ich lieber kein

Risiko ein und nehme diese Notlüge in Kauf. Wenn man die Wohnung ausmistet, wirft man auch einen Teil von sich weg. Und wer weiß, was das emotional mit meinen Eltern gerade macht. Sex ist für mich nun mal ein Tanz auf einem Drahtseil. Meine Mutter würde mir wieder etwas von meinem Recht auf zärtliches Vorspiel und multiple Orgasmen erzählen, während sie dann nachts vor Sorge um mich vergeht.

Zum Glück ist keiner zu Hause. Meine Eltern sind heute bei Freunden eingeladen. Wo mein Bruder ist, weiß ich nicht. Ich bin nur froh, allein zu sein. Ich durchforste unseren Kosmetikberg, alles bio, alles wohlriechende Essenzen, Cremes, Öle. Die Auswahl fällt schwer, denn zu sehr nach Verführung will ich auch nicht riechen, höchstens nach Entschlossenheit. Mandelmilchcreme mit Zitronenduft klingt unauffällig genug und riecht frisch auf meiner Haut. Ich hoffe, Fynn steht auf diese Duftkombination und samtweiche Haut.

30

Bei Fynn angekommen, setze ich mich aufs Sofa, während ich ihm beim Rödeln zuschaue. Er rennt vom Zimmer zur Küche, wieder zurück und ins Bad. Was er vorbereitet, verrät er mir nicht, aber die Vorfreude, mir seinen Masterplan zu präsentieren, ist groß. Dann hebt er Okay zu uns aufs Sofa und beginnt, den Hund mit einem Löffel zu füttern. Das Hundefutter hat er mit warmem Wasser verflüssigt. Okay lässt es geschehen, interessiert sich nicht weiter für uns, aber frisst langsam und kraftlos.

»Es geht ihm nicht gut«, sage ich.

»Nein, es geht ihm nicht so gut. Das letzte Mal, als er so drauf war, hatte er eine Magenverstimmung.«

Jimi stromert rein, sieht das freie Hundebett, sucht Okay und blinzelt kurz. Sie scheint zu verstehen, dass ihr Mitbewohner gerade pflegerisch versorgt wird. Jimi legt sich zu Okay auf das Sofa und legt ihre Tatze auf seine Pfote. Okay öffnet sein linkes Auge, schnauft kurz und legt seine Schnauze wiederum auf Jimis Pfote. Was auch immer die beiden da gerade ausbaldowern, es sieht rührend aus. Und wir Menschen verstehen es nicht.

Als Fynn fertig ist, bleibt Okay liegen, und Jimi kuschelt sich an ihn ran. Wir lassen die beiden in Ruhe. Fynn zieht mich in sein Zimmer, das er wahrscheinlich im Schnellverfahren aufgeräumt hat. Es liegt jedenfalls nichts herum. Hier und da stehen ein paar Kerzen. Sehr dezent. Es duftet wie in einem

Rosengarten, selbst die Bettwäsche sieht aus, als ob sie extra für mich strammsteht.
»Die Accessoires habe ich bei meiner Mutter geliehen.«
»Es ist wunderschön hier.«
»Und zur Feier des Tages: Tee.« Fynns Augen glänzen. »Extra-Blütenmischung ›Gehab dich wohl‹ oder so. Jedenfalls mit vielen wohlriechenden Kräutern und bunten Blumen.«
»Auch von Anne?«
»Ja, aber für dich. Den soll ich dir schenken. Mit Alkohol hast du es ja nicht so.«
»Und was hat sie dir noch gegeben?«
Fynn zückt ein Packung »extra gefühlsechte« Kondome.
»Die sind von ihr, ich habe mich nicht getraut, im Laden welche zu kaufen. Hinter mir standen zu viele Mädchen rum. Also, eigentlich sind die von ihrem Lover. Keine Ahnung, warum die so auf ›gefühlsecht‹ stehen. Passiert es auch, dass man nichts fühlt? Eigentlich hört und liest man doch nur super Storys über Sex.«
»Müssen wir dann wohl selbst rausfinden«, erwidere ich und küsse ihn. Ich lotse ihn zum Bett, bis wir platt drauffallen. Dass ich die Kondomkauf-Geschichte schon kenne, behalte ich lieber für mich.
»Ich mag deinen Flitzezahn, der kleine da seitlich, der so raussteht.«
»Rudiment aus Vampirzeiten, glaube ich.«
Fynn umarmt mich, küsst mich fordernd. Unter meinem T-Shirt spüre ich seine Hände meine Hüften umgreifen. Wir knutschen in allen Varianten und probieren einiges aus. Alles ist möglich mit Lippen auf Lippen. Zwischendurch bekommen wir eine Lachattacke, weil wir immer neue Ideen

haben und ausprobieren. Die Zunge ist eigentlich ewig lang und sehr beweglich, wenn man ihr eine Aufgabe gibt.
Zwischen Küssen und Knutschen fliegen ein paar Kleidungsstücke über die Bettkante, und irgendwann liegen wir wieder in Unterwäsche nebeneinander. Ich mag Fynns Körper, ich mag seine schlanke Kontur, die nicht verrät, dass sich Muskelpakete an seine Knochen schmiegen. Dass er mich noch dazu permanent verliebt anschaut, seine Augen im Kerzenlicht schimmern, seine Wangen sich rosa verfärben vor Liebe, ist kaum noch auszuhalten. Ich presse mich an ihn ran, weil ich festgehalten werden will, weil ich immer mehr in seiner Nähe sein will und immer tiefer in seiner Nähe. Und so, wie sich seine untere Hälfte anfühlt, will er das auch. Fynn hat einen Ständer, und weil er nichts dagegen machen kann, lachen und knutschen wir und fummeln beide an meinem BH herum, der sich nicht öffnen lässt.
»Gibt es BHs mit Klettverschluss?«
»Kannst du ja als Patent anmelden. Hält wahrscheinlich aber nur bei kleinen Körbchengrößen.«
Fynn hat den ersten Haken geöffnet, endlich. Er klebt mit der Nase über meinem BH-Verschluss.
»Das ist jetzt weniger romantisch.« Aber witzig, denke ich.
»Soll ich Musik anmachen?«
»Warum glauben Jungs immer, dass Mädchen Musik hören wollen? Ich will doch dich hören!«
»Mich hören? Bei was?«
»Beim Sex. Da ich nicht weiß, wie oft ich das erleben werde, muss ich alles mitnehmen, auch die schrecklichen Dinge.«
Fynn dreht mich sanft zu sich hin.
»Alles, was ich mache, mache ich gut, selbst das Stöhnen.«

»Klar!«
Ich mag es. Wir wälzen uns hier halb nackt auf dem Bett und foppen uns gegenseitig.
»Hat Nina auch gesagt.«
»Wer war Nina?«
»Ein Fehlversuch.«
»Schlimm?«
»Traumatisch.«
Ich drehe mich wieder auf den Bauch. Es soll sich weiter an meinem BH probieren. Fynn hakelt weiter an den Verschlüssen rum.
»Ich passte nicht in sie rein. Es tat ihr sehr weh. Mir auch übrigens, aber darüber redet ja keiner, ob es uns Männern auch wehtut, wenn das alles größenmäßig nicht zusammenpasst. War alles supergefühlsecht. Und bevor wir irgendwas anderes versuchen konnten, war es bei mir schon geschehen. Es war grässlich.«
»Und Nina?«
»Ist weggezogen. Ich habe sie nie wieder gesehen.«
Dann ein schwerer Augenaufschlag in Zeitlupe von Fynn, und mit leidender Stimme sagt er: »Und ich? Du solltest nach mir fragen. Ich bin hier traumatisiert worden.«
»Und du, armes Hascherl?«
»Will es noch mal probieren. Lass mich doch nicht von so einer Lisa von meinem ersten guten Sex abschrecken.«
»Eben hieß sie noch Nina.«
»Siehst du mal, wie schlimm es war. Selbst ihren Namen habe ich aus meinem Gedächtnis gelöscht.«
Fynn hat mittlerweile den zweiten Haken am Verschluss geöffnet.

»Ich bin aber auch kein leichter Fall.«

Ich liege immer noch mit dem Gesicht flach auf dem Kopfkissen und murmele in die Daunen hinein.

»Wenn du so bist wie dein BH, dann bist du schlimm, schlimmschlimmschlimm.«

Dann springt der BH-Verschluss endlich auf, und mein Rücken liegt frei. Die nächste Stufe: oben ohne mit einem Jungen im Bett – wieder eine Premiere. Ich bleibe liegen, bin unsicher, ob ich mich umdrehen soll oder nicht. Fynn legt sich zu mir und seinen Arm um mich. Wir küssen uns, während ich verklemmt meine Arme seitlich an meinen Oberkörper drücke. Nichts zu sehen, kein Busen, keine Warze, nicht einmal ein Ansatz von sekundären Geschlechtsmerkmalen. Ich liege da wie ein Nussknacker. Nur der Mund bewegt sich ab und zu, der Rest ist holzig steif zwischen den Falten der Bettdecke eingepasst.

»Was muss ich tun, damit du dich ein wenig entspannst?«

»Bin vollkommen entspannt.«

»Gibst du mir dann deine Hand?«

»Geht nicht. Dann bin ich nackt.«

Fynn hält inne, denkt, schaut mich an. Dann steht er auf und zieht sich sein T-Shirt aus. Jetzt liegt auch er mit nacktem Oberkörper neben mir.

»Das ist nicht dasselbe. Ich habe Busen, du nicht.«

Fynn steht auf, setzt sich auf die Bettkante und dreht sich zu mir. Mit einem vielsagenden Blick zieht er sich die Unterhose aus und legt sich wieder hin.

»Jetzt besser?«

»Ein bisschen«, sage ich amüsiert, vermeide den Blick in seine untere Etage und robbe mich an ihn ran. Meinen Busen kann er jetzt spüren, aber immer noch nicht sehen, so platt quetsche ich mich an seine nackte Haut. Er fühlt sich wunderbar an. Es ist nicht klar, wer von uns mehr glüht. Mir ist heiß in seiner Umarmung, ein leichter Schweißfilm bildet sich auf meiner Haut, während er mein Gesicht und meinen Hals liebkost und küsst. Irgendwann löse ich mich von ihm und gebe den Weg zu mehr frei. Abgesehen von meinen Socken, die auf meinen Füßen brennen und sicher sehr sexy an meinen Fesseln aussehen, fühle ich mich immer wohler, lasse Kuss für Kuss meine Hemmungen fallen, zeige mich halb nackt meinem nackten Freund. Fynn ist vorsichtig, seine Bewegungen sind zart, seine Küsse auf meiner Brust auch. Kein Kneten, kein Saugen. Und immer wieder und überall seine schönen Hände, die sich tastend an mir entlangbewegen. Mit geschlossenen Augen erkunden wir uns. Ich lerne von ihm und ahme seine Handbewegungen nach und vermeide seine Mitte, was er nicht tut. Irgendwann spüre ich seine Hand in meiner Hose, zögere, lasse es dann geschehen, gebe nach und spreize meine Beine. Er lässt seine Hand einfach auf mir liegen, nicht mehr. Wir kleben mit den Lippen aneinander und halten uns fest. Er zieht mir die Hose runter, erst mit der Hand, dann nimmt er seinen Fuß zur Hilfe, denn wir wollen uns nicht aus der Umarmung lösen. Ich küsse seine Brust, seinen Bauch, seine Arme und will mehr von allem. Das, was sich in mir aufbäumt, ist ein unbekanntes Gefühl. Wenn man mehr will, als möglich ist, ist es schmerzvoll und großartig zugleich, und ich verstehe, warum er in mich und ich in ihn kriechen will. Ich wünsche mir mehr als Nähe und mehr von diesem aufgeweichten Gefühl in meinem Körper, der angenehm

schwer geworden ist, faul und immer offener für Fynn und für das, was noch kommt.
Katzengeheul, begleitet von aufdringlichem Türkratzen katapultiert uns beide aus diesem Zustand heraus. Fynn reagiert genervt auf Jimis Show und schimpft sie aus, aber Jimi bleibt stur in ihrem Sirenenmodus und jault vor der Tür. Irgendwann scheint sie sogar mit dem Kopf dagegenzudonnern, denn wir hören, wie die Tür in den Angeln klappert. Unheimlich! Fynn steht auf, baut sich nackt vor Jimi auf, die ihn mit Schlitzaugen anschaut und aus ihren tiefsten Katzeneingeweiden hohe Töne jault. Dabei springt sie immer wieder in Richtung Wohnzimmer, rennt zurück, miaut, beißt Fynn ins Bein und faucht ihn an. Jimi benimmt sich komplett Banane, und genau das versetzt Fynn in Alarmzustand. Er sprintet nackt ins Wohnzimmer. Ich werfe mir die Bettdecke über und hechte hinter ihm her.
Fynn hockt neben Okay, der in seinem eigenen Erbrochenen liegt, die Augen geschlossen. Er atmet kaum noch, sein Kopf ist zur Seite gefallen. Fynn wird weiß im Gesicht. Als er Okay vorsichtig anfasst und ihn bei seinem Namen ruft, kann der Hund kaum die Augen öffnen. Fynn rennt zurück in sein Zimmer und kommt angezogen und mit dem Telefon am Ohr wieder zurück.
Ich halte Okay einen Esslöffel mit Wasser vor die Nase, aber er wendet seine Schnauze ab. Behutsam streichele ich seinen Kopf. Keine Reaktion. Dafür kreist Jimi nervös um uns herum, blinzelt immer wieder zu ihrem alten Kumpanen. Auch die Katze macht sich Sorgen. Fynn spricht mit Anne am Telefon.
»In der Bastelschublade?« Er reißt eine Schublade auf und

hält einen Geldschein in der Hand. »Ich hab's gefunden. Und wo muss ich jetzt hin? … Okay. Kannst du nachkommen? Gut, bis, bis gleich.«

Als er aufgelegt hat, schaut er mich an. Den Geldschein hält er in der Hand. Er zittert.

»Kannst du mitkommen? In die Tierklinik? Wir müssen Okay ins Taxi tragen.«

»Natürlich.« Ich zwinge mich, ruhig zu bleiben – für ihn. »Natürlich komme ich mit.«

31

Okay lässt sich kaum anfassen. Bei der kleinsten Berührung jault er auf, und Jimis Geheul ertönt als Echo gleich hinterher. Der Hund hat immer wieder Würgereize, die ihm die Kraft nehmen, auch nur den Kopf aufrecht zu halten. Er ist sehr schwach und kann nur getragen werden. Fynn ist sehr nervös, spricht seinem alten Freund aber trotzdem gut zu. Er macht sich und ihm Mut, dass bald alles gut wird und Okay nur tapfer bleiben muss.

Im Taxi setzen wir uns auf der Rückbank nebeneinander, breiten eine Plastikplane und eine Decke über uns aus und legen Okay darauf. »Ich hätte auf ihn aufpassen sollen.«

Fynn schweigt während der gesamten Fahrt in die Tier-Notaufnahme. Ich lege meine Hand auf seine, die auf Okays Kopf ruht. Der Hund scheint zu schlafen. Er atmet kaum und hat keinerlei Interesse an uns oder an dem, was um ihn herum geschieht.

Tierkliniken riechen anders als Krankenhäuser für Menschen, aber sie sind ebenso steril und unfreundlich eingerichtet. Wir sitzen in einem kahlen Warteraum auf unbequemen Plastikstühlen und warten, bis Okay und Fynn aufgerufen werden. Schlecht gerahmte Bilder von Katzenbabys und über Hürden springende Hunde sind der einzige Schmuck und die einzige Ablenkung für das Auge hier. Ich sitze vor einem eingestaubten Bild, auf dem sich Wellensittiche liebkosen. Leider sind wir ziemlich viele Patienten. Hunde, Katzen und ein Hase warten mit Herrchen und Frauchen auf den Arzt. Die Nervosität und Angst um das Wohl des Lieblings hält alle Tierbesitzer in einer aufgeregten Spannung. Nach etlichen Stunden in einem säuerlichen Duftgemisch aus Tierexkrementen, Angsthormonen und Putzmitteln fallen einigen von uns die Augen zu. Aufgeweckt werden wir vom Gewinsel eines schwarzen Hovawarts, einem riesigen Hund mit langem, glänzendem Fell, der von einem kleinen, bierbauchigen Mann reingetragen wird. Der Mann weint und schnauft. Der Hund jault und schnauft.

Der kleine Mann flüstert seinem Hund ins Ohr, dass alles bald gut werden wird für seinen lieben »Nelson«. Alle im Warteraum starren auf die klaffende Fleischwunde auf dem Rücken des Hundes. Ein Hautfetzen hat sich umgeklappt, Blut rinnt in dicken Tropfen aus der Wunde. Nelson scheint das Bewusstsein zu verlieren. Er kippt zur Seite und rührt sich erst wieder, als der kleine Mann um sich schreit, warum denn hier kein Arzt in der Nähe sei, es handele sich um einen Notfall. Endlich kommt eine Assistentin rausgetippelt, sieht den Hund, macht auf ihren zu hohen Absätzen eine Kehrtwende und bittet den Mann mit seinem Hovawart, ihr nach hinten in die Behandlungsräume zu folgen. Wir bleiben sitzen. Niemand kommt auf die Idee, sich über den Vordrängler zu beschweren, schaut auf sein Tier und ist erleichtert, nur zu den kleinen Notfällen zu gehören, auch wenn Fynn und ich immer mehr Grund zur Sorge haben. Okay dämmert nur noch vor sich hin. Fynn beugt sich zu Okay runter, legt vorsichtig seine Hand auf den Hundebauch.

»Er atmet.«

Aus dem Behandlungsraum hören wir den Hovawart laut um sein Leben bellen und knurren. Es klingt nach einem verzweifelten Kampf zwischen Mensch und Tier. Dann ein langes, aufsteigendes Jaulen von Nelson – und Stille.

Wir warten eine weitere Stunde. Zwischendurch kommuniziert Fynn immer wieder mit Anne, gibt ihr den Status quo durch. Endlich, mitten in der Nacht, kommt sie, steht uns zerzaust und mit verschmiertem Kajal gegenüber. Sie streichelt Okays Nase, umarmt ihren bleichen Sohn und füttert uns mit Butterbroten und Suppe aus der Thermoskanne. Okay will immer noch nichts fressen. Nach weiteren zwei Stunden schickt mich Anne mit einem Taxi nach Hause. Ich bin ein paarmal an ihrer Schulter eingenickt und habe ihren Pullover vollgesabbert. Als ich gehe, sind wir immer noch Nummer drei auf der Warteliste, hinter einer verängstigten Siamkatze mit Atemnot und einem übergewichtigen Dackel.

32

Ich döse mich durch die Nacht. Eigentlich warte ich auf Nachricht von Fynn, die nicht kommt. Immer wieder sehe ich den vor sich hindämmernden Okay vor mir, dem alles so egal geworden ist. Er schien keine Schmerzen zu haben, oder aber sie waren so stark, dass ihm nur noch die Flucht in die Ohnmacht half. Irgendwann gibt mein Körper doch nach, und ich drifte in einen steifen Schlaf. Die Textnachricht von Fynn weckt mich auf.

»SIND ZU HAUSE. OKAY HAT KREBS. ICH WILL HIER BEI IHM BLEIBEN. KANNST DU HEUTE FÜR MICH DIE SCHICHT AUF DEM FRIEDHOF ÜBERNEHMEN? MUSST NUR UN-KRAUT JÄTEN.«

»NA KLAR.«, texte ich zurück.

»KNUT WEISS BESCHEID UND ERWARTET DICH. ICH MELDE MICH. DANKE. ICH LIEBE DICH.«

Ich bin benommen von Fynns Nachricht. Sie bringt den Tod in mein Leben und das erste »Ich liebe dich«. Der Tag beginnt wunderschön und schwermütig zugleich.

Bei meiner Familie findet das Gegenprogramm statt. Das Ausmisten geht weiter und darüber hinaus. Meine Eltern und Ben sind schwer beschäftigt und haben gute Laune. Als ich ins Bad will, stehen mir Umzugskartons im Weg. Die Spur führt zu Ben, den ich pfeifend in seinem Zimmer finde, als er die Inhalte seiner Regale und Schränke in Kartons packt, die wild übereinanderstehen. Er ist bester Laune. Mein Vater

montiert gerade eine Wandlampe ab und verkündet: »Dein Bruder zieht aus.«
Mein Bruder pfeift weiter eine Melodie vor sich hin.
»Wird auch Zeit.«
Der Satz könnte eigentlich von einem Erwachsenen stammen, aber Ben lächelt, während er ihn sagt. War das selbstironisch?
»Und wann?«, frage ich ihn. Das Ganze hier ist irgendwie bizarr.
»Heute. Mein Kumpel kommt gleich mit seinem Kombi.«
Die Tageslichtlampe leuchtet gegen die Sonnenstrahlen an. War sie in Dauerbetrieb?
»Das ging ja schnell.« Ich wechsele einen vielsagenden Blick mit meinem Vater.
»Jetzt kann es ihm nicht schnell genug gehen.« Mein Vater versteht meinen leisen Sarkasmus.
Ben verstaut die Tageslichtlampe in einer Schachtel.
»Aber ist gut so, dann kann ich hier meinen Fitnessraum einrichten.«
»Darauf ist er schon die ganze Zeit scharf. Riecht nach Midlife-Crisis.«
Hier stimmt was nicht. Die beiden witzeln miteinander.
»Und weil ich so in einer ›Crisis‹ bin, habe ich für meine Kinder den Frühstückstisch gedeckt. Hunger, Tammie?«
Hunger? Nein, eher das Gegenteil. Aber ich flüchte mich in eine Ausrede. »Keine Ahnung, ist noch zu früh zum Denken.« Warum ich keinen Appetit habe, verschweige ich, sage ihnen nichts von meinen Sorgen um Okay und Fynn. Aber ich muss mich schnell aus dem Staub machen, wenn ich es dabei belassen will. Mein Vater hat den Du-hast-doch-was-Blick aufgesetzt.

»Schau mich mal an, Tammie?«
Ich hebe meinen Kopf und lasse Haarsträhnen dramatisch in mein Gesicht fallen.
»Bist du krank?«
»Ich nicht.«
»Wer?«
Pause. Alles, was mich aufregt, regt meine Eltern auf. Okays Krankheit wird dann auch zu ihrem Problem. Aber da es mir mein Vater schon angesehen hat, erzähle ich ihm besser alles.
»Okay.«
»Du siehst aber nicht okay aus.«
»Okay ist ein Hund, und mit dem war ich heute Nacht in der Tierklinik. Er ist krank.«
»Es gibt in deinem Leben einen Hund, der Okay heißt, mit dem du die Nächte in der Tierklinik verbringst? Ich dachte, du warst bei Pat? Wolltest du nicht bei Pat übernachten?«
»Habe ich auch … irgendwie, aber dann wurde Okay krank. War ein Notfall.«
Lügen ist anstrengend, und ich frage mich wieder, warum ich meine Eltern überhaupt anlüge, was Fynn betrifft.
»Muss ich mir jetzt Sorgen machen, weil ich nicht weiß, was du so treibst?«
Mein Bruder schaut auf und antwortet an meiner Stelle: »Wir wissen ja auch nicht, was ihr so treibt. Wir bekommen doch nur die schrägen Ergebnisse mit. Sportfimmel und so.«
Er trifft damit ins Schwarze. Mein Vater kann darauf nichts erwidern. Mir fällt die Kinnlade runter, Ben grinst immer noch. Er hat sich auf meine Seite gestellt, und das ist jetzt wirklich eine Neuigkeit.

»Keine Sorgen machen, Paps. Ich werde einfach erwachsen.« Was für ein beknackter Satz, ziemlich altklug, aber er passt wohl. Die Sorgenfalte meines Vaters verflüchtigt sich, und er nimmt sich die zweite Wandlampe vor. Ich stehe unschlüssig im Zimmer rum. Meine Gedanken wandern immer wieder zu Okay und Fynn zurück. Irgendwie muss ich mich für den Friedhof noch ansehnlich zaubern, auch wenn ich mich elend fühle nach dieser schrecklichen Nacht.
Fynn schicke ich noch eine Guten-Morgen-Nachricht, auch um mich zu erkundigen, wie es Okay geht. Die Antwort bleibt aus, und das bedeutet nichts Gutes. Ich bin nervös und rufe Pat an, brauche ihren Rat, will reden, will mir alles von der Seele reden. Das ist so neu für mich. Verliebt sein ist neu für mich und verwirrend.

33

Pat und ich treffen uns vor dem Friedhof. Sie ist noch unausgeschlafen, hat sich wegen mir aus dem Bett gequält und Didi weiter schnarchen lassen.

»Ich sage dir, wenn die älter werden, die Jungs, wird das sicher nicht besser mit dem Schnarchen. Chronische Nasennebenhöhlenverstopfung und Gaumenzäpfchendingsbums. Das wird mit den Jahren immer länger und rasselt im Luftstrom wie ein verdammter …« Ihr fällt kein passender Vergleich ein.

»Jedenfalls schnarcht er verdammt laut, und ich kann nicht schlafen.«

»Konnte ich letzte Nacht auch nicht.«

Pat dreht sich zu mir. Sie hat mir ein Nougatcroissant und Tee vom Bäcker mitgebracht und drückt mir jetzt beides in die Hand.

»Ich höre, Tammie, aber ich muss dabei frühstücken. Hungrig kann ich nichts Schlaues dazu beitragen.«

Ich erzähle ihr alles, erzähle ihr von meinen Eltern, und dass ich sie nicht mehr anlügen will. Ich werde doch älter als gedacht und will mein Leben leben – mit allem Drum und Dran. Und damit müssen sie sich einfach abfinden. Ich erzähle von der furchtbaren Hochzeit, von der nervigen Berit und von Anne, vom eigenwilligen Okay, von Jimi. Und von Fynns Händen, die sich in meine verschlingen, von seinen Küssen, und was in mir passiert, wenn Fynn mich anfasst.

Meine Angst ist groß, das nicht zu überleben, so verdammt groß, aber meine Sehnsucht danach ist größer. Ich erzähle ihr meinen Traum, den ich immer noch mit mir rumtrage. Und davon, wie schön ich mich fühle, wenn ich bei Fynn bin, manchmal, aber ich traue es mich nicht einmal zu denken. Wir reden ruhig miteinander und frühstücken dabei.
Sie hat auch übergroße, übergroße Angst, mich zu verlieren. Jeden Tag denkt sie daran, fast, nicht wenn sie mit Didi zusammen ist. Dann ist sie mehr mit sich beschäftigt und mit ihm. Aber das ist im Grunde genommen auch nicht immer so wichtig. Wichtiger ist es, füreinander da zu sein. Es ist viel wichtiger, einen Lippenstift auszusuchen und den dann nicht zu kaufen, wenn er einfach nicht passt. Ich soll mich wohlfühlen. Das ist ihr wichtig. Fynn ist der Richtige, so wie ich über ihn spreche, aber sie wird ihn sich dennoch genau anschauen. Und wehe, er behandelt mich nicht gut. Schließlich gehören er und diese Berit zur selben Familie, dieser »Diktator«. Sie schießt mit Befehlen und ihren Launen um sich, und es ist ihr völlig egal, wen sie damit trifft. Andererseits ist Fynn tierlieb und kann deshalb mit so einer merkwürdigen Spezies, wie ich sie bin, behutsam und artgerecht umgehen.
Pat wechselt von Spaß zu Ernst. Ich weiß, wie sehr sie mich liebt, und jetzt gerade sagt sie es mir in allen möglichen Varianten.
Die Croissants sind in unseren Händen aufgeweicht, der Tee ist kalt geworden. So sitzen wir eine Weile zusammen und schweigen uns harmonisch an. Dann schickt sie mich weg. Schließlich bin ich hier, um für meinen Freund einzuspringen. Und die erste Regel für eine glückliche Beziehung lautet: Sei zuverlässig. Wenigstens probieren muss man es.

Mitten auf dem Friedhof schaltet sich mein unterentwickeltes GPS wieder einmal aus. Es hat, glaube ich, etwas mit der Gleichheit und der Symmetrie um mich herum zu tun. Nicht ein Gang, der nicht im rechten Winkel angelegt ist. Nicht zwei Gräber nebeneinander, deren Zwischenabstand nicht zentimetergenau übereinstimmt. Monotonie so weit mein Auge sehen kann. Ich stromere an den Grabsteinen entlang und halte nach Knut Ausschau, also nach einem gelben Helm. Wie immer leuchten Frau Blumentopfs gelbe Blumen in der Ferne und locken mich an. Und wieder beschließe ich, einen bunten Grabstein für mein Grab auszusuchen. Hier fühlt man sich wie in einem Schwarz-Weiß-Stummfilm.
Ich schlendere, dafür rennt mein Gehirn im Zickzack. Themenwechsel ohne Ende. Meine Gedanken springen hin und her. Tilda Blumentopfs Visitenkarte in meiner Jackentasche. Derselbe Name steht auch auf dem Grabstein. Wie geht das zusammen? Zwei Menschen mit einem sehr ungewöhnlichen Namen, und die eine besucht die andere an ihrem Grab. Ich wandere weiter, überlege kurz, ob ich Knuts Namen rufen soll. Da es gerade so aussieht, als ob ich die einzige Besucherin auf dem Friedhof bin, würde das auch niemanden stören, meine Suche aber erleichtern und verkürzen. Dann muss ich an Fynn und Okay denken. An meinen Bruder, der auszieht, und an Pats Gefühlskladderadatsch, der so schnell und plötzlich verflogen ist. Wie kann Didi einfach so hin und her entscheiden? Ich bin komplett ausgefüllt von diesem großen Gefühl für Fynn. Das einfach so abzuschalten, scheint mir unmöglich. So könnte ich ewig im Kreis gehen. Und ich glaube, das tue ich auch, denn ich komme zum zweiten Mal an einem riesigen dunkelschwarz glänzenden Grabstein eines »Siegbert

Herr« vorbei. Der ist mir auf dem Hinweg schon aufgefallen, weil der Mann eben »Herr« mit Nachnamen heißt. Am Telefon stelle ich mir das eher kompliziert vor.
»Mein Name ist Herr, wie Dame.« Oder die Ansprache: »Sehr geehrter Herr Herr …« Das sieht doch immer nach einem Schreibfehler aus. Ob ihm der Name Glück gebracht hat oder nicht, mit dem gigantischen Granitblock wollte er der Nachwelt wohl sagen, jetzt geht es ihm gut, und niemand kann ihm etwas anhaben. Ich werde einen kleinen auswählen, einen klitzekleinen, hoffentlich.
»Auch dieses geht vorüber« ist auf seinem Stein in goldenen Buchstaben eingraviert. Die Farbe der Pünktchen über dem »u« und vom »o« ist abgeblättert, und so lese ich zuerst: »Auch dieses geht vruber«. Das ist sicher nicht im Sinne des Erfinders, ein weiteres Missverständnis in seinem Grabstein eingemeißelt zu haben. »Vruber« könnte ja auch ein Typ sein, zu dem Herr Herr sagt: »Auch dieses geht, Vruber.«
Aber abgesehen davon ist der Satz rätselhaft. Was genau geht vorüber? Der Tod? Das Unter-der-Erde-vor-sich-hin-Schimmeln? Hören die Maden plötzlich auf, sich vom toten Gewebe zu ernähren, es zu zersetzen? Mein Traum fällt mir wieder ein. Irgendetwas war vorüber, und etwas anderes hat begonnen. Und es war gut. Wie dieser Satz auf dem Stein von Herrn Herr.

Mittlerweile weiß ich gar nicht mehr, wo ich mich gerade auf dem Friedhof befinde. Außerdem werde ich langsam nervös, denn obwohl ich pünktlich zum Arbeitsbeginn auf dem Friedhof war, bin ich jetzt zu spät. Und immer noch kein gelber Helm in Sicht.

Ich stelle mich auf den großen Mittelgang und halte Ausschau. Ein ratterndes Geräusch nähert sich von hinten. Etwas, das wie ein Golfwagen mit Anhänger aussieht, kommt schnurstracks auf mich zugefahren, und so fröhlich, wie mir der Fahrer des Gefährts zuwinkt, kann das nur Knut sein. Er hat ein langes Gesicht und helle wache Augen. Seine Nase ist von tiefen Falten umrahmt, die Haut von der vielen Arbeit bei Wind und Wetter ledrig. Deshalb kann ich sein Alter nicht schätzen. Vielleicht ist er so alt wie mein Vater, aber vielleicht auch zwanzig Jahre älter. Jedenfalls ist er sehr sympathisch, wie er mir so grüßend entgegenfährt. Er trägt einen grünen Helm. Tarnfarbe. Kein Wunder, dass ich ihn nicht gesehen habe.
»Bist du Fynns Ersatz?«
»Ja, ich war pünktlich, habe Sie aber nicht gefunden.«
»Kannst mich duzen, bin Knut. Armer Kerl, der Fynn, schlimm, wenn das eigene Tier krank wird. Wäre eigentlich nicht nötig gewesen, dass du kommst, aber wir haben nächste Woche so was wie eine Inspektion. Es gab eine Ansage von ganz oben. Die wollen kein Unkraut sehen, kein Blättchen. Macht zwar keinen Spaß, dieses Rupfen, aber Steine schleppen ist nichts für ein Mädchen.«
»Fynn hat mir das mit dem Unkraut schon gesagt. Mach ich gerne.«
Er streckt mir eine kleine Harke und Handschuhe entgegen.
»Na dann, alles, was grün ist und aus der Reihe tanzt: Weg damit.«
Knut ist witzig und direkt und um keinen Spruch verlegen. Er streckt mir einen gelben Helm entgegen.

»Und falls dir ein Stein auf den Kopf fällt oder Vogelschiss, schützt du dich damit.«

Der Helm ist hoffnungslos zu groß, und die Handschuhe sind verknittert. Sie riechen nach altem Käse, und ich ziehe es vor, sie nicht anzuziehen. Knut zückt eine Liste und geht einen Gang weiter, baut sich vor einem Stein auf, nimmt Maß und umarmt den Stein, um ihn ordentlich zu rütteln. Nichts bewegt sich. Gut so, er geht zum nächsten. Ich stehe in der Nähe des Wasserhahns, wo Okay und ich uns zum ersten Mal getroffen haben. Mittlerweile kenne ich ihn besser. Als er mich bei unserem ersten Treffen aufforderte, Wasser in seine Schale zu gießen, war das eigentlich ein Kompliment. Okay hat wirklich einen speziellen Charakter und schenkt nicht jedem seine Freundschaft. Okay der Skeptiker, Fynn der Optimist. Sie sind so gegensätzlich und passen doch so gut zusammen. Ich kann mir den einen ohne den anderen nicht vorstellen. Und will es auch nicht.

Da mir Knut nicht gesagt hat, welches Grab ich zuerst bearbeiten soll, beginne ich dort, wo ich stehe, Grünzeug zu rupfen. Die armen Pflanzen, erst erkämpfen sie sich ein wenig Platz zwischen den Ritzen, um dann von einer Aushilfskraft brutal ausgerissen zu werden.

Nach einer Weile steht Knut vor dem gigantischen Stein von Herrn Herr. Ich frage mich, warum der überhaupt gerüttelt werden muss. Der sieht aus, als ob er direkt aus der Erde gewachsen ist. Die Abmessung dauert aufgrund der Größe des Steins länger als bei den anderen Steinen. Es herrscht konzentrierte Stille auf dem Friedhof. Dann ein Aufschrei von Knut.

»Ha! Der bewegt sich. Das Monster bewegt sich!«

In sich hineinlächelnd, läuft er zu seinem Wagen und zieht eine Kiste unter einer Plane hervor.
»Mensch Meier, so ein großes Ding, und es steht nicht.«
Unklar, ob er mit sich selbst oder mit mir spricht.
»Hey du«, ich glaube, jetzt meint er mich, »Freundin von Fynn, komm mal her.«
Ich bin gerade mit meiner Handlangertätigkeit in einen angenehmen Trott gekommen, aber »Freundin von Fynn« klingt … erhebend. Ich stehe auf.
»Hier festhalten. Wie heißt du noch mal?«
»Tammie«, sage ich, unsicher, was zu tun ist, denn er kommt mir mit der riesigen Kiste entgegen. Er drückt sie mir in die Hand. Darin liegen ineinander verknotete Seile.
»Drösel die mal auseinander.«
Mit diesem Wirrwarr könnte ich einen Nachmittag beschäftigt sein. Ich entknote, er drapiert etwas, was wie ein Gepäckbefestigungsgurt für das Autodach aussieht, um den monumentalen Grabstein herum und knotet die Enden an Metallheringe in der Erde.
»So, jetzt kann er nicht kippen.«
Das ist also eine Sicherheitsmaßnahme und keine Verpackungskunst.
»Warte hier.«
»Na klar.« Habe ja auch genug zu tun mit dem gordischen Knoten.
Im Wegfahren ruft mir Knut noch zu: »Und ja nicht weggehen. Das Ding ist saugefährlich. Pass auf, dass es nicht kippt.«
Gut, ich stelle mich vor Herrn Herrs Grabstein und beobachte ihn genau. Nichts. Nichts bewegt sich, nicht einmal

eine Ameise, die darüberkrabbelt und die Statik hopsgehen lassen könnte. Wenn der kippt, werde ich ihn sicher nicht auffangen, dafür ist mir der Ausgang dieses Duells zu eindeutig. Aber ich will Fynn ein guter Ersatz sein und halte die Stellung und warte und beobachte eine anstrengende Ewigkeit lang, bis mir die Füße schmerzen. Um nicht zu versteifen, wechsele ich das Standbein, mal stehe ich eher auf dem linken, mal auf dem rechten. Das wird dann auch irgendwann monoton. Von Knut ist nichts zu sehen. Ich warte weiter. Irgendwann sehe ich aus dem Augenwinkel jemanden über den Friedhof huschen. Wenn ich mich nicht täusche, geht der Mensch in Richtung Frau Blumentopfs Grab, aber um sicher zu sein, müsste ich meinen Kopf drehen und den Stein aus den Augen lassen. Wenn das der Mann ist, den ich abfangen und zu Frau »Blumentopf senior« bringen soll, habe ich meine Chance verpasst. Was würde Fynn tun? Seinen Job riskieren oder sein Versprechen gegenüber einer Unbekannten halten?

Ich drehe mich um – und sehe den Mann an Frau Blumentopfs Grab tanzen. Langsam gehe ich rückwärts in seine Richtung und bemühe mich, dabei das Grab im Blick zu behalten. Obwohl ich versuche, mich so unauffällig wie möglich zu nähern, bemerkt mich der Mann und beendet sofort seine Choreografie. Sorgenvoller Blick, kurzes Zögern. Er dreht sich abrupt um und geht, rennt fast davon. Ich muss mich beeilen, damit ich ihn einholen kann. Und das mit XXL-Helm auf der Birne, der mir immer nach vorne rutscht und die Sicht nimmt.

Ich hole ihn leider nicht ein, bleibt nur, ihm zuzurufen: »Warten Sie bitte!«

Er will nicht hören, flüchtet weiter vor mir im Laufschritt.
»Entschuldigung, kann ich Sie kurz sprechen?«
Ich will nicht rennen. Das sieht einfach zu blöd aus, und den Grabstein habe ich auch längst verraten.
»Stopp!«, rufe ich laut, er bleibt stehen. Erstaunlich.
Als ich bei ihm ankomme, nehme ich mir erst mal diesen beknackten Helm ab.
»Guten Tag, bitte entschuldigen Sie, dass ich Sie störe. Mein Name ist Tammie, und ich arbeite hier, aber nur heute … egal. Sie … jemand sucht Sie, ich meine, jemand will Sie sprechen.«
Der Mann ist sehr verunsichert. Sein Blick sucht links und rechts entweder einen Fluchtweg oder Hilfe, aber auf dem Friedhof ist einfach keiner unterwegs. Alles tot.
»Und … und wer?«
»Frau Blumentopf, eine, die lebt … ich meine, eine von den Blumentöpfen. Davon gibt es mindestens zwei, zusätzlich zu der hier auf dem Friedhof.«
Miserable Vortragsqualität würde Fynn jetzt sagen. Warum ich nervös bin, weiß ich auch nicht. Vielleicht, weil ich mich mal wieder in das Leben eines Fremden einmische.
»Eine ältere Dame, Tilda Blumentopf heißt sie. Mehr weiß ich nicht.«
Beim Namen zuckt das linke Oberlid des Mannes.
»Und warum?«
»Das kann ich Ihnen auch nicht sagen. Sie will Sie einfach sprechen.«
Der Mann schaut weiterhin irritiert.

Dann ein Knall, sehr laut. Aus der Richtung, aus der das Geräusch kam, ist nur eine große Staubwolke zu sehen. Es ist ungefähr der Punkt, an dem ich stand.
Herrn Herrs Grabstein ist umgefallen und liegt bewegungslos auf zerquetschen Blumen, die seitlich herausquellen.
Der Staub weht zu uns herüber. Wir starren beide den Stein an, der wie eine Endmoräne Erde vor sich aufgeschüttet hat. Mein erster Gedanke: Hoffentlich verliert Fynn meinetwegen jetzt nicht seinen Job. Mein zweiter Gedanke: Hoffentlich ist Herrn Herrs Leiche schon vermodert. Die Erschütterung würde sicher das Fleisch von seinen Knochen ablösen. Als ich mich wieder zu dem Mann umdrehe, ist er verschwunden. In einiger Entfernung sehe ich ihn zügig davongehen. Er flüchtet vor mir. Ich zögere. Mir bleibt nichts anderes übrig, als ihm doof hinterherzurennen, wenn ich meine Mission erfüllen will. Je schneller ich ihm folge, umso schneller wird sein Schritt. Irgendwann fängt auch er zu rennen an, und eine Verfolgungsjagd auf dem Friedhof beginnt. Warum er im Zickzack durch die Gräberreihen rennt, ist unklar. Ein ziemlich schlechtes Manöver, um mich abschütteln zu wollen, denn erstens finde ich es albern, ihn jagen zu müssen, und zweitens bin ich schneller, und er ist überall zu sehen. Rennende Menschen auf einem Friedhof fallen ziemlich auf. Als ich Fynn zum ersten Mal gesehen habe, ist er auch gerannt. Jetzt sitzt er wahrscheinlich neben Okay und versucht, ihn zu füttern. Was zum Teufel mache ich hier, wenn ich doch nur bei Fynn und Okay sein möchte?
Ich habe den Mann eingeholt und spreche ihn von hinten an: »Bitte, wo kann Frau Blumentopf Sie finden?«

Er verlangsamt seinen Schritt, hat verstanden, dass flüchten zwecklos und albern ist, aber er schaut mich nicht an.
»In der *Sonne*. Da bin ich immer ab sechs Uhr abends.«
»Wo ist das? Und was ist das?«
Der junge Mann bleibt stehen. »Was will sie von mir?«
»Ich weiß …« Den Satz kann ich nicht zu Ende sprechen.
»Hey, Freundin von Fynn, Hey du!!!« Knuts Stimme hallt quer über den Friedhof.
Ich drehe mich nach ihm um. Der Mann nutzt den kurzen Moment der Ablenkung, um zu verschwinden. Dieses Mal richtig.

Knut steht vor dem Stein und kratzt sich den Kopf. Mittlerweile ist der Friedhof nicht mehr ganz so leer. Einige Besucher haben sich zu ihm gesellt, starren das gefallene Monstrum an.
»Gut, dass Herr Herr schon tot ist.« Knut kontrolliert die Heringe, an denen er den Stein befestigt hat. Einer, er hält ihn ratlos in der Hand, ist in der Mitte durchgebrochen.
»Sieht nach Sabotage aus«, raunt er in die Runde und präsentiert den halben Hering.
»Du bist ja ein Witzbold, Knut. Wer soll denn hier wen sabotieren?«, sagt eine ältere Dame.
»Keine Ahnung, Theda, aber von allein ist der sicher nicht durchgebrochen, der Hering.«
»Wie viele Jahre laufen wir hier nun schon rum? Nicht einmal ein Vogel hat uns auf den Kopf geschissen. Endlich passiert mal was in dieser Einöde, und du kommst mit einer Verschwörungstheorie. Mann, Mann, Knut.«
Die ältere Dame amüsiert sich, eine andere bekreuzigt sich.

»Das ist ein schlechtes Omen, sag ich, ein sehr schlechtes«, flüstert sie uns zu.

»Stimmt, das wird teuer.«

Theda schaut grinsend in die Runde: »Macht wenig Sinn, der reichste Mann auf dem Friedhof zu sein. Ich würde den Stein liegen lassen, Knut. Dann fällt er wenigstens auf. Sieht ja sonst alles gleich aus hier.«

Sie lächelt Knut zu, der immer noch mit finsterer Miene vor dem Grab steht, verabschiedet sich und geht. Die Nervöse bekreuzigt sich ein weiteres Mal und entfernt sich auch. Alle anderen schauen weiterhin betreten auf das liegende Ungetüm. Knut versucht, seine Seile unter der Steinleiche hervorzuziehen, und ich stehe dumm rum.

»Ich habe wirklich aufgepasst, musste nur kurz auf die Toilette.«

Lüge, schon wieder.

»Ist ja nicht deine Schuld. Warst im richtigen Moment pinkeln, sonst müsste ich deinen Eltern und Fynn jetzt was erklären.«

Knut setzt sich auf das Grab, müde und nachdenklich.

»Lass das mal für heute mit dem Unkraut sein. Hier muss jetzt sowieso erst das schwere Gerät ran.«

Ich verstehe zwar nicht, was das mit dem Unkraut zu tun hat, aber Knut braucht mir das nicht zweimal zu sagen.

»Dann, auf Wiedersehen.«

Er beachtet mich nicht mehr. Ich glaube, er tätschelt den Stein und tröstet ihn nach dieser traumatischen Erfahrung.

Vor dem Friedhofseingang wird mir schlecht, meine Knie sind zittrig. Ich setze mich auf eine Parkbank und atme das

Grün um mich herum ein. Menschen kommen, verschwinden hinter dem Tor, andere tauchen auf. Besucher, die ruhig und besonnen einen Schritt vor den anderen setzen, um die Toten nicht in ihrer Ruhe zu stören. Sie zu sehen, beruhigt auch mich.

Hat mir jetzt der junge Mann das Leben gerettet oder meine Unzuverlässigkeit, weil ich nicht auf den Grabstein starren wollte? Ich könnte jetzt zerquetscht darunter liegen. Dieser Gedanke kommt mir auf dem Weg nach Hause. So schnell kann es gehen. »Mädchen von einem Grabstein erschlagen«. Ziemlich gute Schlagzeile.
Wenn ich durch mein Ypsilon sterbe, wird es keine Schlagzeile geben. Wie Pat sagt: von jetzt auf gleich tot. Und wie Fynn sagt: Das geht uns allen so. Eigentlich bin ich also keine Ausnahme. Ich bin einfach ein Mensch, und Menschen sterben eben. Nur habe ich ein erhöhtes Risiko. Beides ist richtig, und doch hat mich das umgekippte Granitmonster wieder an diesen Riss in meiner Biografie erinnert. Dass ich erinnert werden musste, heißt, ich habe es vergessen. Ich war die letzten Tage weniger mit mir als mit den anderen und vor allem mit Fynn und Okay beschäftigt. Es fühlt sich gut an, nicht nur um sich selbst zu kreisen, sondern mit anderen gemeinsam durch das Leben zu gehen. Und mit Fynn auch zu tanzen.
Handycheck: keine Nachricht von ihm.
Er schreibt nicht, weil er mit seinen Gedanken nur bei Okay ist. Okay hat Krebs, und Fynn liebt mich. Gegensätzlicher könnte seine letzte Nachricht nicht sein. Aber mir geht es nicht anders. Dass der Hund so krank ist, schnürt mir die

Kehle zu. »Ich liebe dich« gesagt zu bekommen, ist ein so großes Geschenk. Ich möchte es Fynn gerne zurückgeben. Ich liebe ihn auch. Wenn dieser Eintopf an Gefühlen eines sein kann, dann Liebe.

Obwohl ich Fynn sehr vermisse, gehe ich nicht unangemeldet zu ihm. Ich glaube, er will mit Okay allein sein, sonst hätte er mir geschrieben, und ich respektiere seinen Wunsch, so schwer mir das Warten auch fällt.

Unsere Wohnung ist wie verwandelt, als ich sie betrete. Sie atmet Platz. Der ganze Plunder ist verschwunden. Nirgendwo hängen Kleider schief auf kaputten Bügeln oder stapelt sich altes, wackeliges Geschirr, und im Wohnzimmer fehlt das ranzige Sessel-Duo. Es haben zu lange zu viele Hintern darauf gesessen und ihre Düfte in das Polster geschossen.

Ben und mein Vater haben mittlerweile das Zimmer komplett geräumt, dafür ist die Rudermaschine aus dem Wohnzimmer in Bens Zimmer gezogen. Meine Mutter bemerkt mein gedankenverlorenes Herumlatschen in der Wohnung. Ich gehe mal in das Wohnzimmer, dann wieder in die Küche und kontrolliere andauernd mein Handy. Das Bild des fallenden Grabsteins kann ich nicht aus meiner Erinnerung löschen. Er fällt und steht wieder auf, steht plötzlich wieder da, Knut sortiert Seile, der junge Mann rennt weg, und der Stein fällt und fällt auf mich zu, stoppt kurz vor meinem Kopf und stellt sich wieder aufrecht hin. Ich bin am Leben.

Fynn meldet sich auch am nächsten Morgen nicht.

Ich stochere in meinem Frühstücksmüsli herum, zwinge mich, ein paar Löffel zu mir zu nehmen, denn ich rechne mit dem Schlimmsten und damit, dass Fynn meine Hilfe und meine Kraft brauchen wird. Also muss ich mir Kalorien reinschaufeln. Meine Eltern schleichen um mich herum, trauen sich nicht, mich anzusprechen. Ich habe ihnen und Pat alles erzählt. Von Pat bekomme ich alle halbe Stunde eine Mutmach-Nachricht und von meinen Eltern sorgenvolle Blicke und holprige Versuche, mich zu trösten. Mal stellen sie mir Obst hin, mal Schokolade. Okay liegt wahrscheinlich im Sterben, und obwohl Pat Fynn nicht kennt, weiß sie, wie sehr es mich mitnimmt. Wenn es Fynn schlecht geht, geht es mir schlecht, und es wird ihm schlecht gehen, wenn Okay stirbt. Es ist nur eine Frage der Zeit.

Dann kommt endlich eine Nachricht von ihm.

»KANNST DU LEBERWURST BESORGEN UND HERKOMMEN?«

»BIN AUF DEM WEG.«

Die Leberwurst ist ein Abschiedsgeschenk. Ich lasse Müsli Müsli sein, renne aus dem Haus, zum Supermarkt, kaufe Wurst für Okay und Eis für Fynn und Anne.

34

Bei Fynn macht niemand auf. Das Eis schmilzt im Plastikbecher, und ich fühle mich auch irgendwie schlapp. Ich schicke eine Nachricht, setze mich vor die Tür und warte.

»SIND WIEDER IN DER KLINIK. ICH MELDE MICH. KUSS.«

Fynns Nachricht ist so kurz, mir wird ganz übel.

»WIE GEHT ES OKAY?«

»NICHT GUT.«

Und dann passiert eine Zeit lang gar nichts. Mit Eismatsch in der einen und Leberwurst in der anderen Hand sitze ich vor der Haustür und versuche, die Anspannung wegzuatmen. Ich werde auf Okay und Fynn warten, darauf warten, dass er Okay zurückbringt. Und wenn nicht, dann möchte ich auch hier sein. Tagträume lullen mich ein, Bilder, die mich noch ängstlicher machen: Menschen, die sich bekreuzigen. Fynns sorgenvolles Gesicht. Annes vom Kajal verschmierte und traurige Augen. Ein blutender und kläffender Hovawart. Ich sehe Okay vor mir, wie er zusammengefallen auf dem Boden der Tierklinik liegt und kaum noch bei Bewusstsein ist.

Okay wird sterben. Er wird verschwinden, einfach nicht mehr sein. So viele Jahre beschäftige ich mich nun schon mit dem Verschwinden und habe niemals jemanden sterben sehen. Oder vielleicht doch fast?

Vor vielen Jahren hatten wir Holzwürmer in unserer Küchenarbeitsfläche. Eigentlich war es nur einer, aber der war sehr gierig. Jeden Tag fräste er sich in einer anderen Ecke ein neues Guckloch. Er wurde zum täglichen Gesprächsthema und irgendwie ein Mitglied der Familie. Meine Mutter meinte, man müsse ihm einen Namen geben, dann würde er von alleine gehen. Aber er hielt sich nicht an diese innovative und mitfühlende Idee, schlug sich weiter den Bauch voll und uns Löcher in die Holzplatte – und hieß nun Theo. Nach Loch 23 war dann Schluss mit Tierschutz und Mitgefühl. Wir haben es mit Erfrieren probiert, haben die Holzplatte bei Minusgraden auf den Balkon gestellt. Der Holzwurm überlebte sibirische Temperaturen. Danach wollten wir ihn ersticken und wickelten die Platte in Plastik ein. Theo fraß weiter Löcher in das Holz und holte Luft, wann er konnte. Dann kam meine Mutter mit der Chemiekeule. Das Zeug stank so sehr, sie hängte ein »Betreten-und-Anfassen-verboten«-Schild an die Platte. Ich wollte wissen, wie es Theo erging, und klopfte an der Holzplatte. Theo krabbelte aus einem der Löcher und blieb japsend liegen. Er sah gar nicht aus wie ein Wurm, lang und dünn, sondern war eher rundlich und dick und ähnelte einem Käfer. Vor mir lag eine kleine, längliche Kugel, die pulsierte. Nach wenigen Sekunden bewegte er sich nicht mehr. Seinen letzten Atemzug habe ich verpasst, aber ich war Zeugin eines Holzwurmtods, und irgendwie hat mich das ergriffen. Vor mir lag ein Lebewesen, das ich erst aus seiner Heimat vertrieben und dann getötet habe. Vor mir lag eine Leiche. Bis heute überlege ich, ob wir ihm nicht die Arbeitsplatte hätten überlassen sollen. Es war ja auch sein Zuhause.

Die Platte brach ein halbes Jahr später in zwei Hälften, einfach so und ohne Vorankündigung. Theo hat in seinem kurzen Leben ganze Arbeit geleistet und einen Tunnel mitten durch das Holz gebohrt. Das hat die Arbeitsplatte nicht ausgehalten und ist dann auch gestorben.

Mittlerweile hat die Leberwurst Form und Farbe verloren, und das Eis hat sich komplett verflüssigt. Meine schwitzenden Hände tun beiden nicht gut. Ich überlege, was ich machen soll, wenn es dunkel wird. Und dann kommt doch noch ein Zeichen von Fynn.

»SIND GLEICH WIEDER ZU HAUSE. WO BIST DU?«

»VOR EURER TÜR UND WARTE.«

»GLEICH DA. DANKE FÜR DICH!«

Was meint er damit? »Danke für dich«.

Fynn und Anne fahren mit ihrem alten Wagen direkt vor die Tür und parken in der zweiten Reihe. Autofahrer hinter ihnen hupen. Anne schimpft zurück und bleibt dort stehen, wo sie ist, und als ich Okay sehe, verstehe ich auch, warum. Fynn hält ein zerbrechliches Bündel in seinen Armen. Okay hat keine Kraft mehr und lässt sich hängen, hat seine Nase unter seiner Pfote versteckt, als ob er in diesem lädierten Zustand nicht gesehen werden will. Vorsichtig steigt Fynn aus dem Auto aus, um Erschütterungen zu vermeiden. Er hält Okay wie ein Neugeborenes.

»Sie wollten ihn einschläfern«, flüstert er, als er bei mir ist. »Mama hat getobt und den Arzt dazu gezwungen, Okay ein starkes Schmerzmittel zu geben, so wie man das bei Menschen tun würde. Du hättest sie mal sehen sollen, wie sie den angefahren hat.«

Fynn versucht, es Okay so leicht wie möglich zu machen, und übersieht dabei, wie sehr er selbst leidet. Er spricht nicht nur

leise, er kann kaum die Worte hintereinander sortieren. »Wir wollen, dass er bei uns ist, wenn er stirbt.«
Okay wirkt sehr abwesend. Kaum sind wir in der Wohnung, kommt Jimi angerannt, sieht ihren Kumpel und miaut ihn an. Okay scheint die Katze zu hören, denn er öffnet ein Auge und schaut seine Mitbewohnerin ruhig und lange an. Jimis Atem wird schneller, während sie wie festgefroren auf einer Stelle steht und verstummt.
Fynn legt Okay in sein riesiges Hundebett. Jimi schleicht sich an, legt ihre Schnauze auf Okays Nase, schließt ihre schönen Katzenaugen und bleibt so liegen.

Fynn ist stark, aber ich sehe seinem blassen Gesicht an, er hat im Flur der Tierklinik Ozeane geweint, nicht geschlafen und fürchtet sich vor dem, was unweigerlich kommen wird. Auch Anne schleicht durch die Wohnung, macht Tee und Brote für uns. Wir sitzen auf dem Sofa, knabbern appetitlos unseren Snack und beobachten Okay und Jimi.
Die Katze hat sich mittlerweile noch enger an ihren Freund geschmiegt und liegt dort regungslos wie er selbst, atmet ihm zu. Eine Pfote hat sie auf seinen Kopf gelegt.
Der Hund hat in den letzten Tagen etliche Kilos verloren, ist feingliedrig, fast durchsichtig geworden. Sein Atem klingt wie das Röcheln einer verstopften Klimaanlage, seine Augen sind glasig, wenn er sie für kurze Momente öffnet. Wir schauen dem Tod zu.
Die Haustürklingel kreischt schrill in unseren Ohren.
Annes Schwester Berit kommt reingestakst, hat zum Glück so viel Sensibilität, unsere traurige Stimmung zu bemerken, was sie aber nicht von ihrem Plan abbringt, Wichtiges mit

Fynns Mutter besprechen zu müssen. Sie streckt ihr etwas Grünes entgegen: einen kleinen, handgeknüpften Teppich, der farblich nicht in ihr Wohnzimmer passt. Annes Hochzeitsgeschenk. Das helle Grün der Fransen ist ihr zu frühlingshaft. Sie hantiert und fuchtelt damit vor Anne herum. Wenn sie sich anfangs an die Stille angepasst und geflüstert hat, so wird sie jetzt immer lauter. Sie stört und merkt es nicht, fordert Aufmerksamkeit für ihr Problem, obwohl etwas Wichtigeres im Raum schwebt. Sie versteht nicht, wie sich Anne nur so irren konnte, denn sie kennt doch Berits Geschmack und Sinn für Ästhetik. Ob sie denn das Geschenk nicht doch wieder umtauschen könnte. Das ist doch das Mindeste, wenn sie sich schon so vergriffen hätte.
Fynns Unterarmmuskeln sind angespannt, die Adern quellen bläulich hervor. Er steht ruhig auf, dreht sich zu Berit um und spricht sie mit leiser, fester Stimme an: »Niemand erträgt es, immer kritisiert zu werden. Niemand, auch nicht meine Mutter. Okay liegt im Sterben. Entweder du hältst jetzt den Mund oder du gehst. Mit Teppich. Tausch ihn selber um.« Dann setzt er sich wieder hin und dreht ihr den Rücken zu. Berit wird bleich. Blick zu Anne, Blick zu mir. Niemand reagiert auf sie. Sie geht, lässt den Teppich auf dem Tisch liegen. Wir sind wieder allein und bei Okay.

Fynn legt sich zu ihm, doch als er ihn streicheln will, zuckt Okay zurück. Er lässt sich nicht anfassen. Jede Berührung scheint ihm unangenehm zu sein. Die Leberwurst, die ich ihm vor die Schnauze lege, ist komplett uninteressant. Okay hat nicht mehr die Kraft zum Schnüffeln seiner Lieblingsspeise.

Okay und Fynn liegen auf dem Hundekissen. Sie liegen nebeneinander, haben sich die Köpfe zugewandt, blinzeln sich ab und zu an. Tränen laufen Fynn über die Wangen. Sie hinterlassen einen dunklen Fleck auf dem Stoff. Ich lege mich hinter Fynn, umfasse ihn sanft und wortlos. Sein und Okays Oberkörper heben und senken sich im Gleichklang. Dann höre ich sie. Okays Tränen. Er weint Tränen und begleitet jede einzelne mit einem leisen Röcheln. Die Abstände zwischen Okays Atemzügen dehnen sich aus. Fynn wartet auf Okays letzten Moment. Und Okay bittet ihn, bei ihm zu bleiben, ihn mit seinem Blick zu beschützen, indem er kleinste Bewegungen mit seiner Pfote in Richtung Fynn macht. Er schiebt sie nach vorne, bis Okay mit seinen weichen Hundetapsen Fynns Wange berührt. Fynn krabbelt mit seinen Fingern ruhig zu Okays Bauch, fasst ihn aus Sorge, ihm damit Schmerzen zuzufügen, nicht an. Aber ein Fellzottel, eine von Okays versteckten Rastalocken, steht ab, und an diese legt Fynn die Fingerkuppe seines Zeigefingers. Sie haben sich. Okay öffnet die Augen und scheint Fynn genau zu betrachten. Er schwenkt sein Gesicht ab, als ob er sich die Gesichtszüge seines Freundes in die Erinnerung schreiben will. Okay schenkt mir und Anne auch einen Blick, um ihn dann wieder auf Fynn zu richten und plötzlich nach innen zu wenden. Seine Augen werden starr, er hält die Luft an, reißt die Hundebrauen hoch und atmet lange, leise und befreiend aus.

Wir liegen. Wir liegen und warten, bis unsere Körper die Kraft zum Aufstehen gesammelt haben. Okays Augen sind geschlossen, sein Körper ist erschlafft. Seine Pfote ist von Fynns Wange auf seinen Mund gerutscht und liegt nun auf den Lippen seines Herrchens für einen letzten Kuss. Fynn hat seine Hand auf Okays Bauch gelegt. Er hebt und senkt sich nicht mehr.

»Wie schnell es geht. Er wird kalt.« Fynn flüstert in Okays Pfote. Ich lausche, liege regungslos neben ihm und versuche, ihn in seiner Trauer nicht zu stören. Jede Bewegung wäre jetzt zu viel. Das, was ist, wird uns für immer verändern. Und ich möchte für Fynn da sein. Auch er bewegt sich kaum. Auch er hat die Augen geschlossen, scheint etwas Unsichtbarem zuzuhören. »Wir müssen noch bei ihm bleiben. Er ist noch hier«, flüstert er.

Ich streichele Fynns Haar, lege meine Wange auf seinen Rücken, ein zusammengefallener Rücken. Jimi öffnet die Augen, schaut Fynn kurz an und geht. Die Katze krabbelt miauend unter das Sofa und verschwindet. Wir werden bleiben, bis Fynn sich sicher ist, dass sein guter Freund die Reise beendet hat.

35

Nach fast einer Stunde steht Anne wortlos auf. Ich gehe ihr hinterher. Fynn soll einen Moment allein sein können mit seinem Hund. Anne und ich verziehen uns in die Küche.
Sie beginnt, Gemüsesuppe zu kochen und Fynns Lieblingskuchen zu backen. Ihre Tränen fallen in den Topf, und sie weint auch hemmungslos, als sie den Mürbeteig knetet.
»Muss ich ihn wenigstens nicht mehr salzen.«
Trotz Annes wiedergefundenem schiefen Lächeln und des köstlichen Dufts von frisch gebackenem Kuchen will Fynn nur neben Okay liegen bleiben, der mittlerweile mit steifen Gliedmaßen in einer Leichenstarre liegt.
Anne betrachtet den grünen Teppich in ihrer Hand.
»Was hat sie gegen diese Farbe?«
Sie kämmt mit ihren Fingern die Fransen.
»Wenn der Teppich nicht zu den Vorhängen passt, dann …«
Anne setzt meinen Satz fort: »Kann sie sich ja auch neue Vorhänge kaufen.«
»Oder die Fransen abschneiden. Der Teppich selbst hat ja anscheinend die richtige Farbe«, ergänze ich.
Anne schaut mich an wie eine Außerirdische. Sie hat eine Idee, öffnet eine Schublade, in der sie hektisch kramt, um dann eine altertümliche Schere rauszuziehen. Mit diesem stumpfen Etwas schneidet sie die Fransen weg, oder besser, sie versucht es. Das Ding ist für Bastelarbeiten komplett

ungeeignet und Anne auch alles andere als eine talentierte Schneiderin. Am Ende sehen die Fransen wirklich ausgefranst aus, stehen in alle Richtungen ab und hängen schief an der Teppichnaht.

»Sehr gute Idee, Tammie. Ich schenke ihr einfach diesen neuen Teppich. Von wegen umtauschen. Die kann mich mal.«

Sie betrachtet ihr Werk und amüsiert sich.

»Habe ich in der Schule schon gehasst, Nähen und Werkeln und so was.«

»Ich finde es … individuell.«

Stimmt auch, aber hübsch ist was anderes.

»Bei meiner Schwester muss der Milchkaffee eine Schaumschicht von exakt zwei Zentimetern haben. Individuell ist ihr Lieblingswort.«

Anne macht sich an die andere Seite, versucht gar nicht erst, es besser hinzukriegen.

»Muss ja schließlich zusammenpassen. Die andere Seite machen wir noch individueller.«

Als Fynn reinkommt, sieht er mich und Anne den Teppich halten und kichern. Anne schneidet, ich assistiere.

»Ich habe ihn in seine Lieblingsdecke eingewickelt.« Er sieht sehr müde aus. »Wir müssen ihn bald wegbringen. Jimi will nicht unter dem Sofa hervorkommen. Ist ziemlich eng da unten.«

Fynn steht mit hängenden Armen in der Küche und rührt sich nicht.

»Jimi muss auch trauern. Mit wem soll sie sich jetzt kabbeln? Und wer hält jetzt ihre Laune aus?« Anne umarmt ihren Sohn.

Fynn beginnt heftig zu schluchzen. Er krallt sich an ihr fest, lässt sich von seiner Mutter den Kopf streicheln. Dann lachen sie sich Tränen zu.
»Okay hat es geschafft. Jetzt tut ihm nichts mehr weh«, sagt Fynn.
Wo gelacht wird, ist keine Angst. Diesen Satz habe ich mal in einem Buch gelesen. Ich lache nicht, habe aber auch keine Angst und schaue mir diesen besonderen Moment an. Mutter und Sohn trösten sich. Ich stehe am Rand, weil ich selbst hier stehen will, weil ich in meinem Leben immer wieder entschieden habe, nicht in das Gefühlskarussell einzusteigen, mich nicht im Kreis zu drehen. Keine Trauer, keine Angst, keine Freude … bisher. Heute fühlt es sich zum ersten Mal falsch an.
Fynn und Anne setzen sich an den Küchentisch. Sie bringt ihm ein Glas Wasser, stellt es vor ihn auf den Tisch. Keine Reaktion. Fynn schaut aus seinen glasigen, verweinten Augen im Raum herum. Dann fixiert sein Blick eine geöffnete Dose Hundefutter. Er steht vom Tisch auf und nimmt sie sich, schnuppert daran.
»Dieses Spezialfutter riecht genauso schrecklich wie das billige Zeug. Wir haben davon noch ungefähr 50 Dosen im Keller stehen.«
»Die können wir beim Tierarzt spenden. Irgendjemand kann die sicher gebrauchen.«
Anne ist wieder nah an ihren Sohn herangerückt und hat ihren Arm um ihn gelegt. Fynn wirkt immer noch abwesend und in seine Gedanken eingewickelt.
»Ob sein Lieblingspinkelbaum im Parcours ihn auch vermissen wird?« Er spielt mit der Futterdose in seiner Hand.

»Hatte Okay einen Lieblingsbaum? Ich dachte, Hunde pinkeln, um gegen die Konkurrenz Duftmarken zu setzen.«
Ich versuche, mit banaler Konversation gegen die Schwere im Raum anzugehen. Fynn kommt zu mir rüber und lässt sich jetzt in meine Arme fallen. Er übergibt sich mir. Nadelstiche schmerzen in meiner Brust, dann in meinen Augen. Jetzt weine ich. Ich weine, weil Fynn kraftlos ist, weil ein guter Freund gestorben ist, weil das Leben immer wieder diese üblen Streiche spielt. Ich weine, weil es so schrecklich schmerzt, einen geliebten Menschen traurig und verzweifelt zu sehen.

Okay ist vor unseren Augen gestorben. Er hat entschieden, jetzt zu sterben, nicht morgen, nicht gestern. Er wollte von seinen Lieben umgeben sein, wenn er geht, und hat so lange gewartet. Selbst auf mich.
Ich muss entscheiden, ich muss eine Entscheidung für mich treffen. Die vielen kleinen Risse in mir mit Ideen füllen, mit der Entschlossenheit, leben zu wollen. Die Angst fortjagen, die Angst vor der Angst. An diese Zeilen einer Dichterin erinnere ich mich.
»Wie schön, dass du da warst und immer noch da bist.«
Dann küsst Fynn mich vor seiner Mutter. Anne schaut nicht einmal weg.
»Wenn ihr glaubt, ich werde euch jetzt in eurer Trauer alleine lassen, habt ihr euch geschnitten«, sagt sie. »Ich bleibe hier und schaue meinem heulenden Sohn beim Knutschen zu. Bin schließlich auch eine Hundewitwe.« Anne grinst uns an. »Hunger?«
Es ist ein Ablenkungsmanöver, aber es funktioniert. Ja, wir

haben Hunger. Und auf das Stichwort erscheint Jimi. Sie geht schnurstracks zum Hundefutternapf und schlabbert die Reste von Okays letztem Mittagessen aus der Schüssel – schnurrend. Warum auch immer sie jetzt schnurren kann. Jimi geht wieder zum Alltag über. Und wir versuchen es auch.
Beim Essen besprechen wir, wie und wo wir Okay begraben wollen. Anne glaubt, Okay würde gerne neben dem Großvater auf dem Friedhof liegen.
»Geht nicht«, sagt Fynn sofort. »Deshalb gibt es ja spezielle Tierfriedhöfe. Vielleicht besser unter seinem Lieblingspinkelbaum?«
Er nimmt einen kleinen Bissen.
»Nein, lieber im Park, hinter einem der Büsche, neben den Wegen, die werden bleiben«, sagt Anne. »Den Baum könnten sie irgendwann fällen. Aber eigentlich bin ich für den Friedhof. Der wird ganz sicher nicht verschwinden.«
Sie schlürft laut die Gemüsesuppe. Das warme Essen tut uns allen gut.
»Und heimlich auf dem Friedhof? Nachts?« Schließlich will ich auch etwas zur Diskussion beitragen. Ziemlich gewagte Idee, aber immerhin ein Vorschlag.
Fynn schüttelt den Kopf. »Okay würde das sicher gefallen. Aber wo soll er denn hin? Auf dem Friedhof ist jeder Zentimeter registriert. Sogar die Gießkannen sind durchnummeriert. Du kannst keinen einzigen Flecken ohne Anmeldung mieten. Dort irgendwo ein Loch graben und niemand merkt es? Vergiss es.«
Er hält die ganze Zeit meine Hand, auch beim Essen. Als Einarmiger bekommt er von seiner Mutter den Nachschlag aufgetischt. Dann fällt ihm etwas ein.

»Wie war es denn überhaupt auf dem Friedhof heute? Bist du mit Knut klargekommen?«
Am besten, ich sage ihm alles. Er wird es von Knut sowieso erfahren und mich nie wieder auf dem Friedhof haben wollen. »War alles gut«, sprudele ich los. »Ich sollte auf diesen riesigen Stein von Herrn Herr aufpassen. Der wackelte. Dann kam der Mann von Frau Blumentopfs Grab. Ich bin ihm hinterher, und der Stein fiel um.«
Fynn prustet die Suppe raus.
»Dieses Monsterding fiel um?«
»Ja, und ich glaube, das ist meine Schuld, weil ich nicht aufgepasst habe.«
»Natürlich. Hättest ihn auffangen sollen«, kichert mich Fynn an. »Tammie, der Stein war zu groß für unseren Boden. Hat der Friedhofsverwalter auch gesagt. Hat nichts mit dir zu tun, sondern mit Statik. Und vielleicht mit dem schlechten Karma von diesem Herrn Herr.«
Anne hat uns während des Gesprächs beobachtet, hat immer wieder von mir zu Fynn und wieder zurück geschaut – wie beim Pingpong.
»Herr Herr, Frau Blumentopf? Ist das ein Geheimcode?«
»Nein, so heißen die. Sie sind tot und liegen auf dem Friedhof«, sagt Fynn.
»Und Frau Blumentopf sucht jemanden. Einen, der an ihrem Grab tanzt«, füge ich hinzu, aber das verwirrt Anne nur noch mehr.
Dann wendet sich Fynn wieder zu mir: »Und was hat er gesagt?«
»Er ist in der *Sonne*. Keine Ahnung, was er damit gemeint hat.«

Fynn zückt sein Handy und tippt etwas ein, während er langsam weiterisst. Er sucht die Adresse von einem Ort namens Sonne. Anne schaut immer noch skeptisch.
»Ein Mann, der an Gräbern tanzt und in der Sonne lebt. Klingt hervorragend. Sehr beruhigend für ein Mutterherz, was ihr so treibt und wen ihr so kennt.«
»Wir sollten Frau Blumentopf anrufen und ihr sagen, dass wir den Tänzer gefunden haben«, schlägt Fynn vor.
»Und was genau will sie vom Grabtänzer?« Anne versucht, irgendwie mit uns mitzuhalten, aber unsere Antworten sind zu kryptisch, weil wir selbst auch keine Ahnung haben.
»Das wissen wir nicht«, sagt Fynn.
Ich würde gerne Annes köstliche Suppe genießen, aber das Gespräch über den Friedhof erinnert mich an den toten Okay, der nebenan liegt, und nimmt mir den Appetit. Und dann stelle ich die falsche Frage: »Und was geschieht jetzt mit Okay?«
Es wird still. Anne steht auf, um ihren Teller wegzuräumen. Fynn legt die Gabel zur Seite und verlässt das Zimmer. Anne und ich schauen uns kurz an und gehen ihm hinterher.
Fynn kniet über Okay. Jimi kommt mauzend ins Zimmer geschlichen und setzt sich neben Fynn. Beide schauen auf den Deckenhügel und halten den Atem an. Dann deckt Fynn Okay ab. Die Zunge des Hundes hängt zur Seite raus, die Augenlider sind geschlossen. Fynn senkt den Kopf, bedeckt seine eigenen Augen mit beiden Händen und schluchzt hinein. Jimi krabbelt Fynn auf den Schoß und schaut ihn an. Dann streckt sie sich und leckt Fynns Gesicht ab, seine Hände, seine Ohren. Sie reibt ihren Kopf an Fynns Haar und schnauft dabei laut. Neben mir bebt Anne, mir fließen die

Tränen die Wangen runter. Anne und ich halten Abstand zu Fynn und Jimi. Wir wollen sie nicht in ihrem Abschied stören. Nach langen Augenblicken beugt sich Fynn über Okay, streicht ihm ein letztes Mal über die Schnauze, deckt ihn wieder zu und setzt sich noch immer mit Jimi auf dem Schoß wieder auf das Sofa.

»Wir sollten Frau Blumentopf besser persönlich treffen. Was meinst du, Tammie?« Fynns Stimme klingt ruhig.
»Ja, das finde ich auch«, antworte ich.
»Jetzt gleich?«, fragt Fynn.
Anne schaut von einem zum anderen.
»Stopp mal. Fynn, du hast zwei Tage lang nicht geschlafen. Dein Hund ist gerade gestorben. Und ihr beide seid total durch den Wind. Wenn ihr das jetzt durchziehen wollt, werde ich euch sicher nicht mit diesen … Menschen, die merkwürdige Namen tragen und auf Friedhöfen schräge Dinge tun, alleine lassen. Ich komme mit. Muss ich mich schick machen?«
Annes Frage ruckelt auch uns wieder zurecht. Wir sehen alle ziemlich mitgenommen aus. Desolat dem Grabtänzer und Frau Blumentopf gegenüberzutreten, ist sicher nicht die beste Taktik.
»Nein«, sagt Fynn mit Entschiedenheit.
Auf Annes scherzhaft gemeinte Frage geht er gar nicht ein.
»Wir müssen sowieso auf den Friedhof. Ich muss Opa erzählen, was passiert ist.«

36

Auf dem Friedhof herrscht Betrieb. Irgendwo wird ein Mensch beerdigt. Schwarz gekleidete Personen bewegen sich langsam an den Gräbern entlang, in leise Gespräche vertieft, sich gegenseitig stützend. Mit Menschenmassen vor meiner Nase kann ich mich erst recht nicht orientieren, noch dazu, weil es eine durch und durch schwarze Masse ist, die überall hinzufließen scheint. Es muss sich um eine große Beerdigung zu handeln.

Die Trauergesellschaft versperrt uns den Weg. Fynn geht vor. Wir arbeiten uns im Schlängelkurs durch die Menge hindurch, entschuldigen uns links und rechts für unseren unwirschen, zügigen Schritt. Doch auch unsere Mission ist wichtig. Wir müssen Fynns Großvater die traurige Nachricht über den Tod seines Hundes überbringen, und nur deshalb sind wir dreist und drängeln uns durch.

Opa Sundermanns Grabstein ist auch grau, einfach gestaltet, mehr als Name, Geburts- und Sterbedatum wollte er nicht von sich preisgeben. Das Grab ist gepflegt, komplett schmuck- und blumenlos, nicht einmal die typischen roten Kerzen stehen auf dem Gras. Ein grünes Rechteck mit einem grauen Stein, das ist Opa Sundermanns letzte Ruhestätte. Fynn lässt meine Hand los und tritt einen Schritt näher an das Grab heran. Er senkt den Kopf und schließt die Augen. Dann beginnt er zu flüstern, so leise, dass ich nichts von dem verstehe, was er mit seinem Großvater bespricht. Anne und

ich stehen in seiner Nähe und bewegen uns kaum, um ihn nicht in seiner Zwiesprache zu stören. Anne beobachtet ihren Sohn, blinzelt mir zu und schaut sich immer wieder auf dem Friedhof um.
Sie beugt sich zu mir rüber und flüstert mir zu: »Die Hecke.«
Die Hecke sieht aus – wie eine Hecke. Ich verstehe nicht, was sie meint, schaue sie fragend an. Doch auch Anne hat jetzt den Kopf gesenkt und murmelt vor sich hin. Ich warte, fixiere die Hecke, aber niemand hat sich dahinter versteckt, noch kann ich etwas Besonderes an ihr entdecken.

Fynn führt mit seinem toten Opa ein inniges Gespräch, denn ihre Unterhaltung dauert lange. Er lauscht zum Stein hin, und wenn er die Augen öffnet, betrachtet er konzentriert das grüne Rechteck.
Ich erschrecke mich, als Fynn sich abrupt zu uns umdreht und glücklich verkündet: »Ich habe Opa alles erzählt. Jetzt müssen wir nur noch Okay verabschieden. Die Frage ist nur, wann und wo.«
»Unter der Hecke und heute Nacht«, sagt Anne kurz und knapp. Auch sie hat ihr Zwiegespräch beendet.
Wir starren sie an.
»Was ist? Wir müssen die Hecke rausbuddeln und Okay darunter legen. Dann buddeln wir den Busch wieder ordentlich ein, und alles ist gut. Niemand wird etwas merken, und er ist in Opas Nähe.«
Fynn ist genauso überrumpelt wie ich, und ich habe das Gefühl, ich muss ihm ein bisschen Zeit verschaffen.
»Was ist mit Frau Blumentopf?«, frage ich. »Wir dürfen Frau Blumentopf nicht vergessen.«

Fynn sieht mich erleichtert an. »Du hast recht, wir müssen sie anrufen«, sagt er. »Wir haben es ihr versprochen.«
Ja, das haben wir. Auch wenn das momentan alles zu schnell geht, ist das vielleicht jetzt genau das Richtige.
Ich habe heute einem Hund beim Sterben zugesehen, wäre gestern selbst fast von einem Stein erschlagen worden, wir haben den Grabtänzer gefunden, und jetzt soll auch noch das Geheimnis um Frau Blumentopfs Grabspruch gelüftet werden. Eines fügt sich zum anderen. Knall auf Fall. Ich wollte mein Leben simpler gestalten. Ich wollte keinen Mist, keine überflüssigen Dinge hinterlassen nach meinem Tod. Ich wollte ein einfacheres, sortiertes Leben. Und jetzt fahre ich Gefühlsachterbahn im Schnelldurchgang. Aber was treibe ich mich auch auf Friedhöfen rum?

Ich tippe Tilda Blumentopfs Nummer in mein Handy ein. Es meldet sich eine vergnügte Stimme. Frau »Blumentopf senior« freut sich sehr über meinen Anruf und noch mehr über das Treffen mit dem Mann. Was auch immer sie sich vom Kennenlernen mit dem Grabtänzer erhofft, es scheint wichtig für sie zu sein. Sie muss sehr lange auf diesen Moment gewartet haben.
Schweigend arbeiten Anne, Fynn und ich uns durch die Menschenmassen zurück zum Eingang. Wir gehen zur Sonne. Es wäre schön, wenn dieser Ort hell wäre, schön, wenn er uns ein wenig Wärme schenken könnte.

37

Zur Sonne ist eine Eckkneipe mit integriertem Kiosk. Wir warten in ein paar Metern Entfernung auf Frau Blumentopf, aus Sorge, dem Mann zu früh zu begegnen. Fynn und ich sind nervös. Wir haben besprochen, ihr zu sagen, was wir wissen, nämlich nichts. Dass er an ihrem Grab tanzt, soll er ihr am besten selbst erzählen. Andererseits interessiert es uns, zu hören, warum Frau Blumentopf ihn treffen will. Das rauszufinden, wird kniffliger werden, wenn wir nicht mit dem Zaunpfahl um uns schlagen wollen.

Frau Blumentopf winkt uns schon aus der Ferne zu. Als sie uns erreicht, grüßt sie höflich. Anne stellt sich als Mutter von Fynn und unsere Aufseherin vor. Schließlich treffen die Kinder fremde Menschen. Frau Blumentopf hat vollstes Verständnis für Aufpassermütter, will aber vor allem wissen, wo sie den Mann finden kann. Sie schaut sich nervös um, ist nicht wirklich an uns interessiert.

Die Kneipe ist mit dunklem Holz vertäfelt. Verstaubte Wimpel und blecherne Trophäen stehen auf einer Konsole, die längs der Wand entlangläuft. Die Luft ist schwer von Alkoholdunst und Zigarettenrauch. Was die Holzwände an Licht schlucken, gleicht ein riesiger Lüster mit seinen vielen Glühbirnen aus. Die Prunkleuchte passt in diesen Raum wie ein Pfau in den Hühnerstall. Auf der gegenüberliegenden Seite stehen Spielautomaten, die Krach machen und die schnulzige Hintergrundmusik übertönen. Ein Mann sitzt an einem

Autorennen-Spielautomaten und dreht wild an einem Lenkrad herum, schimpft auf die engen Kurven und etliche Bordsteine, die er touchiert. Beim Näherkommen erkenne ich ihn von hinten. Es ist tatsächlich der Tänzer vom Friedhof. Da ich seinen Namen nicht kenne, zeige ich in seine Richtung. Frau Blumentopf konzentriert sich für einen Moment und geht dann auf ihn zu.
Als sie bei ihm angekommen ist und ihn leise mit »Entschuldigung, sind Sie … sind Sie Herr Zaverello?« anspricht – woher kennt sie seinen Namen? –, dreht er sich um. Frau Blumentopf stottert sich weiter vor: »Mein Name ist Tilda Blumentopf.« Er stockt, schaut an ihr runter, seine Augen haken an ihren Knien fest. Dann schwankt er und fällt in Ohnmacht.

Der Barmann reagiert sofort. Er kippt ihm ein Glas Wasser ins Gesicht, hebt seine Beine in die Höhe, greift nach einem Schokoriegel aus dem Regal, den er dem jungen Mann in den Mund stopft. Herr Zaverello wacht aus seiner Ohnmacht auf. Als er aber Frau Blumentopf sieht, schließt er seine Augen wieder.
»Sie sind es, oder?«
Fynn, Anne und ich schauen uns an. Diesen mysteriösen Satz scheint keiner außer Frau Blumentopf zu verstehen.
Sie antwortet: »Wenn Sie Herr Zaverello sind, dann bin ich es, ja.«
Der junge Mann setzt sich mühsam auf, ist immer noch bleich, aber kaut an dem zu großen Schokoriegelstück herum.
»Wollen Sie aufstehen und wir reden ein bisschen?«

Frau Blumentopf versucht, alles richtig zu machen. Sie redet mit ruhiger, leiser Stimme. Nur, um ihm das Gefühl zu geben, alles sei gut. Aber für wen? Für wen tut sie das? Für sich selbst oder für ihn?
Herr Zaverello schaut uns an. Frau Blumentopf legt ihre Hand auf seinen Arm.
»Bitte lassen Sie uns allein.«
Sie muss uns nicht bitten. Wir gehen. Wir sind gerade nicht wichtig.

Anne, Fynn und ich stehen etwas verloren vor der *Sonne*. Wir hatten eigentlich gehofft, von Frau Blumentopf ein Geheimnis, von Herrn Zaverello ein Geständnis oder von beiden des Rätsels Lösung zu erfahren. Stattdessen haben wir in einer düsteren Kneipe herumgesessen und zugesehen, wie ein Mann beim Anblick einer Frau wie ein Baum umfiel.
»Was war mit ihm?« Ich spreche gedämpft. Das helle Tageslicht und der Straßenlärm irritieren nach dem Halbdunkel der Kneipe.
»Nichts war mit ihm. Frau Blumentopf war es. Die hat ihn geschockt«, sagt Anne.
Fynn legt seinen Arm um meine Schulter und zuppelt sanft an meinem Ohrläppchen.
Er denkt nach. »Frau Blumentopf und Herr Zaverello kannten sich nicht, aber irgendwie dann doch.«
»Was genau ist den beiden passiert?«, fragt Anne.
Sie setzt sich langsam in Bewegung. Wir tapern mit ihr mit.
»Ich glaube, dass können sie uns nur selbst erzählen.«
Dann legt Fynn einen Schritt zu, als hätte er einen Einfall.

»Tammie hat mir verraten, wo es hier in der Gegend das beste Pistazieneis gibt«, sagt er.
»Pistazieneis stirbt doch aus«, antwortet Anne.
»Woher weißt du das?« Über die Pistazienpreise tausche ich mich immer nur mit meinem Vater und Gianni aus.
»Die Nüsse sind zu teuer geworden. Bazi ist billiger, Basilikum-Zitrone. Bazi hat die Marktschlacht gewonnen. Dabei schmeckt die Sorte wie ein Raumbedufter.«

Bei Gianni diskutieren wir die wenigen Sätze, die wir von Frau Blumentopf und Herrn Zaverello gehört haben, während wir tief in den überdimensionalen Eisschalen nach unseren Lieblingssorten buddeln. Wenn ein Mensch beim Anblick eines anderen Menschen in Ohnmacht fällt, dann hat dieser Mensch entweder etwas Schreckliches angestellt oder etwas besonders Gutes. Wer ist Frau Blumentopf für Herrn Zaverello und umgekehrt?
Sie war geduldig, hat ihm Zeit gegeben. Warum? Sie versteht ihn. Aber was genau versteht sie an ihm? Und was genau hat ihn umgeworfen, als sie ihren Namen genannt hat?
»Wir wissen doch immer noch nicht, wer da in diesem Grab liegt.« Die Fragen in meinem Kopf fahren immer in der gleichen Spur.
»Tilda Blumentopf. Steht doch drauf.« Fynn füttert mich mit einem Löffel Walnusseis.
»Tilda Blumentopf läuft durch die Gegend. Die kann nicht im Grab liegen«, widerspreche ich.
»Eine andere Tilda Blumentopf.«
»Oder etwas anderes.« Anne genießt ihren Kirschbecher und versucht mitzudenken. »Selbst wenn ich mich zur Spezies

›kluge Mutter‹ zähle, bei dieser Geschichte komme ich nicht mit.«

»Etwas anderes kann da nicht liegen, auch nicht jemand anders. Ohne die richtigen Papiere kommt man niemals an der Friedhofsverwaltung vorbei«, sagt Fynn.

»Man kommt immer an allem und jedem vorbei, wenn man weiß, wie und mit wem. Das sagt mir meine Lebenserfahrung, mein Sohn.«

»Blödsinn, Mama, ich arbeite da. Das sind alles Bürokraten und kontrollieren jedes Papier und jeden Sarg und überhaupt alles und jeden.«

»Wetten, dass wir Okay begraben könnten und es würde niemand merken.«

»Mama! Die Gräber sind nummeriert.«

»Und, noch nie einen Zahlendreher gefunden?«

»Nie.«

»Niemals einen Stein, der aus der Reihe tanzt?«

»Doch, die alten Steine, die während der Kriege aufgestellt wurden.«

»Und wer macht die Endkontrolle von Papieren und die Nummerierung der Gräber?«

»Knut, der überblickt das alles. Der hat mehr Ahnung als der Verwalter, weil er praktisch auf dem Friedhof lebt.«

»Also, dann wird Knut auch wissen, wer im Grab von Tilda Blumentopf – was für ein Name – liegt«, sagt sie und schmatzt die letzte Kirsche runter. »Und er wird uns auch helfen, für Okay einen Platz zu kriegen. Schließlich hat er dort überall seine Duftmarken hinterlassen. Okay, nicht Knut.«

»Mama!« Fynn kann sich nicht entscheiden, ob er das, was seine Mutter von sich gibt, peinlich oder liberal finden soll.

»Was denn? Wenn ich Hund wäre, würde ich die vielen Steine auch bepinkeln. Wenn keine Bäume da sind, nimmt Hund eben Steine. Auf so einem albernen Tierfriedhof will Okay sicher nicht liegen. Schließlich ist Opa auch dort. Überzeugt?«
»Keine Ahnung. Ich werde Knut nicht fragen. Das ist wirklich alles verdammt verboten.«
»Gut, dann frage ihn nicht, dann machen wir es, wie von Tammie vorgeschlagen, eben heimlich.«
Jetzt wird mir flau. Was für eine bescheuerte Idee von mir, nachts illegal einen Hund begraben zu wollen – im Dunkeln auf einem Friedhof. Aber Anne hat recht. Es wäre der beste Platz für Okay. Und der beste Platz für Fynn. Hier könnte er um seinen guten Freund trauern.
»Wir können es ja wenigstens probieren.« Ich verhaspele mich beim Sprechen, verteidige aber meinen gewagten Vorschlag. »Die werden uns schon nicht gleich ins Gefängnis werfen.«
Hoffe ich mal.
Fynn ist ein einziges Fragezeichen, aber gegen seine Mutter kommt er nicht an.
»Fynn, entspann dich. Lass mich mal machen, ja?«

38

Auf dem Weg zurück besteht Fynn darauf, in einem Baumarkt Bretter für einen Sarg zu kaufen. Anne findet, Okay darf nicht eingepfercht werden. Fynn hält dagegen, wenn er schon so etwas Durchgeknalltes macht, will er wenigstens ein Minimum der Bestimmungen einhalten: Wer tot ist, muss in eine Kiste. Hat was mit Schutz des Grundwassers oder so zu tun. Genau weiß er es auch nicht. Aber er kauft Bretter, extradünne.

»Die Würmer sollen gut an ihn rankommen. Dann hat er es schneller hinter sich.«

Fynns Taktik überzeugt. Einerseits soll Okay in einen Sarg, andererseits muss es schnell gehen mit dem Zersetzungsprozess. Fynn geht also davon aus, dass Okays Geist aus irgendeiner Dimension mitbekommt, wenn ihn Maden und Würmer anknabbern. Allein die Vorstellung, ich müsste als Geist meinem eigenen Zersetzungsprozess zuschauen … Dann schon lieber richtig tot, ohne Seelendimension und Zwischenlandreinkarnationsgedöns. Andererseits haben es bisher noch alle geschafft, zu sterben und zu Humus zu werden, mit oder ohne Sargbretter.

Fynn macht sich gleich daran, den Sarg zusammenzuzimmern. Er hat beim Kauf ein gutes Auge bewiesen. Länge und Breite der Bretter stimmen mit Okays Maßen überein.

Als wir dann aber Okay in die Kiste legen wollen, prescht

Jimi unter dem Sofa hervor und springt Fynn von hinten an. Fynn stolpert, und Jimi drapiert sich, einer Sphinx gleich, aufrecht vor dem toten Hund und starrt uns an. Sobald einer von uns versucht, sie von dort wegzuscheuchen oder Okay hochzuheben, faucht sie und haut mit ausgefahrenen Krallen nach uns.

Wir versuchen es auf die nette Art und locken sie mit Gänseleberpastete, ihrer Lieblingsspeise. Jimi reagiert nicht. Mit Gewalt kommen wir auch nicht weiter. Sie verpasst mir und Anne so tiefe Kratzer, dass Fynn unsere Wunden versorgen muss.

Am Ende beschließen wir, eine Pause zu machen. Wir müssen nachdenken und uns von diesem ungleichen Duell erholen. Eine Katze in Furor sabotiert unseren Plan. Jimi hat unsere Trauer wieder an die Oberfläche gezerrt. Wir sitzen auf dem Sofa und lassen uns von ihr anstarren. Einzige Verteidigungstaktik, die uns bleibt: Wir schauen böse zurück und lecken unsere Wunden.

Hinter ihrer wütenden Fassade erkennen wir alle unseren eigenen Schmerz über Okays Tod. Unser Pragmatismus ist von Jimi in Stücke gerissen worden. Ein paar Minuten lang passiert überhaupt nichts. Ein paar Minuten lang sitzt Jimi aufrecht, steif und angriffslustig bis in die Ohrenspitzen bereit zum nächsten Stoß. Ihr kleiner Katzenkörper steht unter Hochspannung. Sie blinzelt nicht einmal. Ein paar Minuten lang werden wir wieder daran erinnert, worum es hier geht. Ein Freund ist gegangen. Er wird nie wieder zurückkommen, und wir? Wir gehen über diesen wichtigen Moment einfach hinweg. Er wird diese Wohnung verlassen, die seine Heimat war. Er verlässt Fynn, Anne und Jimi, seine Familie. Er wird bald zu Brei werden, doch vielleicht schwebt ein Teil von ihm noch um uns herum. Niemand weiß es. Ein toter Hund liegt unter dieser Decke, aber was genau ist aus ihm gewichen und wohin? Was genau hat ihn tot gemacht oder weniger lebendig? Was ist dieses »es«, das einem Wesen Leben schenkt? Wenn es noch hier im Raum ist, dann sollten wir ihm und uns Zeit geben für den Abschied. Zeit, sich an seine Liebe zu erinnern. Wir werden diesen Moment nie wieder erleben. Er ist jetzt.

Anne nähert sich Jimi vorsichtig und setzt sich vor sie. Katze schaut Anne an. Anne schaut Katze an, und dann beginnt Anne mit Jimi zu sprechen wie mit einer Vertrauten.

»Jimi, du gute Katze, du liebe Freundin. Ich verstehe, dass du traurig bist und Okay nicht gehen lassen willst. Ich verstehe das. Ich bin es auch. Wir haben ihn alle sehr geliebt. Er war ein lustiges Kerlchen, ein schlauer, sehr schlauer Hund. Er war so schlau, er hat früh verstanden, dass es besser ist, dein Freund als dein Feind zu sein, und hat dich in seinem Bett schlafen lassen. Aber er war auch alt. Für Okay war es Zeit. Erinnerst du dich, Jimi? Früher konnte er noch auf das Sofa hüpfen. In den letzten Wochen konnte er das nicht mehr so gut. Seine Knochen wollten nicht mehr. Und dann ist er einfach gestorben. Er war unser Hund, und wir vermissen ihn alle so sehr.«

Jimi bewegt sich kein Stück von ihrer Position. Nur die Spitzen ihrer Ohren zucken. Sie hört zu. Sie hört jedes einzelne Wort von Anne und fixiert sie.

»Wir wollen ihn dir nicht wegnehmen. Du kannst seinen Fressnapf behalten und auch sein Bett, aber wir wollen ihn beerdigen und uns verabschieden. Das macht man mit

Freunden. Okay will sicher bei Opa liegen, auf dem Friedhof. Und dahin werden wir ihn bringen. Du kannst mitkommen, wenn du willst, aber wir müssen ihn beerdigen. Hier kann er nicht liegen bleiben. Bitte versteh das und lass uns das machen, Jimi.«

Jimis Augen verengen sich. Ihre Beinmuskeln zittern. Sie hebt eine Pfote und lässt sie dort in der Luft einfach stehen. Dann atmet sie tief ein und wieder aus und legt sich hin. Und Anne beginnt, sie zu streicheln.

»Und wenn du stirbst, meine schöne Katze, wenn du gehst, werden wir dasselbe für dich tun. Wir werden dich respektvoll beerdigen und deinen Fressnapf behalten und uns an dich erinnern, an deine schönen Augen und dein weiches Fell und daran, dass du uns und Okay die beste Freundin warst.«

Jimi liegt mit der Schnauze auf den Pfoten und schaut von Anne zu mir, dann zu Fynn. Dann beobachtet sie wieder Anne, die sie immer noch am Kopf krault. Die Katze schließt ihre Augen. Sie entspannt sich, dann rappelt sie sich hoch, dreht sich zu Okay um, schnüffelt an ihm, reibt ein paarmal ihren Kopf an seinem und geht. Sie stellt sich mit nach oben aufgerecktem Schwanz vor Fynn und erzählt ihm was, miaut ihn in verschiedenen Tonlagen an. Fynn gibt ihr Zeichen, sie kann auf seinen Schoß springen. Jimi kuschelt sich an Fynn ran und lässt sich umarmen. Anne und ich atmen kurz durch. Jimi hat sich wieder beruhigt, und das wiederum beruhigt uns. Jetzt können wir Okay in den Sarg legen, geben noch ein paar Blumen und Fitnessknochen hinein, was vielleicht albern ist oder eine feine Geste. Es ist eine Grabbeigabe für seinen letzten Gang, und es soll ihm gut ergehen. Wer oder was auch immer er jetzt ist.

Als wir damit fertig sind, dämmert es bereits. Der Friedhof ist seit zwei Stunden geschlossen. Die richtige Zeit, um loszufahren. Die Nacht wird uns helfen, für Okay, an Knut und den Verwaltern vorbei, eine Ruhestätte zu finden. Wenn er erst unter der Erde liegt, wird ihn sicher auch niemand mehr ausbuddeln. So der Plan.
Im Dunkeln schleichen wir uns mit der Kiste aus der Tür, soweit das eben mit Hundesarg geht. Jimi zieht mauzend Slalombahnen um uns herum und stupst uns mit ihrem Kopf an. Sie will mit. Anne hat es ihr versprochen.
Aber wer soll sie tragen? Okays Sarg ist groß und schwer. Wir schaffen es kaum zu dritt, ihn aus der Tür und in den zu kleinen Wagen zu heben. Für Jimis Katzenbox fehlen uns noch weitere Hände. Aber so wie sie hinter der Tür Krawall macht, bringt es Anne nicht übers Herz, sie zu Hause zu lassen. Abgesehen davon, sagt Anne, muss man seine Versprechen halten, selbst wenn man sie gegenüber einer launischen Katze abgegeben hat. Wir überlegen, wer uns helfen könnte. Anne geht ihre Ex durch, dann ihre Freundinnen, aber zu dieser späten Stunde will sie niemanden mehr stören. Fynns Freunde sind alle auf Piste, glaubt er. Pat! Nach einem kurzen Anruf ist alles klar. Sie ist gerade um die Häuser gezogen und kommt im Cluboutfit angeradelt. Hochhackige Schuhe, kurzer Rock, auffälliges Make-up. Für eine Buddelaktion im Dunkeln ist sie komplett falsch angezogen, aber sie ist da und – beschwipst, wie sie ist – voller Tatendrang.
Fynn und Pat zwinkern sich an, tauschen Nettigkeiten aus.
»Schon viel von dir gehört«, sagt Fynn zu Pat.
»Ich die delikateren Details von dir«, kontert sie.
Fynn wendet sich mir zu. »Dann werden wir das bald nach-

holen, ja? Das mit den delikaten Details aus Pats Leben. Sonst bin ich im Nachteil.«

»Könnten wir jetzt bitte unsere eigentliche Arbeit erledigen?« Anne ist nervös. Schließlich stehen wir hier mit einem Hundesarg vor der Haustür herum.

Ich bin die Vorhut, checke, ob niemand auf der Straße ist. Pat trägt Jimi in der Katzenbox, redet ihr gut zu, erklärt ihr, warum Veganismus gut ist, und dass Tiere auch Menschenrechte haben. Sie plappert zusammenhangloses Zeug, weil sie einen sitzen hat, aber es funktioniert, denn Jimi gibt keinen Laut mehr von sich. Wahrscheinlich ist das Tier von Pats leichter Alkoholfahne benebelt. Anne, Fynn und ich tragen den Sarg und verstauen ihn im Auto.

39

Wir stellen uns vor dem Friedhof hinter Büschen in Position und sichern die Lage. Fynn hat uns erzählt, was zur Schließzeit auf dem Friedhof passiert. Knut begleitet die letzten Besucher hinaus, dann sammelt er die Mülltüte vor dem Friedhofstor ein, schließt das Tor von innen ab und macht schließlich die letzten Handgriffe in der Stille des abgeschlossenen Friedhofs. Zwischen sieben und acht Uhr geht er dann meistens nach Hause. Wir warten noch ein paar Minuten. Als sich auf dem nachtdunklen Friedhof nichts mehr rührt, huscht Fynn vor und schließt das Tor mit seinem eigenen Schlüssel auf. Der Friedhof liegt entlang einer kleinen Nebenstraße. Die wenigen Läden auf der gegenüberliegenden Seite sind geschlossen. Kein Mensch ist auf der Straße, und so schlüpfen wir ungesehen durch. Allerdings ist der Sarg sehr unhandlich und nicht wirklich gut zu tragen. Wir knallen damit gegen das Metall des Tores, das helle Birkenholz leuchtet in der Dunkelheit, und richtig greifen können wir die glatte Kiste auch nicht. Pat trägt weiterhin Jimi und leuchtet uns mit einer Taschenlampe mehr oder weniger effektiv. Aus Nervosität fuchtelt sie mit der Lampe ständig in der Gegend herum, statt uns den Weg zu weisen. Ihr Schwips hat sich mit einem Schlag verflüchtigt an diesem unheimlichen Ort, sagt sie. Und jetzt ist sie eben aufgeregt.

Möglichst unauffällig einen toten Hund auf einen Friedhof

zu schmuggeln, sieht anders aus. Okay ist ein schwerer toter Hund, und wir ächzen und schwitzen, während wir den Sarg durch die Gänge an vielen Gräbern vorbeischleppen. Ab und zu müssen wir ihn absetzen. Wir kommen nur langsam vorwärts.

Das Grab von Fynns Opa, Herrn Sundermann, reiht sich zwischen den anderen Grabsteinen ordentlich ein, eben neben jener Buchsbaumhecke. Sie ist tatsächlich breit genug, um Okay unter ihren Wurzeln zu begraben, wie von Anne heute Morgen vorgeschlagen.

»Dort unter das Gebüsch neben Opa«, flüstert Anne noch einmal zur Bestätigung. Sie klingt sehr angespannt. Kein Wunder. Wir sind es alle.

»Mama, das ist erstens viel zu schmal für Okay, und zweitens wird Knut sofort merken, dass dort jemand gebuddelt hat. Auf keinen Fall.« Fynn versucht es mit einem festen, bestimmten Flüstern.

Leise streiten müssen, klingt immer amputiert.

»Wieso, wir bezahlen den Platz von Opa. Wenn wir uns noch ein bisschen ausbreiten, ist das doch nicht schlimm. Und zu schmal ist der Platz überhaupt nicht.«

Anne misst mit den Händen erst die Breite von Okays Sarg und dann die Hecke aus. Sie stellt sich mit ausgestrecktem Arm vor Fynn auf. »Passt. Sag ich doch.«

»Und wenn Opa nicht eingequetscht da liegen will oder Okay?« Fynn dreht sich einmal um die Achse. »Vielleicht sollten wir es doch lieber dort hinten an der Mauer versuchen?«

Er versucht es halbherzig noch auf anderem Weg, aber Anne hat die besseren Argumente.

»Wie gesagt, Okay soll bei Opa liegen und Opa bei Okay«, wiederholt sie.
Fynn gibt auf. Er sieht sich um, entfernt sich von uns.
Pat beugt sich zu mir rüber. Sie flüstert: »Okay wird unter einer Hecke begraben, verstehe ich das richtig?«
»Ja, woanders geht's nicht. Hier ist alles abgezählt.«
»Gut, und ich dachte schon, ich müsste irgendein anderes Grab ausheben. Mann, hatte ich Schiss, dass ich das machen muss!«
Deshalb war Pat so nervös. Sie dachte, wir wollen Okay in ein anderes Grab reinlegen. Das verstehe ich. Bei dieser Vorstellung wird mir auch flau.
Fynn kommt zurück, hat wohl etwas entschieden: »Ich hole Schaufeln«, flüstert er. »Und danach bearbeiten wir die anderen Hecken auch ein bisschen. Dann fällt es nicht so auf. Obwohl sich Knut eh fragen wird, warum hier ohne sein Wissen gebuddelt wurde.«
»Ich komme mit«, flüstere ich zurück. »Ich kann Schmiere stehen, falls doch noch jemand kommt.«
Die Wahrheit ist: Ich will ihn nicht allein gehen lassen.

Wir schleichen uns leise in das Verwaltungsgebäude, in dem ich noch nie war. Zuerst geht es durch einen Flur. Blöderweise haben wir vergessen, die Taschenlampe mitzunehmen. Nur das Licht meines Handydisplays beleuchtet unseren Weg, weshalb wir nur sehr langsam vorankommen. Es ist so dunkel, wir können kaum unsere Füße sehen, und als ob man uns erwartet hat, liegen Arbeitsgeräte, Eimer, Schuhe unsortiert auf unserem Weg als Stolperfallen herum.

Fynn bleibt abrupt stehen und zeigt auf die Tür am Ende des Flurs. Licht fällt durch den Türspalt.
»Knut. Scheiße!«, flüstert Fynn.
Anspannung pur bei uns beiden. Warum Knut noch mitten in der Nacht auf dem Friedhof ist statt zu Hause, bleibt mir schleierhaft, aber Fakt ist, wir müssen jetzt noch vorsichtiger sein.
Wir schleichen weiter. Etwas anderes bleibt uns ja nicht übrig. Fynn legt den Finger auf den Mund und deutet auf eine Tür rechts neben dem Lichtspalt. Dort müssen wir offenbar hin. Auch das noch!
Auf Zehenspitzen und in Zeitlupe schleichen wir uns an Knuts Zimmer vorbei. Eine Ewigkeit vergeht, bis Fynn endlich mit zittriger Hand die richtige Tür öffnet. Und dann stehen wir wieder in totaler Dunkelheit. Wenn vorher noch etwas Mondlicht den Augen geholfen hat, sich zu orientieren, so ist hier in diesem fensterlosen Raum alles stockfinster.
Fynn bedeutet mir, an der Tür zu bleiben und Schmiere zu stehen. Er selbst tastet sich vorwärts in den Raum rein.
Das Handylicht reicht gerade aus, um den nächsten Schritt zu setzen. Er arbeitet sich in Zentimetern zu einem Schrank vor, in dem, als er ihn öffnet, jede Menge Arbeitsgeräte unsortiert an Haken hängen oder übereinanderliegen. Die Schaufeln liegen unter einer Sammlung von Harken, ganz unten natürlich. Fynn hebt jeden einzelnen Rechen wie bei einem Mikadospiel sehr vorsichtig hoch und legt ihn zur Seite. Das Metall darf nicht aufeinanderschlagen, denn bei der Totenruhe, die hier herrscht, würde Knut jedes kleinste Geräusch sofort hören.

Dann leise Schritte nebenan. Fynn und ich frieren ein. Ich werde panisch. Wir wollen uns doch nur eine Schaufel leihen, um einen Hund auf einem nicht angemeldeten Friedhofsplatz zu begraben. Das ist zwar ein bisschen illegal, aber sehr nett von uns.

Fynn springt vom Schrank weg und zieht mich hinter die Tür. Kaum stehen wir gequetscht in der Zimmerecke, schwingt sie auch schon auf. Ein schläfriger Knut tritt herein und schaltet ein grelles Licht an. Er schaut sich um, nicht weit genug, um uns schräg hinter ihm zu entdecken. Dann geht er zum Schrank, betrachtet irritiert die unordentlich hingeworfenen Geräte auf dem Boden, bückt sich runter, schwankt, müde und verschlafen, wie er ist, wie ein Bambus kurz hin und her, pendelt sich wieder ein und dreht sich mit einem »Egal, das lass ich jetzt so« zurück zur Tür. Licht aus. Tür zu. Ruhe. Nichts mehr zu hören, außer meiner Halsschlagader, die laut um Hilfe pocht. Fynn geht es ähnlich, denn kaum ist die Tür zu, atmet er leise, aber sehr lange aus.

Wir hören Knut ins Zimmer nebenan eintreten. Jetzt muss es schnell gehen. Schaufel greifen und Abmarsch. Der Rückweg ist weniger beschwerlich, weil wir wissen, welche Fallen wir umgehen müssen.

Anne und Pat erwarten uns schon sehnlichst. »Ist nicht gerad unser Hobby, die Nächte auf einem Friedhof zu verbringen, auch wenn ich das hier forciert habe«, begrüßt uns Anne.

Anscheinend haben sich Pat und Anne in der Zwischenzeit miteinander angefreundet. So ein gemeinsames Schicksal – einsam in der Nacht zwischen den Toten – verbindet.

Wir wählen den mittleren Teil der Hecke für Okay aus. Keiner spricht, Jimi mauzt nicht einmal. Zu dritt ist ein Loch von der Größe eines halben Menschen schnell gebuddelt, obwohl die Wurzeln nicht so einfach zu entfernen sind wie angenommen. Pat leuchtet uns weiterhin und hält Jimi. Die Katze beobachtet unsere Aktion sehr genau, und ab und zu scharrt sie mit ihren Krallen an der Box. Auch sie ist aufgeregt. Pat erledigt ihre Aufgabe als Tierpsychologin hervorragend. Sie raunt der Katze immer wieder liebevoll zu, was Jimi dann wiederum beruhigt. Worüber sie reden, kann ich nicht hören, bin zu sehr mit dem Schaufeln beschäftigt. Ich wusste gar nicht, wie anstrengend es ist, in der Erde rumzubuddeln. Als wir Okays Sarg hinunterlassen wollen, stellen wir fest, dass wir keine Seile mitgenommen haben. Fynn und ich steigen ins Loch und versuchen, den Sarg auf den Boden zu legen, aber mit uns im Grab ist das Loch wiederum zu klein für den Sarg.
»Wir müssen ihn von oben runterlassen.« Fynn steht etwas ratlos herum.
»Das Loch ist zu tief dafür. Dann müssen wir ihn fallen lassen, und das Holz wird zerbrechen.« Ist eigentlich logisch, aber wir sind mittlerweile müde und immer noch unter Hochspannung.
»Und wenn wir ihn hochkant einbuddeln?« Schön, dass Anne immer die innovativsten Ideen hat, so als einzige Erwachsene in unserer Gruppe.
»Dann liegt er nicht vorschriftsmäßig tief genug unter der Erde.« Fynn ist langsam genervt.
»Was habe ich in meiner Erziehung falsch gemacht? Immer kommst du mir mit Vorschriften. Hier ist überhaupt

nichts vorschriftsmäßig, schon bemerkt?« Anne ist auch genervt.
Fynn klappt den Mund auf, dann wieder zu. Anne hat recht. Pat schaut von links nach rechts und entscheidet das Richtige. Sie sagt nichts dazu. Fynn und ich springen wieder in das Grabloch und nehmen den Sarg hochkant entgegen. Da stehen wir nun. Gruppenbild mit aufrecht stehendem Sarg.
Dann meldet sich Pat doch: »Längsseitig. Ihr müsst die Kiste am oberen Ende langsam in Richtung Boden kippen. Und Anne hebt Tammie gleichzeitig raus. Dann müsste es gehen.«
Das ist bisher der beste und der einzige Lösungsvorschlag, also versuchen wir es. Fynn hält die herabzulassende Seite, und ich lasse mich von Anne an den Armen aus dem Loch hochziehen, während das andere Ende immer weiter in Richtung Lochkante rutscht. Es scheint zu klappen.
Wir sind so mit dem Manövrieren von Okays Sarg beschäftigt, dass wir Knut erst bemerken, als er hinter uns steht und laut fragt: »Kann ich helfen?«
Fynn lässt den Sarg fallen, Holz splittert. Keiner rührt sich.
»Das ist verboten. Is' klar, oder?« Knut steht klein und verwittert vor uns.
»Ist klar«, sagt Fynn.
»Und wer ist da drin?«
»Okay.«
Knut nickt. Keine Spur von Ärger oder Entrüstung auf seinem Gesicht.
»Er sollte in der Nähe von Fynns Opa liegen, haben wir gedacht«, sage ich kleinlaut. Ich versuche es mit der emotionalen Schiene.

Anne sagt gar nichts mehr. Hier stimmt etwas massiv nicht. Das kapiert Pat auch. Sie beobachtet uns nur – wie Jimi. Ihre Augen leuchten in der Dunkelheit und fixieren Knut.
»Habt ihr gedacht, ja? Hunde begraben. Hier? Ist noch verbotener. Is' klar, oder?« Knut läuft ein paar Schritte um das illegale Grab und wieder zurück und schaut sich um. Ich habe den Impuls, Knut zu begleiten. Sollte er in das Loch fallen und sich etwas brechen, haben wir ein noch größeres Problem.
»Ist klar, Knut, aber in Frau Blumentopfs Grab weiß ja auch keiner, wer da liegt.« Ich flüstere jetzt auch nicht mehr. Fynn und Anne schauen mich erstaunt an. Pat nicht, sie zählt ihre Fußzehen, versucht, sich und Jimi unsichtbar zu machen, was ihr misslingt. Jimi knurrt Knut an.
»Na, ich meine, zwei Frauen namens Tilda Blumentopf. Da liegt doch sicher nicht ihre Namensvetterin drin, oder?«
Es ist nur ein Schuss ins Blaue gewesen, aber ein Volltreffer. Knut schaut auf die knurrende Katze, schwankt noch mehr als vorhin und lässt sich dann auf den aufgeschütteten Erdhügel plumpsen.
»Was wisst ihr von Frau Blumentopf?«
Ich versuche streng zu schauen. »Alles.«
Pokern gehört eigentlich nicht zu meiner Kernkompetenz. Fynn und Anne halten glücklicherweise den Mund.
»Frau Blumentopf.« Knut murmelt vor sich hin.
Bisher ist er mir immer wie ein knorriger Baumstamm vorgekommen, der unverwüstlich ist.
»Der wollte ich einen Gefallen tun, nur einen Gefallen.«
Es folgt langes Schweigen. Wir warten geduldig, bis er seinen Gedanken zu Ende gedacht hat.

»Aber, wenn ihr mich heute fragen würdet, ich glaube, das war nicht richtig. Der arme Mann kommt Woche um Woche, und ich muss zuschauen und darf nur den Mund halten. Dabei geht es ihr doch gut. Ich hab mir damals nichts weiter dabei gedacht, ihr zu helfen, nach diesem verflixten Unfall mit den Beinen, da hab ich halt Ja gesagt, is' ja klar.«

Fynn und ich schauen uns an. Ich sehe im Halbdunkel, dass er vor Anspannung mit den Zähnen knirscht, denn seine Ohren wackeln.

»Du meinst ...«, beginnt Fynn gedehnt.

Jetzt hält es Jimi auch nicht mehr aus. Sie jault einen lauten, schrecklichen Katzenjammer mitten in die Stille der Nacht hinein, lang, ausgiebig und sehr, sehr herzzerreißend. Als sie aufhört, hat sich Knut wieder gefangen. Er schielt immer wieder zu Jimi und somit in Pats Richtung, was ihr unbehaglich ist. Nervös fuchtelt sie mit der Taschenlampe umher.

»Ich meine gar nichts, klar? Gar nichts. Sie ist nur eine sehr nette Person und hatte dieses schlimme Schicksal und hat mich so nett darum gebeten. Nur deshalb, ja? Steht ja schließlich auch alles auf ihrem Grabstein.«

Knut rappelt sich auf. Sein faltiges Gesicht verzieht sich.

»Verboten.« Er sinniert immer noch, »is' klar, oder?«

Dann lüpft er vor Anne den nicht vorhandenen Hut.

»Einen wirklich netten Sohn haben Sie da großgezogen. Einen Sohn, der heute gar nicht hier war, würd' ich mal sagen. Genauso wenig wie Sie und die Freundin von Fynn.« Er hustet. »Ihr alle drei oder vier oder vier mit Katze. Wieso ist eigentlich auch noch eine Katze hier?« Knut schweigt wieder, denkt wieder.

»Ihr wart nicht hier, is' klar, oder? Und ich auch nicht, bin

schon längst zu Hause, und einen Hund habt ihr auch nicht beerdigt. Nur die Büsche mussten dringend mal neu versetzt werden.«
Dann dreht er uns einfach den Rücken zu und schlurft davon. Was für ein kleiner, großer Mann.

Nachdem er weg ist, arbeiten wir schnell. Das Holz ist zum Glück nicht komplett auseinandergefallen. Eine Pfote müssen wir zurück in den Sarg legen. Wir platzieren ihn ordentlich in der Erde und schütten das Loch zu. Währenddessen sprechen wir keinen einzigen Satz miteinander, sprechen erscheint uns zu laut.
Als wir fertig sind, bringt Fynn die Schaufeln zurück.
Anne, Pat und ich stehen allein im Dunkeln.
»Was steht auf Frau Blumentopfs Grabstein?«, fragt mich Anne.
»Das Ganze ist mehr als die Summe seiner Teile.«
Und jetzt verstehe ich auch endlich, was damit gemeint ist. Ich verstehe, wer da unten im Grab von Tilda Blumentopf liegt. Nicht Frau Blumentopf ist tot, sondern Frau Blumentopfs Beine. Was der Mann allerdings damit zu tun hat, bleibt weiterhin ein Rätsel.
»Und welchen Satz hast du dir ausgesucht?« Annes Lächeln im Dunkeln tut gut.
»Ich suche noch.«
»Und ich helfe ihr, schon ziemlich lange. Das geht schon Jahre so, aber das wird, und jetzt hilft ja Fynn auch mit.« Pat hat ihre gute Laune wieder. »Ich finde zwar, dass sie mehr Fun und weniger Grabsprüche braucht, aber auf die besten Freundinnen hört ja keiner.«

»Tammie hört nicht auf dich? Kann ich mir nicht vorstellen.« Anne amüsiert sich über Pat.

»Sie ist sturer, als sie tut.« Pat leuchtet mich an. Das Licht blendet, aber so sieht sie mein Lächeln.

»Es war mir eine Freude, dich kennenzulernen, Pat. Wir sollten uns alle öfter mal sehen, Ladys, okay?«

Bei dem Wort müssen wir lachen.

»Okay, ist alles okay«, sage ich ihr, »aber Beerdigungen im Dunkeln sind nicht okay, finde ich.«

»Lass dir Zeit mit dem Spruch, Liebes.« Sie zupft noch ein bisschen an dem eingebuddelten Busch herum und tritt die aufgeschüttete Erde mit ihren Füßen platt. Pat und ich machen mit. Als Fynn zurückkommt, muss es für ihn aussehen, als ob wir auf Okays Grab tanzen. Dann stellen wir uns vor seinem Grab auf und halten andächtig inne. Das erste Mal, seit wir auf den Friedhof gekommen sind.

»Wir müssen wiederkommen und ihn richtig verabschieden.« Fynn klebt einen Zettel an eine Metallstange, die neben der Hecke im Boden befestigt ist. Was darauf steht, kann ich in der Dunkelheit nicht lesen.

40

Anne besteht darauf, uns nach Hause zu fahren. Mittlerweile ist es mitten in der Nacht. Pat ist schon mit dem Kopf auf der Katzenbox eingeschlafen. Sie wird zuerst abgesetzt. Erst jetzt schaue ich auf mein Handy und sehe: 21 Anrufe von meinen Eltern.
»Scheiße! Ich habe vergessen, meinen Eltern Bescheid zu geben. Die haben versucht, mich zu erreichen.«
»Dann komme ich mit rein«, sagt Fynn. »Ich nehme alles auf meine Kappe.«
»Hoffe nur, die haben nicht schon die Polizei gerufen.«
»Braucht ihr mich?« Anne fährt zügig. Man kann die Morgenluft schon riechen. Wir sind alle drei ziemlich erschöpft von dieser Nacht.
»Nein, ich werde sie schon beruhigen können. Ist ja auch das erste Mal, dass ich eine Nacht unabgemeldet weg bin.«
»Das erste Mal ist besonders schlimm für Eltern. Da wird man schon mal hysterisch.«
Annes Satz trägt nicht zu meiner Beruhigung bei.

Tatsächlich brennt Licht im Flur, als ich die Tür öffne. Fynn und ich schleichen nicht rein, sondern grüßen fröhlich in den luftleeren Raum. Wir versuchen es mit der Alles-ist-super-Taktik, um den schlechten Energien, die uns sicher gleich entgegenprallen werden, etwas entgegenzusetzen. Meine Eltern und – eine Überraschung – auch mein Bruder kommen aus dem Wohnzimmer geschossen und schauen mich an wie Eltern, die in Sorge um das Leben ihres Kindes waren, und das fast die ganze verdammte Nacht. Doch statt Schimpftiraden über mir auszuschütten, nehmen sie mich in den Arm.

»Gut, dass du wieder da bist.«

Mein Bruder brummelt »Was für ein Scheißdrama« und geht dann wortlos aus der Haustür, nicht, ohne mir vorher noch einen merkwürdigen Blick zuzuwerfen. Ist er jetzt schon wieder sauer, weil seine kleine Schwester mal wieder nichts kapiert hat, was auch immer das sein könnte? Oder ist das ein Mach-das-nie-wieder-ich-habe-mir-vor-Angst-fast-in-die Hose-gemacht-Blick? Was ziemlich erstaunlich wäre, weil er dann einen Gedanken an mich verschwendet hätte.

Dass ich die letzten Stunden auf dem Friedhof verbracht habe, erkläre ich ihnen vielleicht besser in einem ruhigen Moment. Meine Mutter hat keine hysterischen Weinanfälle. Eine kleine Sensation.

»Fynn war die ganze Zeit bei mir.«

Jetzt erst beachten meine Eltern auch Fynn.

»Fynn, schön, dich kennenzulernen«, sagt mein Vater zu ihm. »Wollt ihr was trinken? Es gibt Tee und Kaffee. Mama und ich hatten schon zu viel von beidem.«

»Ja, gerne«, sagt Fynn, und ich verstehe nicht, ob das jetzt die richtige oder eine komplett desaströse Taktik ist. Sie wollen sicher ein Problemgespräch mit uns führen, was unbedingt zu vermeiden ist.

Wir gehen ins Wohnzimmer, beginnen zu plaudern. Sie stellen Fynn und mir Fragen über das, was wir heute erlebt haben. Da meine Eltern erstaunlich gelassen und gesprächsbe-

reit sind, erzählen wir von unseren Heldentaten. Wir machen die Nacht ein wenig dunkler, Knut ein wenig gefährlicher, Okays Sarg ein wenig schwerer und größer, und Jimi wird zur Heldin des Tages hochstilisiert, zur legendären Katze, die ihren toten Freund verteidigen wollte.
Die Gesichtsfarbe meiner Eltern wandelt sich langsam von grünlich zu normal müde. Ich entdecke eine neue Seite an Fynn. Er ist ein talentierter Schauspieler. Seine Knut-Karikatur ist zum Schreien komisch und der Slapstick unserer mühseligen Sarg-Transport-Nummer grandios. Meine Eltern lachen über uns und mit uns.
Als draußen die ersten Vögel anfangen zu singen, lassen sie uns alleine sitzen.
»Ich bin zu alt für lange Nächte, muss ins Bett«, stöhnt meine Mutter.
Mein Vater sitzt mittlerweile schnarchend im Sessel. Wir versuchen ihn zu ignorieren – vergebens. Er hat viele Jahre lang das Schnarchen perfektioniert und ist laut.
Meine Mutter küsst mich und Fynn, greift die Hand meines Vaters und zieht ihn davon. »Komm, alter Mann, wir lassen die beiden alleine.«
Sein Kopf ist nach hinten gefallen, sein Mund steht so weit offen, dass wir seine Füllungen sehen können. Er gibt Grunzlaute von sich und lässt sich dann wegziehen.

Fynn und ich beschließen, auch schlafen zu gehen. Es ist ein merkwürdiges Gefühl, Fynn in meinem Zimmer stehen zu sehen, nicht nur, weil wir diese verrückte Nacht gemeinsam erlebt haben, sondern weil er der erste Junge ist, der überhaupt mein Zimmer betritt, wenn man mal von meinem Bruder ab-

sieht. Leider habe ich vergessen, die Fotos von den Grabsteinen abzuhängen. Fynn studiert sie ausgiebig, und irgendwie ist mir das unangenehm. Er erkennt die Grabsteine wieder, nehme ich an. Das jedenfalls könnten seine Ahs und Ohs bedeuten. Mein Zimmer muss leer und asketisch auf Fynn wirken, mir gefällt es gerade auch nicht besonders. Dabei habe ich es selbst leer geräumt. Und jetzt hier mit ihm in diesem kahlen Raum stehend, begreife ich, wie wenig es mittlerweile zu mir passt. Es ist nicht geeignet für einen Neuanfang, nicht dazu geeignet, eine andere zu werden. Heute habe ich damit begonnen, eine andere Tammie zu werden. Ich habe einen Freund beerdigt. Ich bin dem Tod begegnet.
Ich habe meinem Freund in seiner Trauer beigestanden. Mein Leben ist in den letzten Tagen ein anderes geworden. Mit Fynn in meinem Zimmer, mit Fynn, der meine Eltern zum Lachen gebracht hat, wird es mir gelingen, mutig zu werden und dieses neue Leben zu leben.
»Was machst du mit den Fotos?« Fynn kann kaum noch seine Augen offen halten, doch wir wollen uns beide noch nicht schlafen legen. Wir wollen uns nicht trennen.
»Grabsprüche sammeln.«
»Und wozu brauchst du davon Fotos?«
Wozu eigentlich?
»Damit ich mich an sie erinnere.«
Fynn hat sich auf meinen Schreibtischstuhl gesetzt und schaut sich weiter um.
»Ich werde dir ein schönes Notizbuch schenken.«
Fynn nimmt Frau Blumentopfs Foto in die Hand. Ich betrachte Herrn Lebenichs Grabstein: *»So wie ich auch du.«* Aber jetzt noch nicht, denke ich, und nehme das Bild ab, und

noch eines, und das nächste. Fynn macht mit. Wir entfernen die Fotos der Grabsteine, eines nach dem anderen. Irgendwann stehen wir vor einer kahlen, weißen, vernarbten Wand. Sie ist übersät mit Löchern von den Pinnnadeln. Auch nicht wirklich hübsch, aber passend zum traurigen Ambiente hier. Fynn und ich schauen uns an. Das war wichtig. Wir warten. Auf was? Wir warten auf den richtigen Moment. Für was? Um das Richtige zu tun.
»Wie geht es dir?«, frage ich ihn.
»Ich bin verliebt, traurig und müde.«
»In der Reihenfolge?«
»Ungefähr.«
»Und was gehen wir davon zuerst an?«
»Das Bett?« Fynn kann noch Witze machen. »Damit decken wir verliebt und müde ab.«

Wir liegen eng umschlugen zusammen und schielen unsere Nasenspitzen an. Fynn schläft innerhalb von Sekunden ein. Ich genieße seine Wärme und betrachte ihn genau. Ruhig sein Atem, ungekämmte Haarsträhnen umrahmen sein feines Gesicht. Hier und da entdecke ich eine Bartstoppel, eine Sommersprosse, auch einen Pickel. Eine Linie zieht sich senkrecht in der Mitte der Stirn zum Haaransatz, eine Sorgenfalte, die in zwanzig Jahren zu einer Furche ausgewachsen sein wird. Er ist, meine Hand haltend, eingeschlafen. Vorsichtig ziehe ich sie weg, küsse seine Lippen. Morgen früh werde ich neben ihm aufwachen, und ich freue mich darauf.

Ich schlafe, und ich träume. Ich stehe auf einer Wiese und drehe mich im Kreis, weil Fynn um mich herumläuft.

Mein Blick verfolgt ihn. Wir lachen. Er erzählt mir Witze und umkreist mich immer schneller. Irgendwann drehe ich mich, auf meinen Beinen wackelnd, wie ein Kreisel und sehe die Landschaft vor meinen Augen verschwimmen. Bäume, Himmel, Wiese schmelzen zu einem Hintergrund zusammen, bis mich dieser Hintergrund komplett einhüllt in Weiß und Blau und Grün. Und ich, ich drehe mich weiter, weil es schön ist und mich fröhlich macht. Irgendwann ändert Fynn die Richtung und beginnt, geradeaus zu laufen. Er umarmt mich dabei und flüstert mir weitere Witze in mein Ohr, die ich nicht verstehe, aber er bringt mich mit seinen Geschichten zum Lachen. Und ich spüre Fynn. Ich spüre, wie sein Arm schwer auf mir liegt und mich wärmt. Sein anderer Arm schmiegt sich um meine Taille. Wir stolpern vorwärts und lachen gemeinsam über seine Albernheiten. Fynn, der talentierte Schauspieler, der gerade ein Ein-Mann-Stück für ein Ein-Frau-Publikum aufführt und mich so sehr zum Lachen bringt, dass ich mich kaum auf den Beinen halten kann. Ich verliere das Gleichgewicht, knicke ein. Nur in seiner Umarmung kann ich mich aufrecht halten.
Irgendwann löst er sich von mir und stellt sich in einigem Abstand mittig auf eine gelbe Wippe, das einzige Spielgerät weit und breit auf der Wiese, auf der wir stehen. Sie ist verrostet und gibt bei jeder Bewegung quietschende Geräusche von sich. Ich wundere mich, warum gerade hier eine einsame Wippe steht. Fynn wippt mit sich selbst, bewegt mal mit dem linken, mal mit dem rechten Bein die unterschiedlichen Hälften der großen Metallstange nach oben, dann wieder nach unten. Zwischendurch balanciert er auf dem Balken und lässt beide Enden in der Luft schweben. Während er

mit der Schwerkraft spielt, gibt er weiter den Clown. Wieder verstehe ich nicht, was er sagt. Ich verliere den Halt und plumpse auf den Boden. Dort bleibe ich grinsend liegen und höre weiter Fynns Witzen zu. Ich verstehe keinen einzigen, aber ich liege auf einer Wiese herum und blubbere sehr fröhlich vor mich hin, zu glücklich, um aufzustehen und diesen Moment vorbeiziehen zu lassen.

Jemand beobachtet mich. Von diesem Gefühl wache ich auf. Fynn liegt neben mir, schaut mir ins Gesicht und amüsiert sich.

»Was ist so lustig?«

»Du kicherst im Schlaf.«

»Echt?« Wie schön. Mein Traum hat es auch in die andere Welt geschafft. Fynn als Stand-up-Comedian. Ich werde ihm später von meinem Traum erzählen. Jetzt bin ich noch nicht ganz da und muss mich orientieren.

»Du hast in einem Friedhof geschlafen. Ist dir das schon aufgefallen?« Fynn liebkost mein Gesicht.

»Nein. Zu früh am Morgen. Muss mich noch einschalten.«

»Dein Zimmer ist quasi leer, und die einzige Deko waren Fotos von Grabsteinen. Selbst deine Bettwäsche ist grau.«

»Grau mit rosa Blümchen.«

»Das haben Gräber auch, rosa Blümchen.«

Ich setze mich auf und schaue mich um. Er hat recht. Mein Zimmer ist weiß und grau, mit ein paar rosa Farbtupfern.

»Dann müssen wir das ändern.« Ich kuschele mich näher an Fynn heran. Mir ist noch nicht nach aufstehen. Fynn und das Bett sind beide schön warm und weich, und ihm scheint es genauso zu gehen. Er legt seinen Kopf an meinen. Der erste Kuss am Morgen ist besonders schön. Wir knutschen uns den Schlaf weg. Fynn zieht mir das Nachthemd aus. Ich versuche, ihm sein T-Shirt über den Kopf zu ziehen, es bleibt an seinen eigentlich normal großen Ohren hängen, bevor es auf dem Boden neben dem Bett landet. Wir liegen nackt nebeneinander. Alles an ihm ist jetzt bei mir. Die Küsse, der Schweiß – wir sind nass. Er liebkost meine Brust, ich küsse seinen Bauch, seine Finger, jeden einzelnen, und bei jedem Kuss zuckt Fynn leicht zusammen. Und immer wieder suche ich seinen schönen Mund. Ich liebe seinen festen Griff und seine Hände auf mir. Und dann schlafen wir miteinander. Nichts Außergewöhnliches passiert. Es tut mir nicht weh. Ich blute nicht. Ich wundere mich, wie leicht es geht. Fynn hat keinen Orgasmus. Ich auch nicht, glaube ich. Ich spüre einen wohligen Schmerz, der mit seinen Bewegungen stärker wird, aber mein Gehirn platzt nicht.

Wir bleiben lange so liegen, werden immer müder und schwerer und trennen uns dann irgendwann – und schlafen wieder ein.

41

Am späten Mittag kriechen wir mit Frühstückshunger aus dem Bett, verwundert über das, was wir getan haben, trotz des Todesrisikos, aber auch wieder so unfassbar verliebt, weil wir es getan haben. Fynn ist besorgt, fragt mich immer wieder, ob es wehgetan hat, und beruhigt sich erst, als ich ihm versichere, wie gut es mir geht, und ich einfach nur verliebt und müde bin und deshalb so verdattert aussehe. In dieser Reihenfolge: verliebt, müde und verdattert. Das Einzige, was gegen diesen völlig verdatterten Zustand hilft, ist: raus in die Welt und sich der Realität stellen.

Meine Eltern sind weiterhin mit den Dingen im Haus beschäftigt, die zwar schön, aber nutzlos sind. Sie räumen um und alles anders wieder ein und wollen die Wohnung umgestalten. Farbig und luftig soll sie werden, die neue Wohnung. Noch sitzen sie inmitten ihres Chaos auf dem Boden und kommen nur sehr langsam voran.

Aber: »Chaos ist schön«, begrüßt uns meine Mutter. Sie hat gute Laune, was mich freut.

Meine Eltern stellen keine Fragen, uns dafür aber ein herrlich duftendes Crêpes-Frühstück vor die Nase. Und ihrem verständnisvollen Verhalten kann ich entnehmen, dass sie verabredet haben, uns keine intimen Fragen zu stellen. Ist besser so, denn das würde diesen schönen Morgen einmuffen. Wir sind Teenies und haben ein Recht auf unsere Geheimnisse in Sachen Sex.

Fynn und ich haben noch eine letzte Aufgabe zu erfüllen, und über diese denken wir laut nach. Wir haben beide ein schlechtes Gewissen, weil wir Okay so schnell im Loch vergraben haben. Eigentlich hat er eine Leberwurst und ein paar Blümchen verdient, eben eine richtige Hundebestattung. Gestern wurde alles einfach durchgezogen, mit Pannen zwar, aber selbst die sind wir pragmatisch angegangen. Es war sehr wenig Gefühl dabei. Heute sind wir Gefühlsexperten, deshalb sind wir so kritisch mit uns selbst.

Wir kaufen Leberwurst und einen Topf mit duftenden Blumen und laufen zum Friedhof, Hand in Hand. Ob man es uns ansieht? Ob man mir ansieht, dass ich mich verändert habe? Fynn scheint es ähnlich zu gehen. Er schlingt sich immer wieder um mich herum, sodass das Gehen unordentlich wird. Es sieht sicher albern aus, aber das ist mir gerade sehr egal.

Sie nähert sich uns mit einem skeptischen Blick und dem für sie typischen Stechschritt. Gerade jetzt Beate, der Gräfin, aus meiner Klasse, zu begegnen, ist schlechtes Timing, aber sie spricht mich freundlich an: »Ihr seht ja so verliebt aus. Tammie, du hast dein T-Shirt falsch rum an.«

Ich habe heute Morgen auf Wolke sieben kaum auf irgendwas anderes geachtet als auf Fynn. Die Bettwärme verlassen, mich aus Fynns Umarmung lösen – wir haben uns zum Aufstehen überreden müssen. Und sich anziehen war Nebensache.

Dann wendet sie sich Fynn zu: »Hallo, ich bin Beate. Tammie und ich gehen in die gleiche Klasse. Sie hat gar nichts von dir erzählt, die Geheimniskrämerin.«

Beate ist besonders freundlich.
»Dann wollte sie es dir vielleicht nicht erzählen.«
Fynn hat wohl bemerkt, wie unangenehm mir das Treffen mit meiner Schulkameradin gerade jetzt ist. Ich bin verkrampft. Er versucht, mir mit seinem Charme zu helfen, und zeigt Schlagfertigkeit. Wenn die Dinge um sie herum nicht am richtigen Platz stehen, wenn ein T-Shirt auf links getragen wird, geht das gegen Beates ästhetisches Empfinden, und sie muss unbedingt versuchen, es aus der Welt zu schaffen, auch wenn es nicht zu ihrer Welt gehört. Sie könnte Berits Tochter sein.
Nach einem kurzen Moment der Irritation legt sie wieder ihren forschenden, freundlichen Blick auf.
»Das musst du nicht, Tammie, ist doch schön, wenn es dir gut geht. Das freut mich doch für dich.«
Beate, die schöne, empfindlich Beate, sie kann nicht anders.
»Dann freu dich noch weiter heute. Tschüss.«
Ich ziehe Fynn mit mir mit. Wir laufen ein paar Schritte, bis wir aus ihrer Hörweite sind. Ich kann ihren kritischen Blick auf meinem Rücken spüren.
»Das war mal fällig. Beate und ich mögen uns eigentlich nicht. Wir tun nur so«, erkläre ich Fynn meinen plötzlichen Abgang. »Ich werde ab heute nur noch Zeit mit Menschen verbringen, die mich mögen, und die ich mag.«
»Und ganz viel Zeit mit Menschen, die dich noch mehr mögen.«
»Ja, sehr viel Zeit«, antworte ich.
Wir umarmen und küssen uns mitten auf dem Bürgersteig und schneiden einer jungen Frau mit Kinderwagen den Weg ab. Sie lächelt, die junge Frau, und wir auch.

Auf dem Friedhof erwartet uns eine Überraschung. In der Nähe von Okays Grab sehen wir Frau Blumentopf und Herrn Zaverello zusammen auf einer Bank sitzen. Das heißt, Frau Blumentopf sitzt neben der Bank in einem Rollstuhl – ohne Unterbeine. Unter ihren Knien ist nichts mehr. Die Stümpfe sind sorgsam vom Stoff des eingeklappten Hosenbeins bedeckt. Es stimmt also, Frau Blumentopf hat tatsächlich etwas begraben: ihre Beine, und somit ein Stück von sich selbst, einen Teil ihres Lebens. Sie plaudern angeregt. Wir kommen näher, sie bemerken uns und kommen uns entgegen. Herr Zaverello schiebt Frau Blumentopfs Rollstuhl ganz selbstverständlich in unsere Richtung.
»Fynn, Tammie, wie schön, dass ihr gekommen seid. Knut hat vermutetet, ihr würdet heute noch hier auftauchen.«
Frau Blumentopf hat Lippenstift aufgelegt und nicht nur ihr schönstes Lächeln, und Herr Zaverello ist auch entspannt.
»Das hat Knut Ihnen gesagt?«
»Er war merkwürdig schlecht gelaunt heute Morgen, aber er lag ja richtig, wie man sieht.«
»Hat er Ihnen auch gesagt, warum wir heute Morgen hier sein werden?« Nervöse Frage von Fynn. Könnte aber auch von mir sein.
»Nein.« Wissend schaut uns Frau Blumentopf an, »nein, Knut ist ein sehr vertrauensvoller Mann. Der erzählt nicht viel.«
Herr Zaverello tritt vor. »Wir wollten uns bei euch bedanken. Schließlich habt ihr uns zusammengebracht.«
»Ich hatte ja keine Ahnung, wer mich da besuchen kommt. Habe immer nur die Steine auf dem Grab gesehen. Herr Zaverello hat nur hier nach mir geschaut, nie woanders.«

»Liebe Frau Blumentopf, das habe ich Ihnen doch schon erklärt. Wo hätte ich denn sonst nach Ihnen schauen sollen? Für mich waren Sie hier, auf diesem Friedhof.«

Herr Zaverello protestiert lächelnd.

Ich habe auch das Bedürfnis, dem etwas zu entgegnen, denn wenn dieses Rätsel nicht bald gelöst wird, sorgt es dafür, dass mein Ypsilon platzt, davon bin ich fest überzeugt.

»Aber wieso haben Sie Frau Blumentopf hier besucht?«, fragt Fynn freiheraus und kommt mir zuvor. »Wer sind Sie?«

Herr Zaverello holt tief Luft. »Der Straßenbahnfahrer, der sie überfahren hat.« Jetzt wird er doch blass. Frau Blumentopf greift nach seiner Hand.

»Der Straßenbahnfahrer, der glaubte, mich überfahren zu haben«, korrigiert sie sanft.

Herr Zaverello nickt langsam. »Frau Blumentopf ist vor vier Jahren mit ihrem Fahrrad in den Straßenbahnschienen hängen geblieben«, beginnt er zu erklären. »Leider direkt hinter einer Kurve. Ich habe sie zu spät gesehen und sie voll erwischt. Mir wurde gesagt, sie wäre schwer verletzt ins Krankenhaus gebracht worden. Ich stand unter Schock und musste selbst in eine Klinik. Viel später entdeckte ich zufällig Frau Blumentopfs Grab auf dem Friedhof. Ich dachte, die auf der Arbeit lügen mich an, wenn sie mir sagen, dass Frau Blumentopf nicht tot ist. Ich dachte, meine Kollegen wollten mich damit schützen, weil es mir doch so schlecht ging. Für mich war Frau Blumentopf tot, und ich hatte sie umgebracht. Davon war ich überzeugt, weil es doch dieses Grab hier gibt. Und nur hier konnte ich mich bei ihr entschuldigen. Deshalb habe ich die Steine abgelegt, als kleine Geschenke sozusagen.«

»Und warum haben Sie Ihre Beine beerdigt? Das haben Sie doch oder? Ihre Beine liegen da in der Erde.« Fynn ist wie immer geradeheraus.
»Gehören denn meine Beine nicht zu mir? Ich wollte um sie trauern dürfen, um meine Beine, die mich viele Jahre lang von A nach B getragen haben. Und ich wollte einen Ort für meine Trauer haben, so wie man es mit Verstorbenen macht. Mensch oder Beine, beides hat mal gelebt, oder nicht?«
Für einen kurzen Moment erscheint ein schmerzhafter Zug auf Frau Blumentopfs Gesicht: »Selbstmitleid ist eine ziemlich egoistische Angelegenheit und schrecklich langweilig. Das gilt übrigens auch für Sie, Herr Zaverello.«
Herr Zaverello will gerade nach einem Wort schnappen. Sie unterbricht ihn: »Doch, doch, doch, das gilt auch für Sie. Ich kenne diesen Zustand. Damit können Sie jetzt aufhören. Ich bin hier, am Leben, und Sie sind kein Mörder. Und ab heute auch keine Steinchensammlung mehr auf meinem Grab, ja? Die muss ich jedes Mal wegräumen.«
Herr Zaverello lächelt sie an: »Aber so haben Sie mitbekommen, dass Sie jemand am Grab besucht.«
»Ja, und damit haben Sie mir jedes Mal einen gehörigen Schreck eingejagt.«
Dann wenden sich beide wieder zu uns.
»Jedenfalls, Kinder. Wir danken euch von Herzen.« Frau Blumentopf reicht uns ihre Hand. Fynn erwidert ihren Händedruck.
»Danken Sie Knut, nicht uns. Wir wollten nur wissen, was Ihr Spruch auf dem Stein bedeutet. Knut hat Ihr Geheimnis bewahrt und uns trotzdem zu Ihnen geführt.«
»Nun dürfte es ziemlich klar geworden sein, oder?«

Ja, das war es. Bis auf … wie hat sie die Beine aus dem Krankenhaus in einen Sarg schmuggeln können? Diese Frage liegt mir noch auf der Zunge. Vielleicht ist es besser, das nicht so genau wissen zu wollen. Das muss sie einiges gekostet haben.

Frau Blumentopf umarmt uns zum Abschied, nebelt uns mit ihrem Veilchenparfüm ein. Herr Zaverello versucht einen warmen Händedruck, der ein wenig hakelt, aber von Herzen kommt. Sie gehen. Endlich sind wir allein. Vielleicht schaue ich Fynn ein wenig zu lange an, vielleicht setzen sich die Worte zu zögerlich zusammen, aber schließlich sage ich sie auch zum ersten Mal: »Ich liebe dich, Fynn.«

Ein Kuss ohne Liebeserklärung von Fynn, aber die braucht es auch nicht als zusätzlichen Schmuck. Fynn nimmt meinen Kopf in seine Hände und legt seine Stirn auf meine.

»Komm, Tammie, Okay wartet sicher auf uns. Und wenn nicht auf uns, dann auf die Leberwurst.«

Langsam gehen wir die letzten Schritte zu Okays Grab, das kleiner ist als die zugeschütteten Erdlöcher um ihn herum. Wir bleiben vor der Hecke stehen, legen andächtig die Hände zusammen. Es gibt wenig Platz für uns auf dem kleinen Streifen Wiese. In der Nacht, als wir den Busch ausgehoben haben, erschien der Platz neben Opa Sundermanns Grab größer. Jetzt stehen wir gedrängt zwischen Stein und Grün und lassen uns von den Ästen die Hosen aufkratzen. Hier ist es gerade sehr ungemütlich und überhaupt nicht feierlich. Wir stehen noch ein paar Minuten stumm da und versuchen, mit Okay zu reden, aber letzten Endes haben wir doch beide das Gefühl, mit der Hecke zu reden, die hier nur sein darf, weil es der Landschaftsarchitekt des Friedhofs so entschie-

den hat. Fynn kratzt sich andauernd den Kopf, die Hände, den Bauch, von Andacht keine Spur. Er nimmt den Zettel, den er in der Nacht an der Metallstange angebracht hat.
»Lass uns woanders von Okay verabschieden. Ich hab gerade genug von Friedhöfen. Hier hören zu viele mit.«
So kann man das auch sehen. Eigentlich richtig, nicht nur Menschen sehen und hören dich auf einem Friedhof, irgendwie auch die vielen Toten mit ihren Grabsteinen, die wie Satelliten die Verbindung zwischen Erde und All halten.

Wir radeln zum Park. Erst als wir vor dem Hundeparcours halten, verstehe ich, was Fynn vorhat. Das Tor ist zu, der Parcours ist hunde- und menschenleer. Wir klettern über den nicht sehr hohen Zaun und setzen uns neben die Wippe. Vor uns liegt eine abgetretene Wiese, auf der Trainingsstationen für Hunde aufgebaut sind. Sieht aus wie im Sportunterricht beim Zirkeltraining, nur weitläufiger. Der Tunnel, aus dem Okay sich nicht rausbewegen wollte, die Stangen, die Charles, der Mops, verweigerte. Weiter hinten hängen Ringe in der Luft neben einer sich sehr steil erhebenden Holzplanke, auf der wohl balanciert wird. Hier vor der Wippe hat Fynn zum ersten Mal meine Hand genommen und nicht mehr losgelassen. Hier hat Okay die Stöckchensammlung genüsslich zerbissen, die ich ihm als Freundschaftsgeschenk mitgebracht hatte.
Meine Rechnung war einfach. Wenn man den Hund eines Jungen zum Freund hat, den man mag, dann kann der Hundebesitzer nicht anders. Er muss die Freundin des Hundes auch mögen. Und ich wollte Fynn dazu bringen, mich zu mögen. Jetzt sitzen wir wieder hier, halten uns die Hände

und erinnern uns an Okay, den Hund, den der Junge, den ich liebe, gerade beerdigen musste. Wir erinnern uns an einen Freund, an einen tapferen Freund, der nie Angst zu haben schien und sich nie beschwerte. Fynn sollte sich für mich nur interessieren, mehr nicht, erst mal. Ich wollte ihn kennenlernen anfangs, und auf einmal war die große Liebe überall.

»Eigentlich war dieses Hundetraining immer zu anstrengend für ihn.« Fynn schaut sich um. »Oder zu doof, kann auch sein. Nur haben wir das nicht verstanden.«

»Mir würde das auch nicht gefallen, durch Tunnel zu laufen, im Slalom um Stangen herum zu marschieren und so.«

»Er hat ja auch nichts von dem gemacht. Wir beide haben immer nur rumgesessen und es uns gut gehen lassen. Er mit Hundekuchen und ich mit Zitronentarte. Es war viel lustiger, die anderen zu beobachten.«

»Dann habt ihr vor mir nur so getan, als ob?«

»Komplett. Wir wollten dich beeindrucken. Ist ja auch gelungen.« Fynn grinst mich an. »Okay war ein alter Herr, der lässt sich doch nicht um doofe Stangen herumscheuchen. Aber zur Tammie-in-mich-verliebt-machen-Aktion konnte ich ihn überreden.«

»Fast.«

»Fast? Bist du nur fast verliebt?«

»Nein, die Aktion. Beim Tunnel war Schluss, war wohl gemütlicher da drin.«

»Schlechtes Timing, dass du gerade kamst.«

»Ja, schlechtes Timing, aber das andere Timing war ziemlich gut.«

Seine Handinnenfläche hat zarte Linien, ein kleines Spinnennetz zieht sich über seinen Daumenballen. Mir ist bisher noch nicht aufgefallen, wie voll und rund die Innenfläche seiner Hand ist. Wieder entdecke ich ein Stückchen mehr von ihm. Wir schauen beide zum Tunnel. Als ich aufstehe und in diese Richtung gehe, kommt Fynn mit. Ich krieche in den Tunnel hinein. In dem gelben Rohr riecht es nach Erde, Hund und Plastik. Kaum vorstellbar, dass es ein Hund hier gemütlicher findet als auf der Wiese. Aber Okay hat auf halber Strecke beschlossen, ein Päuschen zu machen, und ist einfach im Stinkeschlauch liegen geblieben. Ich höre Fynn hinter mir herrobben. Als er mich einholt, bleiben wir beide liegen, nicht nebeneinander, dafür ist zu wenig Platz, sondern seitlich zueinander. Das gelbe Licht weicht seine Gesichtszüge auf. Er ist wunderschön. Er umarmt mich, was ihn noch schöner macht.

»Das würde Okay gefallen«, sagt Fynn.

»Was würde ihm gefallen?«

»Ihm würde gefallen, uns beide hier knutschend im Tunnel zu sehen. Wir haben keine Angst wie die anderen kleinen Hunde, die winseln, wenn sie hier durchmüssen.«

»Das liegt vielleicht daran, dass wir keine kleinen Hunde sind und von Frauchen nicht durch einen Tunnel gescheucht werden. Wir liegen hier freiwillig in dieser gelben Röhre.« Und eigentlich will ich hier auch wieder raus. Langsam wird es ungemütlich. Der ungesunde Geruch dringt nicht nur in meine Kleider, sondern auch in mich ein.

»Warum ist Okay hier auf der Hälfte der Strecke liegen geblieben?«, frage ich Fynn.

»Vielleicht, weil dann alles so schön gelb aussieht?«

Er schaut mich an. Wahrscheinlich sind auch meine Gesichtszüge weicher in diesem Licht, nicht nur seine. Wir kriechen auf dem Bauch aus dem Schlauch raus. Draußen klopfen wir uns gegenseitig sauber, so weit es geht, denn das Ergebnis von unserer Aktion sind komplett verdreckte Klamotten und Haare, und setzen uns dann wieder an die Wippe. Das Tageslicht verflüchtigt sich, die Sonne liegt als großer, gelber Ball knapp über dem Horizont und dimmt ihr Licht. Ihre Strahlen bitzeln auf meiner Haut.

Ich bin ganz morsch. Die Erinnerung an Okay, die Wärme auf meiner Haut, Fynn neben mir, mein rudernder Vater, von Gaffi angefeuert, und meine Mutter, die anders geworden ist, auch wenn ich noch nicht verstehe, was sich in ihr und mit uns verändert hat, ein Kahlschlag-Zimmer mit gerupftem Kleiderschrank. Schließlich Frau Blumentopf und Herr Zaverello, der sie tot glaubte. Die Bilder der letzten Tage sinken in mich ein. Ich wollte an mir und meinen Dingen arbeiten und stelle fest, sie haben an mir gearbeitet. Ich wurde bearbeitet. Es beschwingt mich, und doch haben mir diese vergangenen Tage gezeigt, wie widersprüchlich es sein kann. Es, das Leben. Es, die Liebe und ich. Ich bin es auch. Bin ich noch auf der Suche nach einem Spruch für mein Grab? Will ich ihn noch?

Fynn und ich sitzen ruhig nebeneinander und genießen die Abendstimmung auf einem Hundetrainingsplatz, eher ein unromantischer Ort, aber ein spezieller für Fynn und mich. Ich genieße dieses Flattern in der Atmosphäre, den Wechsel des Lichts. Ich genieße uns. Und ich genieße die Erinnerung, weil ich sie habe. Ich bin schon in meiner Zukunft und denke über die Vergangenheit nach.

»Seit heute Nachmittag habe ich keine Angst mehr«, sage ich irgendwann.

»Weil du nicht geplatzt bist?«
»Nein, weil mich bisher noch kein Zombie besucht hat. So oft, wie ich auf dem Friedhof war, wissen die genau, wo ich wohne.«
»Nein, weil du nicht geplatzt bist?«
»Nein, weil dir keine Schildkröte auf den Kopf gefallen ist und dich erschlagen hat. Das ist einem von diesen alten Griechen passiert. Dir kann so etwas auch passieren.«
»Nein, du hast keine Angst, weil du nicht geplatzt und gestorben bist.«
»Mein Tod wird vielleicht auch nicht schlecht. Aber bei mir geht es ohne Adler, der seine Beute an der falschen Stelle fallen lässt. Ich kann das auch so.«
»Ja, das kannst du, muss aber nicht sein.«
Fynn geht überhaupt nicht auf meine humorige Laune ein. Und er hat recht. Jetzt ist nicht die Zeit, um Witze über mein eigenes Sterben zu machen. Jetzt ist die Zeit, um zu leben.
Ich spüre Fynns Schulter an meiner. Er schaut nach vorne, direkt in die untergehende Sonne. Die Blätter in den Bäumen schimmern in Rotschattierungen und begleiten sich selbst mit einem Rauschen.
»Nein, muss nicht sein«, flüstere ich.
»Es fängt so gut an, Tammie, auch wenn ich weiß, dass ich hier nichts zu sagen habe, aber ein bisschen mehr von dir und uns wäre schön.«
Er verschränkt seine Hand mit meiner. Da sind sie wieder, die fünf Finger.
»Hast du Lust, mir und meiner Mutter zu helfen, einen neuen Hund zu suchen?« In seiner anderen Hand hält Fynn den Zettel, den er von Okays Grab mitgenommen hat.

»Beides. Ich möchte beides: mehr von uns und mithelfen, einen neuen Hund zu suchen. Darf Jimi auch mitreden?«
»Nein, Jimi bekommt ihren Mitbewohner einfach vorgesetzt, und dann hoffen wir, dass der Mitbewohner es gut verträgt, sich mit dieser Diva sein Hundebett teilen zu müssen.«
Die sich räkelnde Jimi auf einem riesigen Hundebett. Fynn und ich erinnern uns an das gleiche Bild. Fynn gibt mir den Zettel in seiner Hand. »Das ist für dich. Für deinen Stein.«
Jetzt kann ich endlich lesen, was darauf steht.

Und ja, es ist okay. Es ist alles okay, so wie es ist.

Danksagung

Das Buch ist teilweise im Rahmen des Seminars »Jugendromane« in der Bayerischen Akademie des Schreibens im Literaturhaus München entstanden. Ein besonderer Dank geht an die Leiterinnen Katrin Lange, Tamara Bach und Beate Schäfer für die wunderbare Begleitung und die anderen Teilnehmerinnen und Teilnehmer für anregende Diskussionen und gemeinsame literarische Entdeckungen.

Ein großer Dank an die Agentinnen Christiane Düring, Petra Hermanns und Katharina Schwarz für viele motivierende Gespräche und gute Ratschläge.
Lilly Raible, Lektorin im Oetinger Verlag, danke ich für den Schliff, für ihre großartige Arbeit und dafür, dass sie verpasst hat, an der richtigen Haltestelle auszusteigen.

Bea Rothermel und Pasquale Lange Boettcher danke ich für den medizinischen Rat.

Ich danke meinen Freunden, Testlesern und Unterstützern. Ihr habt mir Mut gemacht, dieses Abenteuer zu beginnen.

Eine Umarmung und ein Dank gehen an:
David Bernet, Heike Brandt, Heike Brillmann-Ede, Katrin Brinkhoff, Angela Gilges, Julia Giwerzew, Lola Giwerzew, Britta Hansen, Fernanda Lange Boettcher, Andrea Mecke, Anke Schiller, Markus Stein, Doina Weber, Karsten Willutzki, Gertrud Wirschinger.

Anmerkung

Dank des großen unermüdlichen Einsatzes vieler Gourmets konnte Pistazieneis von der Liste der gefährdeten Eissorten gestrichen werden.

Kann ein Mensch zweimal sterben?

Krystyna Kuhn
Monday Club.
Das erste Opfer
ISBN 978-3-7891-4061-7

Auch als eBook

Bei einem Autounfall kommt Fayes beste Freundin Amy ums Leben. Doch kurze Zeit später begegnet Faye der tot geglaubten Amy auf der Straße. Halluziniert sie? Oder ist Amy noch am Leben? Faye sollte besser nicht zu viele Fragen stellen. Auch nicht zum Monday Club, in dem alle wichtigen Leute der Stadt Mitglied sind ... Der erste Band der Trilogie: großartige Mystery-Romance mit Science-Elementen.

Oetinger

Auch als Hörbücher. Weitere Informationen unter:
www.monday-club.de, www.oetinger-media.de und **www.oetinger.de**